U0903419

无非
求碗热汤喝

张佳玮 著

译林出版社

献　给

爸爸 妈妈 若 和故去的外婆

与所有爱吃 想念故乡的人

目录

两个人吃饭 / 1

寻常巷陌

3 / 故人具鸡黍之家里的鸡汤
7 / 外婆菜
11 / 吃　酒
14 / 残羹剩饭，化腐朽为神奇
18 / 夜　宴
22 / 乡间宴席私酿酒
26 / 南方的晒太阳时节和下午茶
29 / 百日宴
33 / 卧虎藏龙逛菜场
41 / 最好吃的外卖

味在言外

51 / 无非求碗热汤喝
54 / 上苍保佑在冬天吃完了饭的人们
58 / 人世务求“吃得香”
62 / 吃饭焉能不摆谱
65 / 夜雪封门羊肉汤
70 / 茶之仪式
73 / 熟如王语嫣，生若木婉清
77 / 看书下饭
82 / 鲁迅之吃（《呐喊》）
90 / 鲁迅之吃（《彷徨》）

胡吃海侃

97 / 花生 + 豆腐干 = 火腿味?
100 / 吃醋捻酸
103 / 羊肉汤与泡馍及其他佳偶天成的饮食搭档
106 / 对酒当歌求其乐
112 / 吃花时，花非花
115 / 甜咸记
119 / 饮　水
123 / 吃透初春
127 / 三两大肠面红汤不辣

游食四方

137 / 重庆之辣与不辣
142 / 美人肝、松鼠鱼、蛋烧卖
146 / 吃阳朔
149 / 海南游食记
153 / 管中窥豹南方的粉
158 / 阿姆斯特丹，吃的
161 / 美食的正义

私房小记

167 / 饿肚子的时光
170 / 五十个硬币的雨天早餐
174 / 消夜记・春夏
177 / 消夜记・秋冬
180 / 厨房记
185 / 围炉踞锅挥豪气
188 / 难得好白米饭
192 / 冬季摸黑买早餐
195 / 烟与其他让人上瘾的东西
201 / 海角天涯，招之即来
205 / 一个真实的吃货爱情故事

念兹食兹

211 / 我煮碗面给你吃，好……
223 / 发了财，我就要吃蛋炒饭！
227 / 细细切做臊子
231 / 冬天的杂烩菜
234 / 海市蜃楼甜品记
238 / 油条、豆浆和馓子
242 / 下粥的小菜
245 / 下粥的荤菜
248 / 凉　菜
252 / 馒头、包子和汤包

256 / 白面书生 + 风情御姐 + 活泼少女 = 腌笃鲜
259 / 馄饨、云吞和抄手
263 / 猪肉颂
267 / 点石成金酱
271 / 百变千幻吃豆腐
275 / 软体水产，浓淡相宜
279 / 从《红楼梦》里的茄鲞说起
283 / 糯米家族
287 / 爱吃肉，没法子

饮食童话

295 / 蛋炒饭学派发展简史
300 / 番茄王子的改革
304 / 流落民间的天子御膳
309 / 大清早的谈话和咕嘟咕嘟声

后记 / 313

两个人吃饭

一个人吃饭时，做点什么无须细想。打开冰箱看，有什么做什么，饭都不用煮。

煎个蛋，煮个蛋蘸盐，或做蛋卷；炸土豆条配蛋黄酱，或者花些时间熬了，舍些黄油和牛奶，做出土豆泥来（虽然一个人经常吃不完，好吃，但腻）；豆腐烫一烫，撒上木鱼花、酱油和葱段就是冷奴，不就饭都能吃饱，吃完了喝两碗茶，肚子都是热的。三文鱼，两面煎到褐红，略点酱油，一刻钟的事。

为两个人做饭时，没那么简单。

如果她在家，还好些。问她："想吃什么？"

然后便是最怕的回答："随便！"

为什么怕随便呢？因为之后会发生如下对话。

"那我自己惦配啦？"

“好的。”

（半小时后）

“啊，今天吃这个……”

“怎么了？”

“嗯，没什么……”

于是我一整顿饭都心思不属，觉得哪里似乎没做对。

当然没什么，但对女孩子而言，“好吧，这个吃了也不错”和“心悦诚服狼吞虎咽地吃”，是两回事。

所以，“想吃什么？”最美妙的回应是：

“冰箱里有什么？”

报一遍食材名。她思忖一会儿，提出一个主菜的建议。比如，“还有鸡。”“嗯，那来个辣子鸡？大盘鸡？咖喱鸡？”比如，“还有豆腐。”“嗯，来个麻婆豆腐？”“还有牛肉，那么牛肉沙茶粉丝煲？青椒牛肉片？牛肉炖萝卜？”

而我还得负责一些其他。比如，根据食材，考虑来个蚝油生菜，或者炒个空心菜？油淋西兰花？冰箱里藕片、蘑菇、魔芋、萝卜，这可买了有时日了，一起做了吧。我试探地问：“做个藕片魔芋萝卜汤？用蘑菇调一下味？”

“但是萝卜……听上去有点怪。”

我也不敢硬配。自从某次，为了配菜，做了奇怪的腌三文鱼胡萝卜芹菜馅儿的裹春卷，自己都吃得七荤八素之后，便不大好意思强行做了。

两个人吃饭久了，口味会趋同，但到底也有细微之别。比如，虽然我已经被锻炼到颇能吃辣了，但到底是江浙舌头江浙胃。清淡的，甜的，我能当主菜吃，她吃了也行，就是消夜常得补一顿，“晚饭没吃够劲儿”。

所以最为两全其美的法子，是炖汤，另配蘸料。比如，我炖一只老母鸡，只加葱姜酒，别无其他，花一下午慢慢来，她便发一些竹荪、鲍鱼菇。等下了盐，便同时下竹荪与鲍鱼菇，起锅之后，我吃肉喝汤，她另调一碟麻辣酱，蘸鸡肉、竹荪吃。吃咸了，她喝一口汤，“今天的鸡汤炖得很好”。吃淡了，我就要酱料，“我也蘸蘸”，她就把蘸得了的竹荪和缕缕鸡肉给我，“给你蘸好了”。

针对同一道菜的不同口味，最后大概双方会得一个折中。比如，某道菜，我觉得辣得不行了，她觉得还不够味，但最后，总会有一个彼此的默契，知道分寸。有些菜则可以自行其是，比如，鱼香茄子、麻婆豆腐，我下肉臊子时简直恨不能把茄子和豆腐都覆盖了，她也无所谓——最后，她主要吃茄子和豆腐，我扫锅抢肉臊子吃。

女人和男人做菜思维方式也不同。比如，我粗枝大叶些，大概味道意思对就行，其他的交给时间，而且酷爱先做着，临时备菜，交叉进行，比如，毛血旺，猪血和毛肚下去了，临时找芡粉，临时切葱；比如，捏寿司，等醋饭凉的时候，顺便收拾紫菜。她呢，做一个炒空心菜，也认真切葱蒜姜、调花椒、择菜的长短，在灶台上摆得整整齐齐，色彩缤纷。所以最理想的，莫过于她备菜，我来做。反过来，有些菜就是颠倒，比如片鸭子，她负责烤鸭子、片皮，我蹲在一边儿，边听曲子边蒸春卷皮。

秋凉之后，她课业多，我就多一重算计。得知道她何时回来。比如吧，“几点回来呀？”“八点。”好。七点把饭焖上，七点半开始预备炒菜。几次后，学乖了，备好菜，等她踏进门来，赶紧下锅炒。大多数炒菜，几勺子的事儿，炒得了上桌，吃个新鲜热辣。

最安全的是炖，下午炖上的牛尾汤、蹄花汤、老鸭萝卜汤，无论你七点八点还是九点回来，都不怕：无非炖烂一点，萝卜炖久了还更入味呢。倒是鸡汤得费思量：巴黎的鸡普遍不耐久炖，四小时开外必然软烂如泥，一撕便下，之后嚼劲就差了。

比较麻烦的，是需要复合加工的玩意。比如鱼香茄子、酸菜鱼这类，要花时间调味、把茄子焖好、把鱼腌上，真做起来又不能耗时间，不然味道不对。如果一句话“我晚回来半小时”，工序就会乱。

菜做多了，也有麻烦。炉灶就那么几个，这里炒着年糕，那里汤滚了，不免缭乱。还得计算着，上桌时都得是热的。所以呢，两个人吃三四个菜，极限了。超过四个，必然有凉菜：拌豆腐丝、三文鱼刺身、寿司手卷、鹅肝，西南产的甜白酒，先给放着，反正搁不凉，之后缓出手来做其他。逢到这时，便觉出来：咖喱土豆炖鸡这类万能菜，实在是有用。咖喱特别保温，又好吃，炖时间长了也不怕——土豆炖融了，与咖喱粉自然成就了酱，很完美——反过来炖得了鸡汤，一凉口味就变，得时刻挂心。

等入了冬，奶油蘑菇火腿汤（将火腿切片，可以免调味）、咖喱鸡、毛血旺这类，做起来会比较省心。一大锅，经吃，又暖和。橄榄油焖蒜蓉虾（我在巴塞罗那学的菜）、金枪鱼刺身这类，相形见少。

汤菜还有个好处，很容易酝酿氛围，仿佛给家里墙壁刷暖色调涂料似的。

比如她一到家，抽抽鼻子：

“一屋子牛尾汤味道！”

然后她就快快活活地调酱料去，我给牛尾汤下盐和枸杞，将肉缕从牛尾骨上刮下来，汤拿来喝，盛饭，吃，开上部什么剧看着。吃完了，我洗锅洗碗，她去对付甜品——夏天水果，冬天西米露——再吃完了，喝餐后酒。

然后坐在沙发上，慢慢地感受消化，房间里还是有牛尾汤的味道。她会总结一句：

“好幸福啊！”

2012 年来巴黎那个秋天，我出版了《无非求碗热汤喝》这本书。当时的意思，在上海写故乡饮食文，乃是望梅止渴，画饼充饥。寒夜里给自己一碗文字热汤，给记忆下料取暖。

到巴黎后，倏忽三年，会做饭了，也吃了各色东西。然而越到后来，做的饭越中式。每年回国说起来，朋友总道我每日里吃法国大餐，问起吃什么，我也如实道来，他们自然发呆：

“出了国还吃中国菜？”

是的。

2015 年 8 月，我去杭州，有朋友请我吃潮州海鲜。我推辞再三，总被道“别客气”。我心想，真不是客气。到苏州，朋友拉我去一个老馆子：鳝糊、糯米糖藕、黄酒，临了是一大盆热乎乎的肝肺汤。由不得我不喜笑颜开：真是懂得我了！

食物仿佛万有引力。天涯海角，走得越远，越会把你往回拽去。真吃不到就动手做，连徒手做都会感受到其乐无穷。

所谓爱，也就是这样了。

寻常巷陌

故人具鸡黍之家里的鸡汤

“故人具鸡黍，邀我至田家”，这诗是孟浩然的，但按“鸡黍”咬文嚼字去，下可以推到冯梦龙《喻世明言》，上可以追到《后汉书》。范式和张劭的感情堪比高山流水，只是道具从伯牙子期的琴变成了鸡黍。

可是到孟浩然这里，就要推敲啦：鸡是啥意思？为何吃一顿“鸡黍”，就能约好“待到重阳日，还来就菊花”了？其间还“绿树村边合，青山郭外斜”，这又是啥意思呢？《晋书》里写美男醉倒如玉山将倾，你们俩青山一斜，不就是都倒在村边绿树影里？居然还“合”，是要干什么呢？比起韦应物“春潮带雨晚来急”之类隐喻流，这诗大可以附会出些断袖故事来……

呃，说多了，且按下这桩不表……

我小时候读这诗，还不知道范张之约，只对“鸡黍”二字有感觉，印象里立刻烘出一碗黄澄澄香喷喷的鸡汤泡米饭来。

场圃凉风，绿树秋香，够人醉倒，都不必饮酒，人生至美是也。类似的妙感觉，只有辛弃疾“稻花香里说丰年”一词末尾，峰回路转忽然看到旧时酒店可比。旧时温暖，昔日重来，都如鸡汤般鲜甜暖浓。

通常，古人写秋，总不脱风雅萧瑟，起舞弄清影，何似在人间。拿酒做道具，也不够入味，说不定还勾出几滴清冷相思泪。林教头风雪山神庙，外面天寒雪冷，葫芦里又是冷酒，但我还感觉好点，因为他有牛肉下肚。

江南人吃牛羊肉不及北方壮阔，猪肉是家常男人爱吃的，多少肥厚怆俗些。唯有鸡肉，既细腻又便宜，于是男女通杀。鸡脖子肉味婉妙，鸡翅肉修长柔嫩，鸡胸背肉厚实好吃，鸡骨软脆，鸡腿健美，鸡爪耐嚼，鸡五脏六腑都能拿来下酒，鸡肫尤其是南方人下酒爱用的凉菜。全身上下，一丝不落，而且还能提供最美好的东西：鸡汤。

我外婆住的地方，出门绕弯有个养鸡场，旁边一座小桥跨在河上，就叫作鸡场桥。我爸常开玩笑，说我活了二十多年，吃的鸡大概不下一个养鸡场了。且说我家惯例，鸡是用瓦罐炖，早晨起火，晚上起锅，鸡油全被熬出，汤面一片金黄浓郁，热气不起，油重之故也，类似于过桥米线。鸡肉酥烂，取根骨头都可以划开，一缕缕香浓入口。鸡汤可以炖笋、百叶以至于蘑菇，浇在饭上更是完美。虽然我妈屡屡提醒我汤泡饭不利消化，但看在鸡汤能骗我多吃两碗上，总是放行。按中国鸡汤，简直堪称人类文化遗产。文人所传食单里，多少东西要它就着？鸡汤是百搭神物，既不喧宾夺主，又默默奉献鲜甜之味，所以士大夫们大爱之，觉得有君子风度，比猪牛羊都多点儿斯文劲。而且鸡非常乖，清净炖鸡汤可以淡雅鲜甜，拿来做叫花鸡也可以酥香厚味，红烧栗子鸡、油炸鸡这样大味加之，它也坦然受之。上得厅堂，下得厨房，江湖之远庙堂之高都合适。所以袁枚说：鸡功最巨，诸菜赖之。

江南除了用鸡炖汤，还爱把鸡白斩，上海人尤其着迷。唐鲁孙写谭家菜当年的白斩鸡至为精彩，选极嫩的鸡，开水硬生生烫熟，嫩滑香甜，不失鸡的本味。白斩鸡原理其实和蒜泥白切肉类似，取的是个清净、口感、味道三不误，只是适合下酒，不利下饭。我在重庆吃口水鸡，似乎白煮时比白斩鸡要多一道轻盐略腌的程序，浇的红油料也要浓郁得多。白衣仙子上脂粉，清嫩＋香辣，极漂亮的对比。

烧鸡是最便于携带的鸡，不那么汤汤水水，所以五湖四海常见，尤其是赶火车出差大叔们的最爱，各地风味又不同。江南烧鸡常有点酱甜香，北方腌得干香有嚼头，西南的烧鸡偶有花椒香，反正鸡性格平和，管你怎么调理，留自己一点儿淡鲜就罢了。但鸡也不尽是温柔，东北的风鸡肉就咸香馥郁，像干练的姑娘，不比南方白斩鸡嫩得像掐出水来的小媳妇，又是适合佐酒的好东西。

小时候吃喝鸡汤，外婆和妈妈总抱怨鸡不如当年鲜。我那时舌头还钝，不知道鸡好与不好、鲜与不鲜差别何在，心想，大概又是“一代不如一代”论吧。长大后吃得多了，大概明白了些。

当年麦当劳、肯德基刚杀到台湾时，诸位古典派美食家们纷纷痛心疾首，觉得国粹将灭。我虽然没觉得如此夸张，但快餐鸡不那么鲜倒是真的。快餐炸鸡味重，面裹之，油炸之，香料浓厚，鸡肉只提供口感嚼头，本身味道似乎不大高明了。国外归来的朋友都感叹国内的快餐鸡已属上乘，纷纷指责北美鸡如何腥。我妈说北美鸡激素多有害健康，我是不大信的——美帝国主义比我们多吃百多年炸鸡，也没亡国灭种性生活不和谐吧。只是外国鸡腥而单调，味道不如中国鸡确是真的。

外国对付鸡和中国对付鸡，区别似乎就在“鸡汤”这点上。《三剑客》里有段经典描写，说吝啬律师请吃饭，“这只可怜的老母鸡真瘦，顶着一层皮居然没被骨头戳破，本来等着老死，不知从哪里寻来做菜的”。律师和波托斯就吃了那鸡的脑袋、翅膀和脚，原封不动撤下，但对鸡汤没多提。民国时有笑话，说有德国大夫刚来北京，擅做试验，用橘子汁煮鸡。这当然炖不出什么清鲜佳味。所以鸡汤之美妙，不在于鸡，而在于那点对鸡本身悠长鲜味的提炼。

鸡汤鲜与不鲜没法用化学元素分析出来，只能凭感觉凭心一点点妙悟。鸡是很老实的，寻常人家不用人参桂圆枸杞等神物，只要用心，也能熬出好鸡汤。许多朋友都说，谈及家里的温暖记忆，总有一锅鸡汤水汽氤氲着，是妈妈用心熬出的。然后，妈妈们总是会小心地把鸡腿留出，自己吃鸡脖子、鸡翅，爸爸吃鸡爪，同时还笑眯眯地说爱吃鸡脖子，肉细。这点儿感觉历久弥新，时间越久越深印入骨。鸡没什么太剽悍的性格和味道，但温淡可人，其鲜悠远，和家相仿。大概少年时的家，就是一鸡一黍、一点米饭谷香加一点清淡温暖的鸡汤鲜味了。

外婆菜

见过有人恨爹恨妈恨社会恨班主任恨初恋，但恨外婆的似乎稀罕。大概慈母大人的慈母大人，其慈祥度等于慈母大人的平方，又不像爷爷奶奶有培养孙子安邦定国维护世界和平的大欲望，无欲则刚，因此我周遭的朋友，连我在内，都比较亲外婆。不只中国，全世界电影里某些反社会反人类的机关枪男人，一般回忆往事时也都酷酷地来一句：我外婆当年如何如何。

美剧里偏家居一点儿的，都会聊饮食，常见某甜饼、某奶酪、某甜酒的配方，大半是外婆家传。我问朋友最怀念外婆什么，十之七八都两眼发直，垂涎三尺。可见这点也是中西皆然：经典的外婆形象，总和饮食相关。

外婆们做菜，比较容易分辨。比如，你在人家做客，见一道菜大众家常，多半是小姑娘自己初学羹汤的试验品；如果满桌菜风骨倜傥、风味豪爽，那多半是手艺好的爸爸或妈妈露了一手。外婆们的菜比较温容有理，色调最温润、味道最淡、成色最厚的，一般就是外婆菜。

外婆们下厨，好比积年高手老江湖出战。已经过了跟你斗剑论掌飞沙走石的境界，讲究的是拈花一笑举重若轻。外婆们大多笃信天然，鄙视各类现成味精之类。反正老人家有的是时间，炖一锅汤，可以在香气氤氲之间坐等那味道丝丝支离出来。外婆们做菜很少给你大荤大油。荤少素多，疏疏朗朗地端来，尝不出味精味儿，盐也淡茫得若有若无。但信手放的花椒、被利用完的八角，星星点点，就又把味道衬起来了。外婆们若做厚味菜，往往做得极厚润。比如，爸爸妈妈们的红烧肉时常劲健耐嚼，香气犀利，外婆们的红烧肉或是红烧蹄髈一般都踏雪无痕，一触即融、入口便化，味道厚实得就像看上年纪的艺人演话剧，一个字一个字像两只脚踩实在地上：踏实、地道。

外婆们吃东西都细心，于是带点雍容的挑剔，好比贾府太君看个戏就批评上了才子佳人。你带外婆们出去吃馆子，她们高兴之余，都会对某些菜客客气气地挑肥拣瘦一番。到了最后，隐隐约约透出主旨，就是觉得钱花多了，菜吃少了，菜价还大大不值。有朋友跟我抱怨说，某些姑娘吃饭吃菜，讲究的是食材价格，以后好拿去和闺蜜们漫不经心地说，当年某哥哥如何如何驼峰熊掌、翠釜玉盘，姐姐照样没甩他。能做饭的外婆则大大不同，她们吃馆菜，通常有点化学家的执拗劲，恨不能一笔一画列个配方单子出来。豪奢型的大菜外婆们普遍兴趣不大，但简单家常的偏门菜，外婆们通常一吃就会，过两天摆给你看，等你夸一句“比外面馆子里还好吃”，就泄露天机般告诉你，外面卖多少钱，家里做如何省钱。最后感叹两句世风日下人心不古之类。

我外婆生前，省起钱来就不遗余力，筋筋角角舍不得扔，真有点但有一技之长者莫不为国所用的意思。每次在我家吃饭，看着我妈扔掉的边角都叹息几声。我小时候总觉得外婆抠门，后来才知道，她老人家是所谓草木竹石皆可为剑的境界。比如二十世纪八十年代，我故乡吃鱼头鸡爪者少，全家族对外婆的鱼头汤或焖鸡爪不以为然，只有我爸常出差去广东，回来称赞说外婆的鸡爪非常地道。舌头是会成长的，等我后来离了家独居学做菜，才乍然体会外婆当初如何寂寞高手。

外婆们通常都用不惯现代厨房。我外婆每次炖鸡都会白发宫女说前朝般地念叨各种瓦罐，有两个朋友的外婆都坚决抵制打蛋器，宁愿自己一双筷子打得风生水起。所以我外婆没来得及学会女孩子用以勾引男朋友的各类西式甜点，但是，用着上古器械，她还是能手到擒来做许多美食。我中学时每周去外婆家玩，外婆每次接了电话，都摊面饼给我吃。那面饼无馅无料，略撒一点白糖而已，全仗着烙出来略带焦的酥香、摊出来的软滑这点对比，以及那柔韧到奇怪的劲道，真是举重若轻。我外婆另有一道盐水花生，一道过年时的红烧蹄髈，简直天下无对。我当年问她如何把花生弄得恁脆、蹄髈收拾得恁烂，她都说不出所以然，也没加什么特殊的料。今年夏天出远门，吃了另一位外婆的粉丝鸡杂，惊为天人。絮絮问她粉丝怎么收拾得滑不腻口又酥软，钵里无油少盐怎么让鸡杂腥腻全去口感香脆，那位外婆也是一副“本该如此”的慈祥表情，说不出个所以然。大概外婆们人人都通了“道”，类似于庖丁解牛目无全牛自然而然就做到了，只是少一个庄子代她们总结出游刃有余的至理名言吧。

吃酒

吴语里头，较少听到“喝酒”这个词。听乡音论家长里短，无锡话和上海话，都是“吃酒”居多。小学时拿字组词，组个“吃酒”，老师还冷脸相待，说：一，吃酒这个勾当不健康，小孩子家不该每天挂嘴上；二，酒应当是喝，饭才是吃。就像红花绿叶、蓝天青山、黄牛白羊一样，是约定俗成的。

实则《水浒》里头，说英雄好汉们，都是“吃酒”的，所谓“吃两碗酒”是也。按施耐庵朴素的英雄理想，北方豪杰似乎较少米饭和细点这类概念，专爱筛两碗酒吃了，再大块切牛肉牛筋。武松在孟州被优待，也不过是酒后加了碗汁子。在英雄好汉的心里，酒是一道饭食的灵魂。所以吃饭是小民之为，吃酒才显得上等，一下子就把人连灵魂带肉体地拔出生天了。

关于酒的复杂构造，一时间道之不尽。少年时化学老师俩字喝出真谛：乙醇。所谓酒，不过是各类植物——大麦、稻子、糯米、葡萄、甘蔗一一发酵，其中复杂的碳水化合物经历温度和时间磨洗，彼此见异思迁，郎情妾意，合久必分，分久必合地重组家庭，碳氧氢们浑生一气而成乙醇，捎带氧化作用渗出些别的异味。说穿了，任何一种酒核心的东西——酒精，都一样，不过是外面掺杂的花式味道截然不同而已。便是这一个味道不同，便分出了高下，让众生颠倒不已，产生了酒的无数差异。苏格兰人相信威士忌是和天使做交易，蒸馏掉的是被天使偷饮了；西印度群岛的人们则为了酿朗姆酒的糖蜜争执不休；据说伏特加是顶简单的了，许多作物配个蒸馏设备就能倒腾出来，使几百年来俄罗斯碧眼金发美女们的魅力抵不过这味道冲劣的杯中物。村夫担肩的醪糟和橡木桶密封的陈年威士忌，就跟武大郎与西门庆一样，虽然里头是同样的灵魂，皮相迥然，口味不同，便怨不得潘金莲们态度不同了。

仪狄见夏禹治水辛苦，拿酒去献，还当稀罕物儿。可见酒在中国古代算奢侈品，得是家有余粮的人家才能私酿，等闲杨白劳般为应付苛捐头疼的农民还真不能日日饮酒。等到唐宋时候，人民安居乐业了，酒才成为可口可乐似的全民饮品，分了品级。刘姥姥在大观园里，乍饮好酒，心道“横竖这酒蜜水儿似的”，不觉便醉了，这就属于遇到好酒着了道儿。早先冯骥才先生一个段子里说，解放前天津首善街有酒铺，没椅没桌光剩一个掌柜的坐台，给俩大钱递出碗酒来，喝一口辣嗓伤咽花嗓子眼儿，全仗入口那一下子冲劲。这就是味道凶狠的劣酒了。

莫言《红高粱》里，酒坊里做酒，都是烧出来的，大概不屑于慢慢发酵，味道凶辣可以想象。北方的汉子喝酒的风格也如酒本身一般，“有气力”。我见过的俄罗斯人和东北同胞，都是直接拿酒往肚里倒，间或来点酸黄瓜之类，是更纯粹的“喝”酒。江南老一辈的人爱黄酒，甜软香糯，是糯米、黄米等细粮酿的，比北方粗豪的高粱、玉米等酿的白酒劲道不如但温和得多。配菜也丰盛，冬天阴寒，几盅小酒配些菜肴下去，就暖和起来。

江南乡间，常见的是这样的风景：晚饭时分夕阳西下燕子归巢小孩儿们在各自爸妈呵止下欢跑回家，一排木屋前桌子摆下，竹凳整齐。各家小圆桌上甜鲜香软的饭食，各家男人在炉上用烧开水的壶热着酒，等开了便取下，自家杯中倒满，长辈杯中半杯，老婆碗里倒上一点儿，然后顶上杉与樟树簌簌作声，各家扯着嗓子互相说着话，拍着腿，酌一口酒夹一筷菜，慢悠悠地吃着。北方下酒的多半是花生、卤菜几样，江南乡下亦然，但饭菜和酒菜不大分，酒也可以搭蔬菜和鱼来喝。吃到最后，女人和孩子们吃完了先收桌子，男人和老人们端着酒碗，晃到各家饭桌前，受人邀请品评一下人家的下酒菜，顺便嚼着碎事，就拉起了聊天的序幕。

自我六岁那年奶奶过世之后，爷爷的耳朵便聋了，平时除了爸爸、叔叔和嫁到常州的二姑外，谁的话他都听不明白。秋天的时候，他每常在晚饭时端一碗黄酒，一边慢慢酌，一边细嚼着红烧鱼。在喝了热酒之后，他的耳朵会比平时灵敏一些，听着别人家聊天，他偶尔也能插上两句去，只是那时他的牙已缺了，说话漏风，听懂的人也不多。有耐心的人会跟他对答几句，那时爷爷会哑着嗓了嘎嘎笑两声，然后继续慢条斯理地吃酒。

残羹剩饭，化腐朽为神奇

我爸妈生活习惯颇为相异，具体表现为老妈谨严细密性如烈火，我爸懒散随意得过且过。延及饮食上，我爸不爱买菜，偏又爱新鲜，一顿饭吃完，剩多剩少，全数倒掉。我妈手一慢被他抢了先，就要跳脚骂：又被你浪费了！

我妈受外婆熏陶，很懂得因陋就简无中生有。我外婆生前有道招牌菜是红烧鳝鱼，香浓甜嫩，很是可口，但我吃时总像鬼子探地雷。因为一，她不舍得丢掉鳝头鳝尾，怕蛇如我，见了鳝头就魂飞魄散；二，她总爱让助味的大蒜和鳝鱼做伴，喧宾夺主，远看像白石头之间盘几条小蛇。但外婆振振有词：这些都是钱买来的嘛！

我外婆传我妈的因陋就简第一道菜，就是一种怪面，无锡话叫作“烂糊面”。比如午饭有好菜汤留下，就势用汤下面。面条宽扁，面汤熬得浓稠，青菜、毛豆、肉丝等半融化在其中，吃什么都是黏糊糊的，但意外的香甜。秋天午后饿了，晚饭还没好时，吃一碗挡一挡饥是有用的。我外婆还爱混搭，青菜肉丝毛豆鸡蛋汤下了面，偶尔还加小面团、大年糕，疙里疙瘩一大碗。可是因为熬得烂，面香汤鲜云集于此，而且清爽不腻，很是可口。

烂糊面系列，我外婆有许多诡怪创举。南瓜面、藕丝面、黄豆面、鸡骨面，凡不舍得扔掉者，面面俱到地熬之。卖相着实不好看，一派死缠烂打，像老美国电影里跟先生撒娇要貂皮大衣的姑娘，但总是好吃。秋冬下午，一片吸面的“呼噜呼噜”声，蔚为壮观。苏州有朋友说他们爱吃“头汤面”，就是避这个烂糊感，我外婆也算反其道而行了。

咸泡饭系列是烂糊面系列的姐妹党。江南菜馆都有“菜泡饭”一味，意思类似：青菜切碎，加香菇、咸肉，吃来偏清淡。咸泡饭类似，但若把菜泡饭比作民谣吉他，那咸泡饭就是迷幻电子了。近水人家的咸泡饭向无定额,有什么料下什么，用菜加饭加汤熬着，只要不是红烧便罢。饭以隔夜冷饭居多，只因隔夜饭比刚出锅的白饭少点水分，更弹更韧，而且耐得久煮，所以咸泡饭的熬煮通常让菜与料风云变色面目全非红颜熬成半老徐娘，可是饭却没烂，甚至还挺入味。南方以前家家贮点儿虾仁干（当地话叫“开洋”），下一点儿提味至极。

我们这里老年间还流行吃鱼冻，当然远没刻意做的鱼冻那么华丽。说来无非前一天的红烧鱼未吃完，于是拿掉鱼骨，将肉刮碎散在汤里，冰箱里放一夜。第二天鱼汤凝固，状若布丁，下面暗藏无数鱼肉丁末儿。滑而且鲜，用来下粥下酒最好。我小时候不大格物致知，像古希腊某些哲学家一样觉得“物质恒久不变”,一勺鱼汤冻搁在粥碗上,顺便往上撒肉松,回头看鱼汤冻融了，鱼肉犹在，大惊失色，差点急哭了。

鱼汤冻算对肉汁的利用，南方对好肉汁的爱，有时甚于对肉。比如我们这里有沾不得肉的大妈，做了红烧肉，吃饭时自己不沾肉，只顾拿肉汁浇蒸蛋吃；吃饭豪迈的人则认为拿肉汤拌饭，天下一绝，所以每次饮宴末尾红烧蹄髈之类上桌，打饱嗝儿的诸位都敬谢不敏，只有我父子俩过去剖蹄取其中好瘦肉，外加浓稠汤汁拌饭吃。周朝有所谓淳熬，拿肉酱加点儿油往饭上浇。我们简单点，只要油不要肉酱。无锡有名产曰油面筋，素烧来配丝瓜、茭白、莴笋皆可，取其口感柔韧，荤烧则常用来裹大肉丸子，类似于狮子头，叫作酿面筋。酿面筋必有好红烧肉汁来配，才能水乳交融。如果单用酱油等调味，一没有甘肥之润香，二会有隐约酸味，不够下饭。

每冬过年，只要是自家做年夜饭的，总是留菜不少。过年前几天到处拜访，在家吃饭总是尚简单。所以咸泡饭、烂糊面、粥配小菜，时常这么过去了。那时各类华丽的因陋就简菜也就很流行。有一年吃完一份红烧栗子鸡，还剩份鸡汁和一点栗子，我爸实在不想出门买菜，就着鸡汁下了两个荷包蛋，栗子磨粉裹了年糕炸了一炸，其香扑鼻。年糕没吃完，客人上门，小孩子抢着吃。

有一年因是去乡下吃了年夜饭，家里并没储粮，于是我妈打起鱼的主意——过年时我爸单位发了条大号青鱼，取年年有余之意。鱼身被腌了做咸鱼，于是我妈将鱼骨和鱼头略煎，然后熬汤下豆腐和鸡蛋，俨然一大锅。鱼尾、鱼鳍极肥厚，涮下许多鱼胶，配鱼头汤做山寨鱼翅捞饭。事后一起看电视时闲聊，都说此鱼活得不冤，全身上下都被我们家超度到了，阿弥陀佛。

到如今我回家吃饭，我爸妈仍不时因陋就简。每次饭毕我妈眼望饭菜发怔琢磨如何乾坤大挪移翻云覆雨之，我爸就嘲笑说她又要吃烂糊，然后我妈大怒说不是你懒不肯开车带我去某某卖场我才不会这样呢，然后又开始对我数落我爸如何懒如何每次开车出门就嘟嘴。我觉着,如果我爸妈都懒洋洋，他们会每天下馆子；如果我爸妈都急匆匆，大概他们会每天吃新鲜的。也就是这样的性格组合，才能产生烂糊面咸泡饭鱼肉冻下粥肉汁鸡汤青鱼羹过年这类事儿，这股我外婆一生奉行，见啥做啥，做啥吃啥，吃啥啥香的劲儿，用我外婆的话说，这种态度就叫“过日脚（日子)”。

夜 宴

十几年前春晚小品里，赵丽蓉老太太去给巩汉林的太后大酒楼打工，唱道：“我做的是，爆肚儿烧肉溜鱼片，醋熘腰子炸排骨，松花变蛋白菱藕，海蜇拌肚儿滋味足，四凉四热那个八碟菜，白干老酒烫一壶。”虽然南北有分，但这桌北方格局的菜，摆在江南年夜饭桌上也不突兀。我对这桌菜的评价，一如当时巩汉林一扶老太太：“香哎，香死个人嘞！”

按我的经验，往大说从北到南，往小讲从乡到城，大体是从宽汁厚味浓烈雄浑往精致细巧清淡利落的方向走。我从小到大，菜肴日见精致，但到过年时节，总是以浑厚、浓香、家常、简易为先。理由无非有二：一是天气寒冷，蟹粉蹄筋、红烧蹄髈、大锅鱼头汤，总比清炒虾仁、清蒸鲈鱼这类要讨喜。孟子嘲笑魏惠王肥甘足了还奢求什么。其实老百姓过年就求“肥甘”二字，要肥要甘，还要热气腾腾。二是年夜饭终究是家常菜，在家吃的为多。爸妈毕竟不是专业厨子，都做不出什么刀工华丽、配料奇巧之物——要稀罕物儿，过年也难买去。自家人，不必拘礼，吃的是个高兴劲儿。

但是年夜饭要下乡去吃，就是另一回事了。

年初二时跟爸妈回乡下，爸妈赞扬说路修得好了，车子也能开得稳当。但到了最后，越近了乡下，终究还是颠簸起来。老爸指点给我看，说以前在这桥上捉蛤蟆，以前在这河里淘米，以前在这石头上坐着钓虾，钓了虾又是如何从机床厂墙洞里钻去，偷了起火的材料烤虾吃。路边卖黄酒酱肉的小店主见了老爸便招手，哈哈大笑。爸说这人是方圆象棋下得最臭、棋瘾又最大的人，每天应付完早中午三顿，就到处找人下棋。乡间夜宴，哪家的酒和肉都从他这儿买。

乡下的房子参差不齐。有些是木的，有齐膝的门槛，有些是瓦房，门口扫得干净。孩子们在树荫里踢一个没什么气的足球。厨房里的师傅们在热闹着，大嗓门直传到门外。男孩子顽皮，放一些土炮，炸得女孩儿们吓哭了一片。大师傅苦不堪言，只好央着家长们出去哄一哄。家长们出去疾言厉色一番，把男孩兜里的土炮都没收了。爸跟叔叔们聊天，妈和阿姨们拉家常，大家嗑瓜子、吃花生和糖果。来探亲的远房亲戚中，年轻的姑娘红着双手，提着开水为一家家长辈泡茶，一被人夸美貌就红起脸来，转身跑了。

黄昏时狗吠声会传很远，各家的亲戚坐在大圆桌旁吃喝。杯子不够便用碗装酒。江南过年吃的和平日喜酒饮宴差不多，凉菜先上，随后是热炒，油重肉厚的几道菜后再上盘蔬菜，很是实在。厨房师傅们不断吆喝菜名，大人们喝酒说话，女人们把菜分夹些搁碗中，任手短的孩子们吃。吃了一巡，大家不觉得饿了，便开始捉对喝酒。你敬我一杯，我还你一碗。男人们吃肉，女人们饮汤。小孩子们吃饱了不耐烦，满地跑着要糖，又找着电视遥控器要看动画片。宴席说散不散，成了一个自由自在的场合。有懒洋洋的女人就坐了沙发吃起瓜子来。

然而大师傅还是认真地一道一道烹菜。乡间土菜，都不甚精细，但肥厚重味，气势庞大。宴席末尾，还怕大家不饱，特意做上了压尾物：梅干菜蒸的蹄髈、整鸡汤这些，不是大肚汉看着就发怵。到了这时还有胃口下筷子的人不多，更多的早已去拼酒叙话，或是自得其乐了。大师傅们被请到桌旁，上酒上汤，吃自己做的饭食。他们总是相当矜持地吃喝着，旁边若有人夸他菜做得好，他便笑笑，不言语。

吃罢了宴席，天色已暗。男人们喝得有些醉，红着脸拿着酒去隔壁串门。隔壁家还没吃完的，听见人敲门赶紧开，各自拍肩欢笑，说起又一年不见的想念。各家门前挂了灯，怕喝醉了的汉子们摔着。女人们在房间里收拾了桌子，便开始打牌。孩子们这时有些已累了，趴在妈妈膝上看打牌的也有，在沙发上睡着的也有。有些不甘寂寞，从后门跑去河旁，就听见远远的一片鹅叫声。

男人们满口酒气地回来，一个个摔在沙发上，喝着女人们递的茶水，抽着烟开始聊彼此的孩子。兴之所至便把各自的孩子扯过来，叫声长辈，炫耀般拍拍脑袋。有出于礼貌说要先回家的，也早被主人苦苦留下。各家拉开牌桌，男人女人齐上阵。有些女人拍着孩子入睡，一面织着毛衣一边帮男人看牌。静夜里偶尔还是有狗吠声，酒还没醒的男人便有站起来的，说出去打死了再说，被大家笑着劝坐了下来。

直到近了午夜，主人家把消夜摆上桌来。宴席没用上的菜，简单整治一下出来，配着淡一些的酒，淡一些的茶，用鸡汤下的粥，以及些甜点面食。小孩子们不知饥饱，看见甜点就扑了过去。男人女人们则相当矜持斯文地喝起了汤和粥，并且各自慨叹着。酒量是不行啦，这个年纪多喝点汤身体才能好。你看我这不，胖成猪了。哎呀，胖才好呢，有福嘛。过年时没放够鞭炮烟花的邻居孩子把午夜的天空布置得五光十色，男人女人们温吞吞地喝着暖和的粥汤，平静温和地说着一年的事。

这是乡间夜宴最为柔软的部分，也是最后的结局。

到第二天早上，酒酿小汤圆，或是稀饭藏年糕，都是清黏而甜的物事，无盐无油，惯例清淡。所以印象里，大年夜，厚实肥甘的年夜饭，频响的电话和短信，眼花缭乱大闹大跳的春节晚会，漫天烟花，总是热闹。到年初一，早起的小孩子在外面玩摔炮，吃稀饭年糕汤圆，就觉得清白洁净爽快，然后就是一整天心无挂碍，没心没肺高高兴兴见人就喊“过年好”。年夜饭岁岁年年相似，所以过年的时候，总是能多少回到小时候什么都不必细考虑的时节去。

乡间宴席私酿酒

我总觉得，金庸小说里那些饶舌的店小二，都是跟施耐庵学的。这些小厮多口可恼，可又伶俐得可爱，戏剧性无限。比如景阳冈那位跟武松唱对台戏的店小二，大概是古往今来最有名的一位。所谓“俺家的酒，虽是村酒，却比老酒的滋味”，又所谓“我这酒叫作‘透瓶香’，又唤作‘出门倒’。初入口时，醇酞好吃，少刻时便倒。”

一般客人，听了“透瓶香”“出门倒”这种十足蒙汗药味的名字，哪敢再喝？所以我总猜那店小二看武二郎堂堂仪表，故意激他的。

且说这酒，大概不同于寻常甜醴。武松是喝惯酒的，夸“有气力”，度数不低了。有朋友跟我聊说是土法烧酒，待考。只是说到私下酿酒，非只宋朝，也非只景阳冈一家，倒是真的。外邦争说苏格兰人私酿威士忌、俄罗斯人私酿伏特加，和各自朝廷玩汤姆捉杰瑞式的游戏，源远流长不提，宋时私酿这事已经不只是百姓了，苏轼在黄州生活之后，到处玩私酿，蜜酒、桂酒等花样百出。但林语堂说在黄州喝他蜜酒的人大多腹泻，大概和苏轼在岭南玩制墨差点烧了房子一样，都属于创意无限，操作不当。

私下酿酒的事，我自己做过，出息很小，弄点儿糯米做酒酿而已——江南呼之为酒酿，做甜食配小团子用，川中则叫醪糟。三次里成功了两次，虽然酒味过重，甜味太少，但勉强能喝，另一次则酸得无法入口，看来私酿也是个技术活，于是罢了。某年去南方，朋友说父亲酿了葡萄酒请我来尝，一看酒色橙黄，吓了一跳，因为之前耳闻目睹，总觉得葡萄酒或红或透明略泛黄，已是金科玉律了。后来去武汉，又喝了一次私酿葡萄酒，黄色略浅一些。交流之下，似乎和选葡萄、是否控水分、是否揉碎揉烂有关系。不同的葡萄产区光照、气温、土壤质地不同，出的葡萄不一样，其酒大不相同，自不待言。哪怕是同样的葡萄，也可能酿出不同的酒：葡萄皮与籽，和葡萄酒成品的颜色有关；葡萄控得是否干，和葡萄的发酵又有关；发酵时加糖多少，又涉及酒精浓度。其中学问，欧洲人千百年尤乐此不疲，非一言能尽。

小时候过年过节陪爸爸去亲戚家，见识过许多私酿。曾经流行过一种乡下草台班工厂酿制的东西，大多无产品合格证，厂方吹做香槟酒，乡里人不买账，呼为汽酒。现在想来，多半是汽水兑酒的产物。气很足，像汽水，入口后才觉得略有些酒味。开卡车来往的司机夏天拿来当饮料喝，也不会出事。

酒量不大的奶奶婶婶阿姨姐姐们都可以喝，喝了也不醉。小弟弟小妹妹们喝了会有些困，在爸妈们席散开桌打麻将嗑瓜子声中晕乎乎睡去，主人家自会安排床铺让他们安眠。汽酒还有一个用途，就是拿来兑酒。我小时候，可乐、雪碧在乡间很罕见。一度流行的麒麟牌玻璃瓶装的橙汁汽水，也只在城里有。乡间摆宴席，不耐烦远跑，基本是拖辆自行车或摩托车，到就近的小店载一箱子回来。汽酒拿来做所有甜饮料的替代品，兑白酒、烧酒，无往不利。

草台班工厂也酿啤酒，和汽酒一样无产品合格证。具体喝来，口感不清，味道常涩，但好在便宜。在乡下，开瓶百威之类洋品牌名字的酒，很容易让大家显得拘谨，喝起来也谨小慎微。可是无名无姓的村酿啤酒，敞开当水灌，放浪形骸喝得甚欢。

有些乡间人，能自己拿出私酿的黄酒来。南方喝黄酒常用抿的，尤其是老人家，抿完后满嘴咝咝作响，然后吸个田螺或者吃口田鸡，眯眼回味那股醇甜。以前乡间吃晚饭，流行把小圆桌摆到门前空地，各人一张矮圆凳吃喝。各家吃饭一气连排，鸡犬相闻，边吃边打招呼。男人们喝酒时跟魏晋士大夫嗑完散似的，要“行散”，到处走，常请邻家“喝喝我家的”。所以一家男主人一顿饭常要连喝别人家三四小碗黄酒，然后审慎评判：这碗好，那碗一般……这碗怎么这么好？是你家自己酿的？放姜丝？放冰糖？然后彼此说长道短不已。私酿烧酒的比私酿黄酒的少，而且两极分化。好烧酒能众口赞誉，劣烧酒能争议盈天。过年时吃酒席，喝多了的人能为烧酒好坏争得脖粗脸红，你说我酒臭，我说你酒辣，诸如此类。江南乡村私酿白酒极少，所以每次喝白酒，无论是红星二锅头还是某某老窖，都郑而重之，一副“这才是真的喝酒了”的架势。但真有酿得好的,可以把自酿白酒当作宴席礼物，全场开怀，非常有面子。

南方的晒太阳时节和下午茶

以前南方秋冬，晒太阳是每日必经程序。家居老大爷老太太们并没有古铜肤色、补钙和增进维生素 D 这些时髦需求，无非想取个暖。南方无暖气，又湿润，室内室外都冷气沁肤，久而久之，全身发青的阴寒。所以见了好晴天好阳光，趋之若鹜。

最好的晒太阳环境诸如屋檐房顶，其实都被猫们占据。人不及猫狗身轻如燕，所以只好门前或院落闲坐。晒太阳的好时光是午后，午饭吃罢，打着饱嗝儿端着藤椅，摇到阳光底下。

晒太阳不同于乘凉，用竹凳者少。大多是好的藤椅，搁棉垫，四处收拾得暖融融软绵绵，出来坐着。赶上天冷时节，怕冷的老太太和小孩子穿着老先生的军大衣，抱着热水袋。有贪享受的老人家，一张大红木椅子搬出来的也有，只是要人帮忙。眯着眼挑准阳光角度，择定位置坐下来，衬垫等收拾好，一劳永逸地仰倒，手指叩叩椅背，满意到销魂地吁一口气。

日影游移是件慢而悠长的事，于是晒太阳很可以开辟点其他勾当，比如下午茶时光。平民的晒太阳下午茶很简易，一个大玻璃杯或大保温杯，贮满深色茶水，就算妥帖到位了。这样的茶通常不太香，苦中带甜，味沉，但很消食。武松说景阳冈下的酒“有气力”，平民的下午茶通常也“有气力”。清淡悠远的好茶大多在碧纱窗下幽幽氤氲，很少会被带到阳光底下来。小孩子不分茶好坏,抱着深不见底的保温杯喝两口茶，全身就都暖洋洋起来。

晒太阳时用来佐下午茶的吃食，干练而简单。最常见的两样：晒的青豆和干笋丝，带壳的花生米。青豆和干笋丝宜茶胜于粥和饭，因为其口感脆韧而味不够重，而且很容易吃顺了口。有的孩子吃多了青豆喝多了茶，到晚饭时肚子饱胀毫无食欲。带壳花生比青豆好一些，多个剥的过程，边剥花生边聊天比嗑瓜子少些上火的疏虞，能遇到剥来顺手入口又脆的花生和暖茶，就能成就一个非常愉快的下午了。

冬天冷，因此除了卖早餐的小贩，大家都爱偷懒。卖吃食的看准午后大家晒惯太阳喝下午茶的时节，慢悠悠骑着小三轮过来蹭生意。卖酒酿的喊“酒酿要哦”；卖麻花的和油馓子的常是一家，车上放着匾，略盖着白布；卖白切羊肉的就显得腰杆硬一些，俨然有别于其他卖小吃的。买了白切羊肉喝茶的少，大多数是主妇们顺手买了，等着回去做晚饭。馋的小孩儿会把买来的甜酒酿吃喝掉小半碗，就势醉迷迷两眼似开似闭，被女人们裹上大衣安放在椅子上睡着了。

仔细想来，小时候许多的花生、馓子、萝卜丝饼之类小零食，都是在秋冬午后阳光下消磨掉的。秋冬早晚冷，没兴趣吃生冷零食，长辈又老念叨油腻的多吃不好，要用茶水刮油，所以下午茶时节最适合了。配午茶的东西大多没什么奇妙玄味，用当地话说，叫“吃个热闹”。花生和青豆是脆的，耐嚼；馓子长条，吃起来噼里啪啦地响。到三四点，阳光略弱一些时，茶水喝得肚子空，就有权去买个油煎饼吃。我们那儿的油煎饼是面和好，过油炸得凹凸鲜明，卷个鸡蛋就一下子奢华尊贵了。吃饼时总是要被劝茶，因为“太油了，快喝点茶消消”。

小孩子们馋嘴重吃，上些年纪的老人家，晒起太阳就从容得多。话说得慢，茶喝得慢。有下棋或打牌的，少。半闭着眼睛，偶尔递几句话聊天，在阳光下伸伸脖子舒舒背的多，大多半睡半醒状，每当醒来，就喝一口像阳光一样长而又暖的茶。到黄昏时节阳光弱了，主妇们回家做饭，一会儿热火朝天的鱼肉香味出来，老人家们慢吞吞收了椅子，暮色四合里回家。但我经常等不到那时候，那时我小，性子急，总是在下午茶开始时就一气吃光了花生，跑去吃了油煎饼，用裹煎饼的油纸反过来擦了擦嘴，回来喝一气茶，然后就觉得困到心头，便在阳光下睡着了。周围明明亮亮、暖暖软软，依稀有许多猫在屋檐上跟我一样，懒洋洋地睡觉。

百日宴

中国人有句固定的玩笑话：贱名好养活。非只黄宏在春晚自称“我小名狗剩”，博雅如钱锺书也在《围城》里借人口道，“人家小儿要易长育，每以贱名为小名，如犬羊狗马之类……司马相如小字犬子，桓熙小字石头，范晔小字砖儿，慕容农小字恶奴”。其实谁愿意要个贱名？无非要易长育而已。古代婴儿夭折率高，中西皆然。早年大家没现代医学知识，只好认为神佛作祟，枪打出头鸟，被迫把名字起贱一些，才好避风头。孩子满了月要庆祝，挺过来了；孩子周了岁要庆祝，算长大了。所以孩子长大实在不易，步步惊心，多设几宴总不是坏事。

百日宴夹在满月和周岁之间，看似有些不尴不尬，但从数字上说，却是最周正的。此宴古已有之，描绘宋朝风情的《东京梦华录》里道：“生子百日，置会，谓之百晬。”传说辽太祖耶律阿保机“三月能行、晬而能言”，百日时已经能走会说，真神童也。当然，大多数儿童此时还是蒙昧一片……干吗挑这个日子呢？

中国人一向重数字，百者完满也，而且“百晬”和“百岁”音近，取个谐音；“晬”本身有个周岁的意思。当然也不必细究其符号学的意义，反正就是继往开来：孩子活了一百天，不易；祝福他再活百岁，讨口彩。

若要深究，百日宴比满月酒、周岁庆又要科学得多。满月酒时，母亲犹在休养，父亲手忙脚乱，孩子一团迷糊，虽然来宾一团热情，还是不免乱出格。周岁酒是必摆的，只是未免久了些。相较起来，百日酒时，父母能够收拾停当，整装而出，孩子也开始会哭会叫会动，在半懂不懂之间了。

百日宴各有各的规矩，不一而足。早年民间有“穿百家衣”“吃百家饭”一类习俗。这和给孩子起个贱名类似，形式上借沾邻里好友的光。所以有高寿老人的家庭，总是避不过“被借寿”的义务，常得借老人一件衣、一捧米，拿去给孩子增寿。这习俗如今城市里依然常见，虽然只留了形式，但那意思多少还保留着：卫生健康的改善让孩子们活得倍儿壮，但大家还是畏天知命，只愿孩子平安。

百日宴是喜宴，所以规格没法太清雅秀致，玩个性创意的小菜们不免缺了蒸蒸腾腾的喜气。然而百日宴的主题终究是孩子，所以也没法太宏猛霸道，大火重味、生猛海鲜就未免多了些戾气了。民国时有些信佛人家养生惜福，孩子百日宴还敢摆出面食和素菜为主的一桌素宴来，虽然让客人们嘴里不免淡出个鸟来，但意思也很明白：孩子百日大肆杀生搞得酒池肉林，总觉得差了那么一点儿。

实际上看老年代花心思的百日宴菜单，规格常以南方尤其是广式菜肴为主。一来广东菜既不浓油赤酱过于腻，又重火功，炖煲交加，菜多莹润鲜美又不失天然。比如同样杀生，广式的曹白咸鱼就比北派的红烧酱肘子淡雅醇厚些了；二来广东菜小点心多，取其干净利落，宜饭宜粥；三来广东菜肴自有一套格物致知、阴阳五行的补益公式，虽然不少地方有伪科学之嫌，但这个“补”字，是很合百日宴气氛的。大家求的就是个平适安泰、温补益气嘛。

百日宴的主角说是孩子，其实孩子那时还只会哭笑和蠕动手脚——耶律阿保机那类神童毕竟少，还不用提史册惯有对帝王的吹嘘——无非被大人们夸几句容貌好声音足福气无量之类，所以真正的主角还是做老娘的。如果生的是男孩，新妈妈更加底气十足，能让婆婆都矮了半截。按规矩，百日宴主菜就该献给妈妈，虽然未必吃得上几口，但意思在那儿。主菜又有讲头：得补气益虚丰美鲜香，又不能流于俗气。鲫鱼汤大肘子之类坐月子时已经吃过，如今到场面上，就得精致些了吧？葱烧黄玉参、豆豉蒸鲍鱼之类，就是为这类场合准备的。

据说民国时广东人送满月礼爱用鳌鱼肚，取个独占鳌头的口彩。但此菜其实也有道理，鱼肚益气补中，功能不下燕窝银耳，而其口味又远过之。当然鳌鱼肚名贵，做菜挑不到这么细了。

鱼肚的做法，依袁枚说，“鲍参肚翅虚名之士”。鱼肚和鱼翅，都是仗着浓汁腴煨炖。好的做法是用芙蓉鱼肚，鱼肚改完刀，用高汤煨足——也有人说用奶汤的，大概以形补形，指望对妈妈哺乳有益。然后鸡蛋清加精盐、淀粉调味，炒成芙蓉状，此后把鱼肚连带火腿、菜心、蒜头、瑶柱、干贝、姜片、葱段等等借味的东西，一齐俱下，小火慢焖。末了处理方法很多，追求精细的会加个勾芡、淋些鸡油，嫌麻烦的自可直接把焖透的鱼肚出锅，和芙蓉搭伴儿。

这一道菜，极重火候，质烂味醇，柔润到无棱无角，嚼都不用嚼。鱼肚、鸡蛋满溢的蛋白质，嫩滑软浓，柔若无骨，味渗其中，销魂至极。而且鸡和鱼都不是生猛霸道之物，天生的补益良物，做妈的吃了也不会有杀生感，倒像吞了软白香滑的仙丹，一下子就和孩子一起圆润饱满了。当然芙蓉鱼肚最好的一点，还是体现了百日宴当天菜品的本质：看，连妈妈都只吃这么个高蛋白但低脂肪的火候菜，大家也不大好意思真吃得脑满肠肥吧？咂些温淡润厚的味道，也就是了。

卧虎藏龙逛菜场

古龙写过，一个人如果走投无路，心一窄想寻短见，就放他去菜市场。那意思，一进菜市，此人定然厄头全消，重新萌发对生活的热爱——话虽夸张些，但意思相去不远。多少励志电影，大佬们一身落魄，下到市井间摸爬滚打，就又有了活气，或洗心革面决定退隐江湖，或重振士气要卷土重来。周星驰的《食神》就是个好例子。

菜市场是个神妙绝伦的地界儿。夫集市者，市井之地也。玉皇大帝、五殿阎罗，一进集市这种只认秤码的地方，再百般神通也得认输。夫菜市场者，又是集市里最神奇的地方，买菜下厨的都是阿妈，思绪如飞、口舌如电、双目如炬，菜市场里钩心斗角，每一单生意或宽或紧都暗藏着温暖与杀机。市井混杂，再没比菜市场更磨炼人的了。

我外婆以前说，菜市场里小贩都属鳝鱼，滑不留手，剥不下皮。但细想来，其中自有玄妙。侯宝林先生说过几个相声，略言清朝禁娱乐期间，京剧名票友去卖菜。这事看着容易，实际上苦不堪言。比如说卖蔬菜的，挑着担，先得就了水，所谓“鲜鱼水菜”，几百斤菜，挑得肩膀酸疼。有老太太来挑黄瓜吃，得先尝，尝了甜的才买，一尝苦的，掉头就走。

江南菜市场，卖水果、糕点的一般都强调“先尝后买啊”。卖西瓜的开半边或切些三角片，红得诱人的沙瓤；卖葡萄的挑姹紫嫣红饱满的搁着，还往上洒些水，露珠似的滚在浓妆美人的腮边。然而菜市场上可没有兴品赏咏物之致的王孙公子，净是些“我先尝尝”的大嘴快手：买杨梅，先拣大个的吃；啃玉米，不小心就半边没了。我外公是个大肚汉，打起呼噜来床如船抖。他试吃起西瓜来，一不小心就能啃掉人家小半个。摊主们经常怒发冲冠，脾气坏些的就劈手夺下，气急败坏：“不买别尝！”我们那里，有些蹭吃的专靠“试吃”活着。新开的摊，闻风而至。新摊主普遍和气生财，略招呼两声，就被风卷残云吃了一半。这样吃过三五家，一天都饱了。

然而无商不奸，自古皆然。我爸曾被我妈派去买水果，满嘴嘟囔不乐意，拉着我一路溜达到杨梅摊。我们那里以前杨梅论篮卖，一篮杨梅水灵灵带叶子，望去个个紫红浑圆。我爸蹲下，带我一起试吃。两三个吃下来觉得甚好，也不还价，就提了一篮。父子俩边走边吃，未到家门口，发现不对，上层酸甜适口的杨梅吃完后，露出下层干瘪惨淡、白生生的一堆，不由得我和我爸不仰天长叹。后来我们二人合计：人家也不易。一个杨梅篮要摆得如此端庄，巧夺天工般不露痕迹，比起老英国庄园里巧妇难为无米之炊、装点了门面等着嫁人的姑娘们还繁难。所以先尝后买，看你吃得欢欣还笑容不改的殷勤小贩，早就预备下了陷阱。所谓你有张良计我有过墙梯，是之谓也。

以前的江南菜市场，布局似乎有共同的默契。粮油商店国营列在进门处，店员们一脸铁饭碗表情，闲散自在，时常串门；冷冻食品、豆制品这类带包装的，依在两旁；蔬菜水果市场交叠在入门处，殷勤叫卖；卖猪肉的分踞一案，虎背熊腰的大叔或膀阔腰圆的大婶们刀客般兀立，一派睥睨之态，俨然看不起蔬菜贩子们。卖家禽的常在角落，笼子里鸡鸭鹅交相辉映，真所谓鸡同鸭讲，看摊的诸位很淡定地坐在原地等生意，对空气里弥漫的家禽臭味毫无所觉；卖水产的诸位是菜市场最高贵的存在，鲜鱼水菜，大盆大槽，水漫溢，鱼游动，卖鱼的诸位戴手套、披围裙，威风凛凛，一副舍我其谁的模样，手指一点，目不稍瞬，就嗖一声从水里提起尾活鱼来。手法之精确华丽，每次都能招我喝一声彩——我双手带双臂，要抱条活鱼都困难，如何他们就恁地心明眼亮、手法似电？

菜市场这地方出没久了，便知其中藏龙卧虎真人不露相。以前传奇中有所谓卖油翁，可以滴油如线，穿过铜钱眼，最后谦虚总结为“唯手熟耳”，差可近之，我们这里粮油店的大叔量油称米，日久寂寞，就变着法子地秀手段。称米如飞，你说十斤，几勺掏完，袋子上秤，刚好十斤。你还来不及夸赞，他已经淡定威严喝“下一个”了。

如此所谓“一抓准”“一称准”之类的手段，是菜市场的常用戏法。比如你说“要只五斤左右的鸡”，立刻能在“鸡”

海茫茫中给你捉一只五斤一两的；你说“要十元的梨”，手法如飞帮你挑好拣定，拿了钱都不用找。负责动刀子的诸位，又格外看不起这类“一着准”的手段，嫌太酸文假醋。我外婆以前做执勤收费的菜场，卖鳝鱼的大师简直有江湖气，三柳长须，目光如神，自吹是吃鳝鱼吃出来的，用一口扬州腔劝我们：“小孩子要多吃红烧鳝鱼！”他杀鳝鱼，扬手提起，下刀，划剖，下水，曼妙如舞蹈，大家看得眼花缭乱，交口称赞。远处坐肉案的大叔则取阳刚之风，颇得镇关西真传，下刀切肉臊子，出手如风，只是脾气差些，常被小媳妇老太太们念叨：“别切这么厉害，都把砧板木头渣子切进去了！”

我印象里最厉害的，是一位卖马蹄的老人——在我们这里，马蹄俗称荸荠，清脆而甜，胜于梨子。但荸荠的皮难对付，所以菜市场常有卖去皮荸荠的。荸荠去皮不难，只是琐碎，费手艺，用力大了就把荸荠削平了，自己亏本儿。我旧居的菜市场末尾有位老人家，常穿蓝布衣服戴一顶蓝棉帽，套副袖套，坐一张小竹凳。左手拿荸荠，右手持一柄短而薄的刀。每个荸荠，几乎只要一刀——左手和右手各转一个美妙的弧线，眼睛一眨，荸荠皮落。这一转婉约至极，瞬间就能跳脱出一个雪白的荸荠来，端的如诗似画。我们小孩子没见过世面，以为天下高手，围观之，每次都买了大堆荸荠回家吃。现在想来，还是惊艳于那婉转美妙、飞神行空的双手一转、雪白跳脱。

然而菜市场并不只卖菜。这点颇似老年代的工厂：厂房是主体是生产基地是灵魂，但让厂子生机盎然的是职工宿舍、浴室、小卖部和棋牌室里噼里啪啦的麻将声。同理，对小孩子来说，菜市场的灵魂是看不见摸不着的买卖——买到的蔬菜和肉要在锅里煮过，端上餐桌，才能算正经宴席。菜市场看得见摸得着的皮肉，乃是布满菜市场的小吃摊和糖人铺。

小吃摊们见缝插针，散布在菜市场里外，功能多样。南北方的老太太们都醒得早，爱去早市溜达，笃信“早起的猪肉新鲜”“早市的蔬菜好吃”，顺手边买早点，边和小吃摊的老板们叨叨抱怨那只知吃不知做、千人恨万人骂、大懒虫的死老公，然后把热气腾腾的八卦、包子和油条带回家去。包子和油条新鲜，八卦却经常是旧的。所以餐桌上总是被老头儿厉声呵斥：“你就净知道打听小道消息！”

江南人喊孩子作“老小”，所以老人和小孩待遇类似，都容易被哄。小吃摊和糖人铺，专吸引这两种人。我们小时候的糖人铺是流动的，摊主背一个草把子，上插着七八支竹签，分别是糖人版孙悟空、关云长、包青天、七仙女，诸天神佛，传奇妖怪，会聚一堂，阳光下半透明微微泛黄。孩子吵着要买，大人勉强掏钱，还千万遍叮嘱“千万不能吃”。然后转两圈回来，就见竹签空了，孩子正舌舔嘴角糖渍企图毁尸灭迹呢。糖人我小时候吃过一次，略脆，很甜，糖味很重。后来想想，其实不好吃，只是被大人们的禁令挑逗得兴起而已。多少孩子看捏糖人的过程不觉心醉神迷，非拉着妈妈买完菜再溜去百货商店买盒橡皮泥，以便回家后也可以捏一把。

菜市场的小吃摊基本被赋予半个托儿所的功能。大人们出门买菜，孩子独自搁家里不放心，带着。到菜市场，鱼龙混杂，七嘴八舌，天暗地滑，而且满地都是陷阱泥淖，不小心孩子就敢踩到哪堆鱼鳞，摔个嘴啃泥。而且孩子怕烦，又好新鲜，看见五彩缤纷香味洋溢的吃食，就显然走不动道儿。所以家长们经常把孩子寄在熟悉的小吃铺，把摊主当托儿所所长拜托："一会儿回来接。"小吃摊大多是味道细碎的一招鲜，油煎者为最上，因为油香四溢，兼有吱吱作响之声，孩子们最容易受哄。我小时候看摊主做萝卜丝饼，看着白生生一团被捏成油黄酥脆的物儿了，吃来外酥里脆，着实新鲜有趣。馄饨摊主和我混熟之后，可以赊账，跟我爸妈说好，别让孩子带着钱来吃，一个月结一次账便好，好像也不怕我逃了，轮到给我下馄饨时，加倍地给汤里下豆腐干丝。

菜市场自有高峰期和低潮期。早市直到午饭前，午后三到五点，总是最喧腾时节。那时人人三头六臂，七手八脚，吆五喝六。年轻人焦躁，左手给第一位找钱，右手给第二位拣菜，嘴里招呼第三位，粗声大气，好像吵架，一急就拍脑门："又他妈算错钱了！"年长一点儿的老人家潇洒得多，眼皮低垂，可是听一算二接待三，眼观六路耳听八方，手持秤砣颤悠悠一瞄，嘴里已经在和熟人聊天，还不忘耍个俏皮。都说江南人小家子气，算盘打得响，至少在小贩们身上是如此。账都在老先生脑子里，一笔不乱。最多略一凝思，吐起数字来流利得大珠小珠落玉盘。当然也有例外，不知怎么的，我们这儿的人普遍认为，卖葱姜的都是山东人——大概山东葱姜极好吧。生姜不是什么大生意，还常做附带品，但依然可以卖得豪气干云。比如卖蔬菜瓜果，最后要是没零钱找了，高峰期繁忙之中，摊主急星火燎，一拍脑门，抓起一把大葱生姜就往头家篮子里塞。山东大汉塞起生姜，格外豪迈，能吓得老先生买家一迭声说：“用不了这么多！”

然而过了繁忙期，菜市场颇有点渔歌互答的闲雅风情。近午时分，有些大汉打着呵欠补觉去了，精神好的几位聊天、打牌、下棋、吹牛侃山，把摊子搁在原地。小吃摊的贩子们好心，有时负责帮着照看好几家生意，来个葱姜、茄子的，也能报个价，收钱。都是熟人，再没怀疑的。当然也有打牌打入神了的，相当可怕。话说我们家那以前有位买了十几年菜的卖馓子大叔，牌瘾极大，每天手提着一副麻将牌来卖馓子。下午开桌叫牌，打得热火朝天。这时候去买他的馓子，招呼摊主，他总是头也不回，或喜或怒或惊或故作不惊。你大声问：“馓子什么价？”他手一扬：“看着给吧！”那点散碎馓子他也不在乎了，真有被人把匾里的包了全拿走的，他也不急不恼。

入夜之后的菜市场人去摊空，就摇身一变成了夜市小吃街。以前炒饭面菜全方位无敌大排档还不兴盛时，夜市小吃基本还是豆花、馄饨这些即下即熟的汤食，加一些萝卜丝饼、油馓子之类的小食。家远的小贩经常就地解决饮食，卖馓子的和卖豆腐花的大叔经常能并肩一坐，你递包馓子我拿碗豆花，边吃边聊天。入夜后一切都变得温情，连卖油煎饼的大伯都会免费摊你一个鸡蛋，昏黄灯光照在油光光的皱纹上。

离家去上大学后，自己租房子，自己下厨，自己去菜场，才觉得两眼一抹黑。以前我妈去菜场总是胸有成竹，好像当晚的宴席已经被她配平成化学方程式，只要斟酌分量买好就是。而我初次单个进菜场，被叫卖声惹得前俯后仰，如进迷宫。见了菜肉贩们，也说不清自己要什么，期期艾艾，惹得一寸光阴一寸金的对面大爷大婶们冷脸以对，就差没喝令我“脑子理理清再来”！临了，跌跌撞撞把疑似要买的买齐后，回家下厨，才发现短了这缺了那。回思爸妈和外婆当年精准犀利的食材、调料分配，顿感高山仰止。这事后来和老妈电话谈，老妈问罢价，在电话那头顿足声我都听得清了：“买贵了买贵了买贵了！”

过年回家，陪爸去买年前要用的菜，也为了顺便吃芝麻烧饼，喝羊肉汤，便又去了菜场。

一闻到鱼腥味、菜叶味、生鲜肉味、烧饼味、萝卜丝饼味、臭豆腐味、廉价香水味，听到吆喝声、剁肉声、鱼贩子水槽的哗啦声、运货小车司机大吼“让一让！让一让！”声、小孩子哭闹声，望着满菜市场涌动的人流和其上所浮白气——呼吸呵出来的、蒸包子氤出来的——我觉得自己又回到了妥帖安稳的地方。像小时候菜市场收摊后的馄饨铺，氤氲在热汤和暖黄灯光里似曾相识的温暖弥漫出来。那时，人化成了泥，融进了一个庞大、杂乱但温柔的泥淖中。所谓落叶归根，盖如是也。

最好吃的外卖

吃外卖这件事，很容易让人上瘾。比如中夜要吃东西，念头一闪，想到要下厨起火、备饭煮菜，就懒得动弹；要披衣起身，摸黑出门找馆子，更想算了；赶上冬天，霜雪横飞，就会告诫自己“晚上吃东西多不健康啊，不要啦”。所以出去吃东西，我和女朋友若两个人，得彼此劝勉，才鼓得起劲来；有一个人懒，就宁可饿一阵子。可是叫外卖，那就毫无劳动成本：身不须动，腿不须抬，只打个电话，等一会儿，寒夜叩门，一开，吃的东西就来啦！——谁能抵抗这点诱惑呢？我在上海时，出去吃馆子若吃好了，就会得寸进尺地问：

“有外卖送么？”

北京办奥运会那年，有个南京阿姨，带着女儿女婿，在小区对面街角开着小门面，卖鸭血粉丝汤、汤包和三丁烧卖，只限白天，晚上铺子归另一家，换几张桌子，摆成小火锅店。

秋冬天去吃粉丝汤时，常能见满店白气，细看，都是阿姨在给一个个碗里斟鸭汤。鸭血放得料足，鸭肠处理得鲜脆，鸭汤鲜浓，上桌前还会问：“要不要搁香菜？”——香菜这东西有人恨有人爱，爱的人闻见香菜味才觉得是吃饭，恨的人看了汤里泡的香菜如见蜈蚣，是得问清楚。

她家的汤包，皮很薄，除了一个包子收口的尖儿，看去就是一叠面皮，趴在盘里，漾着一包汁；咬破皮后，汤入口很鲜，吃多了不渴，肉馅小而精，耐嚼；整个汤包很小巧，汤鲜淡，跟无锡、苏州的做法不一样。我问阿姨，说是老家做法。老家在哪？南京、淮安、南通，跑了好几个地方呢……三丁烧卖，其实就是糯米烧卖，里面加豆腐干丁、笋丁和肉丁，糯米是用酱油加葱焖过的。这两样主食都顶饱，配热鸭血汤，冬天吃完，肠胃滚热，额头见汗，心直跳。

这家刚开店时，不送外卖，因为老板娘管账备汤，女儿跑堂杂役，女婿预备汤包和饺子，只应付得来店里。开了半年，雇了个学徒帮着照应店里，老板娘女儿——因为跟妈长得一模一样，我们叫她小老板娘——就骑着辆小摩托，给街坊送外卖了。

有位邻居边喝汤边问起过：“这店铺，有老板娘，有小老板娘，有小老板娘她男人，那么，有老板吗？”小老板娘边端蒸笼边看她妈，老板娘就用南京腔说：“没老板！死掉了！死在南京了！！”

我在家附近购物时，看见一个湖北馆子，貌不惊人，灰扑扑像个没睡醒没洗脸的坐班族，只门楣上“热干面”触了我情肠——我在武汉户部巷吃过两次热干面——于是推门进去。店堂不大，略暗，老板和桌椅一样方正、色黄蜡、泛油光。但端菜上桌，才觉得人不可貌相。

热干面，煮晾得很像样子，面筋道，舌头能觉出芝麻酱的粗粝颗粒感，很香。

一份豆皮，炸得很周正，豆皮香脆，糯米柔软，油不重，豆皮里除了常见的笋丁、肉粒和榨菜，甚至还有小虾肉碎，咬上去脆得“刺”一声，然后就是口感纷呈，老板说是“为了上海客人爱吃”。

一个吊锅豆腐，用腊肉烩豆腐干，豆腐先炸过，表面略脆，再烩入了腊肉风味，汁浓香溢。

吃完结账，老板也不好意思似的：“店里环境是不好，不过我们有外卖！”就给了我一张名片，指指电话号码。

以后我打电话叫外卖，有时会这样：

“今天要一个豆皮，一份热干面……还有什么？”

“有糍粑鱼、粉蒸肉、吊锅豆腐、玉米汤、武昌鱼、辣子炒肉……”

“那要一个粉蒸肉，一个吊锅豆腐、一个玉米汤……”

老板便打断我：“这么多，你们两个人吃不掉！听我的，一个粉蒸肉就可以了，我再给你配个。”

“好。”

送来了，老板隔着塑料袋指：

“这盒里是粉蒸肉，这盒里是豆皮，这盒里是热干面……

这瓶是绿豆浆。”

“绿豆浆？”

“嗯，我自己弄给自己喝的，很清火！很好喝的！”

“你菜单上没见过这个啊。”

“嗯是，我自己做的。还有这盒里是洪山菜薹，我给你炒了下。”

“这个你菜单里也没有。”

“没法供，这个我老婆从武汉带过来，我们自己吃的。卖，一天就卖完了。”

“那怎么算钱呢？”

“你们老叫我家的，这两个算我送的。”

宋朝时，中国人普遍由一日两餐变三餐。吃得多了，老百姓不及下厨，像都城汴梁这样的繁华风雅所在，就流行消夜外卖。叫了消夜，熟的店铺就拿食盒、掌灯笼，穿街过巷送来，杯盘俱备；如果再熟一点，餐具和食盒都能留在府上过夜，白天再来拿。我跟若说起这个就馋。馋好吃的，也馋这股子信赖劲儿。

什么样的外卖最好吃呢？若的答案是：不用走到店里去吃的，都好。你想啊，挂上电话，须臾之间，有人敲门，热腾腾吃的。一白遮三丑，一热抵三难吃，尤其是冬天。

入夜之后，小区右手边的丁字路口，会停住一辆大三轮车，车上载着炉灶、煤气罐、锅铲和各类小菜。推车的大叔把车一停，火一生；大妈把车上的折叠桌椅一拆开，摆平，就是一处大排档了。你去吃，叫一瓶啤酒，扬声问大叔：“有什么？”大叔年纪已长，头发黑里带白，如墨里藏针，但钢筋铁骨，中气充沛，就在锅铲飞动声里，吼一声：“宫保鸡丁！蛋炒饭！炒河粉！韭黄鸡蛋！椒盐排条！”“那来个宫保鸡丁！！”“好！！！”须臾，大妈端菜上桌，油放得重，炒得地道，中夜时分，喷香扑鼻；如果能吃辣，喝一声“加辣椒”，老板就撒一把辣子下去，炒得轰轰发发，味道直冲鼻子，喝啤酒的诸位此起彼伏打喷嚏，打完了抹鼻子：“这辣劲！”吃完了，都是满额汗水，就抬手问大妈：“大妈结账！——你们有外卖没？”

大妈摇摇头：“没有啊！忙不过来！”

——于是，你要吃这大排档，只能半夜出来。有时生意太好，你得买了回家；要就地儿吃也行，自己带张报纸，垫在马路牙子上，捧着饭盒吃。

——老板做菜，手艺有点儿机械。几样招牌菜千锤百炼，都做得好吃。但如果有人提非分要求，比如“老板，韭黄炒鸡丁”，老板就皱起眉来，满脸不耐，最后粗声大嗓说：

“那样炒没法吃！”

2010年世博会期间，上海整治市容，这个三轮车大排档隐匿了一整个夏天。街坊们丧魂落魄，到晚尤其无聊，连小卖部老板都抱怨：“我们啤酒都卖得少了！”倒不是三轮车大叔手艺独到，说来他的做法，无非大油大火、猛料重味，吃个痛快，家常也能做，但主妇们不乐意：“吃这么油，孩子怎么办？做饭可不单为你一个人。”于是乘凉时，众街坊食不甘味地坐一起发牢骚。水果店大叔边拨弄自己的猫，边摇头：

“让我们少吃油盐，说是活得长；可是不吃油盐，活得长有什么乐子嘛！”

转过两个季节，要过年了。街角卖炒栗子的老板换了地方，开年换别处经营，铺位被新人承了。开店那天，来了辆三轮车，到地方，一个头发墨里藏针的身影，把煤气罐、炉灶一一蹾在地上。街坊们看直了眼：三轮车大叔回来了，还有大妈，外加儿子儿媳。大家奔走相告：“租了店面了！不走了！”大叔照样管炒，偶尔儿子接手；大妈管账；儿媳和儿子轮流跑堂和骑三轮车送外卖。乍开店那几天，赶上年下，生意大好，大叔经常边炒边接电话。我经常打电话去：

“哎，我要一个……”

“晓得了晓得了，宫保鸡丁和蛋炒饭！”

“对对！”

“好挂了！”

每逢这时，我就知道，大叔正忙得热火朝天，嗓门都哑了。

那是2011年一月的事。若回重庆过年去了。我留在上海，预备到年下再回无锡。这天上午，给街角南京阿姨鸭血汤家打电话，接电话的是小老板娘。

“啊，你呀，两碗鸭血汤一笼汤包一笼烧卖加辣加香菜是吧？”

“一碗鸭血汤就好，不加辣。”我说。

“啊，你女朋友不在呀？”

“回家过年啦。”

“好好，一会儿到！”

一会儿，门铃响。我去开门，见一位陌生大伯，一件像是制服的蓝外套，略驼背，一手提着冒热气的外卖，一手就嘴呵着气。看见我，问：

“一碗鸭血汤一笼汤包一笼烧卖加香菜不加辣对吧？”一口南京腔。

“是。”

收完钱，大爷看看我，微微弯腰，低了一下头：

“谢谢您啊，一直照顾我们家生意。”南京口音。

我也不知道该回什么，就也弯弯腰，接过外卖盒来，

“谢谢您了。家里，都还好吧？”

“现在算是好了！好了！”他很宽慰似的说。

我到现在也没想明白“现在算是好了”是什么意思。

我买的火车票是年三十黄昏。那天上午，事都忙完了，我在街上溜达，意外看见三轮车大叔家的儿子，载着一整三轮车的饭盒，给西瓜店、羊绒店、CD 店、报亭老板、小学传达室看门大叔，一一送。我有些愣，招招手。

“你们白天也送啊？”

“我爸说，过年大家都回去了，但大家还要吃饭的；我们就送今天一天。”

“你们回家去过年吗？”

“我们把家安这里了，就在这里过年。”

那天中午，满街都是三轮车大叔大油重料的韭黄鸡蛋、宫保鸡丁、炒河粉、蛋炒饭的味道。街两旁商铺不回家的老板们，搬着椅子，一溜儿坐在街旁，跷着二郎腿，吃得稀里呼噜声

一片。我都看馋了，就溜达到丁字路口，看大叔使大铲在大锅里，乒乒乓乓地炒得山响。我放大嗓子喊一声：

“大叔，要一个……”

“宫保鸡丁和蛋炒饭是吧！我知道！”

“好！”

我跟若说：最好吃的外卖，就是你叫了，老板能记得。这点子会心默契，比暖和的外卖还动人。

2012年秋天，我离开上海，到了一个没什么外卖消夜可吃的城市。隔了一年，我回上海过夏天，为了方便起见，在离原住处甚近的酒店订了房间。到晚上，我和若都饿起来了。

“去吃饭吧。”

“不知道店还开着没。”

“打电话去问问呀！”

这才想起，手机里还有个存了一年没拨的外卖号码。

我拨了湖北馆子的电话，电话响了两下，被接起来了。

“现在还开店吗？”我问。

“开的。”

“那要一个豆皮，一个热干面，一个粉蒸肉，一个糍粑鱼，我一会儿就到，菜先炒着吧。”

“好。”

对面应了一声，隔了一会儿，很温和地补了一句：

“回来啦？”

“是，回来啦。”

味在言外

无非求碗热汤喝

魏晋时代人风流，曹操以下，建安诸子竹林七贤，一概风流倜傥，玉树临风。酒不缺，却少口吃的。匈奴献曹操一盒酥，杨修就率诸将给吃了，末了还玩“一人一口酥”的文字游戏戏耍曹操。当然，从中亦可见那时连酥糖都珍贵。魏晋时把面条叫汤饼，估计也就是水煮囫囵面，吃个混饱。曹丕疑心何晏脸白是抹了粉，就拿汤饼哄何晏吃，看他出了汗是啥效果，可见这东西未必好吃，但的确热气蒸腾，很是有用。

都说我国饮食文明甲于天下，确是真的。我国八大菜系，满汉全席，细点小馔，气象万千。比起西方人单调的只烹不调，简直是神仙日子。袁枚《随园食单》里细说鱼翅海参，李渔《闲情偶寄》里大谈酒鱼茶肉，学问海了去了。只不过，士大夫究竟是士大夫，小民百姓临头来怕是品不出鱼翅发得好不好、海参是否弹牙汁浓。我们这里穷过的老人，讨论一碗汤好不好，就一个标准：这汤浓不浓。

老一辈人怀旧，吃饭时还常教导我们：喝汤时要溜边沉底，轻捞慢起。像我这种怕鱼刺的，喝鱼汤时每每纳闷：躲鱼肉还来不及，干吗还沉底缓捞呢？那时还没挨过饿，出门一多，到处走走，饿过几顿后明白了。老一辈人自有其哲学，求饱求暖，就指望一碗热汤，汤里有菜有肉，熬出浓汁来，咸一咸嘴，填填肚子。

传闻南方的某些老字号，一锅汤百年不灭，日夜填薪地燃着煮着，就是卖个“这汤火候到家”。时间既久，味道极厚。融了不知多少大料，煲了不知多少老汤，那是无价之宝，譬如卤味铺的百年老汁、酒家地窖的百年老酒、川中传了几代的泡菜坛子、烟茶行家闷了半世的雪茄或普洱。那汤是给行家里手品的。内行一品，就能嗅出这汤的好坏、用料多少、火候程度之类。那就像是建筑大师看房子，一眼看出风格体式，随手把鸟笼挂上就步月于庭的逍遥劲儿。然而天下寒士太多，要的不是雕梁画栋、金碧辉煌，而是茅屋广厦千万间，求个庇护的地方。我辈俗人，大冬天扑个地方喝一碗汤，吃几块肉，暖和过来了，这才是正道。汤是这样一种东西：不算正餐，可俭可奢，是最有效的解寒、去饥之物，因此务求其浓。别说热汤，连去暑的汤都讲究个浓。老北京做酸梅汤，法子各异，但大体精神不变：熏过的酸梅——乌梅——加水煮，酌加冰糖，凉透过滤，最后出来就是要求个“浓”。

十月末天风骤起，夏季余温被踢走，秋凉豁然而止。冷了之后，才发觉特别易饿。房间里储藏的蛋糕、点心等吃到肚里，像泥牛入海，真怕胃成了无底洞。出门去走街，面包店、熟食铺、比萨店、自助餐之类的没勾起食欲来，可是走到麻辣烫、拉面馆这类地方就走不动道了，非得进去，就着热辣辣的汤吃点什么。那厚厚的浓味滚汤，一口口烫着舌头和嘴，咕咚一口咽下去，肚子里豁然就暖起来，背上一阵舒服得发痒。这就足以让人享受的了。

出门在外的人，又格外恋碗汤喝。蒲松龄为了写《聊斋》，煮了绿豆汤在路边请人喝，以“讹诈”故事素材，可见一碗汤对行游的路人实在是天上降下的宝物。小时候去乡下陪爷爷奶奶，偶尔还能见到有投亲不着，又不熟附近旅店餐馆，上门叩问顺便要点东西吃的外乡人。乡下人怕羞，只问能不能要碗汤喝。奶奶盛了浓浓一碗青菜豆腐肉丝汤，对面就能热泪盈眶。我外婆说，再往前些时节，冬天一碗汤是能救人命的。

汤的意味，到入冬尤其明显。中国历代多的是这样的故事：外面大雪纷飞，主人在家闲坐，吃一碗料粗味浓的汤。听到有人敲门，大声道：“饥寒交迫，求一碗汤水喝！”千金相救之类的故事属于低概率的传说，穷帮穷才符合绝大多数的例子。主人开门，客人闯进，泼了斗笠上的雪，主人送上一碗热汤来。未等喝，那一份恤老怜贫的暖意就随白汽一起氤氲而起，救人命暖人心了。这是典型的中国平民传奇：对独行寒夜、饥寒交迫而又无可奈何者，最富有人情味和最实在的，无非是有一碗热汤喝。

上苍保佑在冬天吃完了饭的人们

英国小说家福赛斯描述一个英国刺客谋杀法国总统戴高乐的经典小说《豺狼的日子》里，提到了一个细节。在夏季的黄昏，这个英国刺客面对全法国的追缉一度打算放弃这一任务，但在回想到平庸生活的种种细节之后，他决定继续他的旅程——在他所追想到的令人不愉快的细节中，有一个是“不冷不热的茶”。

天冷了之后，对这话便格外有感觉。在暖炉旁犯懒的猫看窗外那些奔波的人时，想必无法想象一碗热茶热汤对于他们的作用。《红楼梦》里，薛姐姐让宝二爷别喝冷酒，说话时宝二爷正暖炉烘着，暖阁坐着，薛姑娘也只能说喝了冷酒写字打战的道理，却不知道到了冬天雨雪湿冷的时候，淮扬细点，岭南精馔，都是身上挂满动物毛皮装饰品的大爷们品用的。古人的戏文里，风雪里救起垂死者，一碗姜汤就能救一条命，一灯如豆的小酒家，闯进来一条好汉，边拂衣上的雪边扯嗓子要暖一壶酒来大块肉。这是冬季的饮食，饥寒是杀人的利器，人民群众要的是重食厚味、大刀阔斧。

北半球北方的居民习惯了寒冷的冬天，深切知道如何应付冬季。俄罗斯人靠伏特加抵御漫长无趣的冬季已成传统，而描述哥萨克人生活的小说，说到贫民间的友谊，以招待一次茶炊、喝滚烫的茶为开端，以一次大喝伏特加，在莫斯科街头醉得东倒西歪而达到高潮。波兰人在风雪天出门，总不忘了带着他们的甜酒，以至于年深月久，人人都是红红的酒糟鼻子。南欧的人们用他们的各种水果酿制清甜可口的酒类时，终日为寒雾所迷的英国人则要烟熏火燎地炮制烈性威士忌。这就像中国的江南，乡间还在喝着热黄酒加姜丝时，北京的街头小铺里早摆开了二锅头和涮羊肉，而宁夏的牧民，会为你泡制浓浓的奶茶。这是应对冬天的方式，烈酒，烫茶，浓汤，在寒冷空气里搓手呵气的人们，依靠这一切立竿见影地制造出天堂的氛围。

自然，仅仅喝暖是不够的。东北人拾起“乱炖”，四川人亮出火锅。按例是大堆的肉菜，夹杂着调味的神奇植物、大瓢的浓汤热水，格格巫配置魔液似的搅在一个大锅里，轰轰烈烈煮成一气。细斟慢品的大家或许对此颇有不平，可是冬季的寒冷萧瑟，需要大气磅礴的粗鲁来压制。一锅咕嘟冒泡的雄厚大餐，管你是肉是菜还是生姜，筷子和大勺忙不迭地夹起来，来不及吹，挂汤带汁地一口咬下去，舌头像鱼似的跳跃着躲避被烫，一口咽下，从嗓子一直烫到肚子里。这是冬天，人人都裹着厚重的衣服活像还不会捕鱼的肥熊，你有权利不跷兰花指、不摆小姐架子、不显“兄弟吃东西怕是有些忌讳和挑拣”的矜持，只顾甩开腮帮子，轰隆轰隆地吃便是。

中国的非基督徒比基督徒还热情，西风东渐了圣诞节这个莫名的东西，但归根结底，春节才是最后的王牌节日。母亲还在靠工资过日子时，每到过年，单位里分发一些大肉大鱼来，除了讨口彩，也大合冬季的雄厚声势。父亲说他少年时候，过年时没别的菜，奶奶都是一例炖了大肥肉出来，为没有油水的孩子们解馋。过了年，大家串门，平日困窘的家庭里，也能为来客放上糖果、肉干、巧克力这些大大不利于健康的高脂肪食物，临到吃饭，照例肥甘当道，把人们撑个肚儿圆。

南北方人，入了冬都爱泡浴室，许多时候不为求干净，求的是个暖。电影《洗澡》里有个很浪漫的玩法：木盘上搁白酒，泡在池子里的老人互相推着盘，饮一口。我们这里喝白酒少，但喝完热黄酒来泡澡的多。一般喝完点小酒或羊肉汤的来泡澡，全身舒暖，红光满面，真可以祛百病。泡完澡的诸位躺着，熟人就开始互相扔烟、聊天，说儿女老婆父母家长里短。爱静的老先生就读书，因此在浴室里常见二十世纪七十年代绿封面版的《水浒全传》之类。安格尔《土耳其浴室》里，可以看见姑娘们的咖啡和糖罐，我们这里没这么华丽，但大家都爱赖着床铺睡。浴室的茶不是什么好茶，谈不上回味隽永。掌柜的承认，就是去淘些寻常炒青。但泡完澡出门，一杯热茶极解渴，端的快活似神仙。有些老人家泡完澡，饿，就送支香烟给茶房，“给我出去叫个馄饨”，茶房就答应，烟别耳朵上，出门买馄饨回来。

冬天的饮食与澡堂子的热水、家里的床铺有共同特点：厚润的白气，捂暖人心的双手。

张楚的歌里唱道："上苍保佑吃完了饭的人们。"若上苍足够仁慈，也许需要补一句："上帝保佑在冬天吃饱了饭的人们，保佑在寒冷天色里独自浪途、徘徊异乡、思念着烈酒热汤、火锅大肉的人们。"幸福的孩子们在圣诞之夜总是许下更绚丽灿烂的愿望，希望在次日早上醒来时，袜子里能够找出拼图玩具、漫画册、篮球鞋、游戏机和巧克力。在他们长大前，也许不能够明白为什么有一些大人可以在冬天把脑袋扎在一起，喝酒吃肉大声唱歌，并且在过年的时候祈祷丰衣足食、年年有余。那是属于全世界所有语言与地区不能宣讲的秘密，是上帝刚被人们膜拜时便已开始的永恒的祈祷主题。

人世务求“吃得香”

小时候，大多数爹妈似乎都来不及高瞻远瞩地为孩子定宏伟蓝图，每天心心念念，只望孩子吃得香睡得着。“吃得香”这词极妙，可意会不可言传。举凡妈妈看孩子狼吞虎咽，就眉开眼笑念将出来。这时咬文嚼字问“香”是何意，妈妈们都期期艾艾了。

“吃得香”挺难理论解释，只好现象归纳之：狼吞虎咽、咂嘴、吁气、打饱嗝儿，那就差不多了。《骆驼祥子》里有句话精妙：祥子结婚，吃虎妞做的熬白菜加肉丸子、虎皮冻、酱萝卜、馏馒头。饭食比往日可口，但“吃不出汗来”。“吃出汗来”，差不多是“吃得香”的极高境界了。

如是，吃得香和饭食可口就没必然联系。李渔认为蔬菜中的笋和水产中的虾是同类，是食品中的甘草。此二物鲜甜自不必论，但吃笋吃虾，显然都吃不出汗来。吃笋而能出饕餮状的我见过一次：某次大锅排骨笋子汤，水汽氤氲，一位仁兄夹肉与笋裹在大白馒头里，大口痛嚼，旁若无人，脖子挣粗脸发红，看得都让人有食欲。但这是借了汤和猪肉的光，非笋子功劳也。

由此延伸，食精脍细、精致秀雅的，似乎不容易吃得香。啃凤爪、剔蟹壳、莼菜羹、鱼刺身、果仁夹心巧克力：刀工食材调味火工越接近艺术品，大家越极口称道，但反而不敢唐突佳人了。

祥子吃得香的，是烧饼夹肉，是羊肉包子，吃一口满嘴油。莫言写山东人吃佧饼，饼中裹大葱，一口下去脖子发红；又山东羊杂汤配烧饼，冬天吃全身透汗，腹中滚烫。这类经验，大家都会心不远。冬天北京人吃卤煮火烧，苏州人吃羊肉汤配馒头，过年吃红烧蹄髈肉汁拌饭，午夜上街喝碗明火白粥斩盘卤菜，川人入夜到串串香坐下，几十串且熬着，扬手先叫来啤酒——类似“吃得好香”的经验，大家都有过。若要归纳“吃得香”，大概逃不出这几条去：或是有浓味汤羹，如此才能吃得全身热发；或是有重酱大肉，如此才能吃得贪得无厌；或是有厚面加刺激味觉的调味料——葱蒜韭菜……如此才能让人孜孜不倦，越吃越欢。

饮食男女，人之大欲，如是男女和饮食自有类似处。如李渔所谓笋与虾，如袁枚喜爱的佳果，比如诸位金钗们同着宝玉一起吃的螃蟹，都属于清秀雅致之物，不食人间烟火如林黛玉、小龙女，素雅澄净如黑白片剪影下来的赫本。大吃大嚼，就很唐突佳人了——那时就不是尹志平去追小龙女，而是黑旋风去找李师师了。

而人能吃得香的食品，比之于姑娘，就不是世外仙姝寂寞林那种。看伊娃·朗格利亚这一类享誉美国的辣阿姨可知：容貌非绝顶，身段不修长，但凭着墨西哥肤色、大灿烂笑脸和那股欢实劲，就有墨西哥菜的吸引力了——话说墨西哥菜去了鱼基本是玉米，怎么美国人民也吃得香？答：番茄酸，辣椒辣，火红的调味汁撩拨的。末了加点儿墨西哥烤烟，美国德州人民都抵挡不了这个。吃得香的饭食大抵如此，饱满鲜活重口味，满足了人民关于吃的最核心需求。

当然，吃得太香是要遭批判的。赵翼痛恨葱蒜，说吃葱蒜的人流汗如牛马粪。李渔也认为葱蒜韭不好，所以只肯拿葱调味，韭则只取早韭，意思是那时韭菜还清爽，没被世俗污染——才子们格物就这么可爱，哪种菜是小人，哪种菜是君子，然后亲贤臣远小人，指望吃得通体晶莹上下透明呵口气都跟香香公主一样有兰麝气，大概放现代就要搞个“蔬菜大批判”，划分左右派了——且说我拿这段去给一个爱吃蒜蓉空心菜下饭的女孩子看，她如此评点二位才子的葱蒜观：

“那他们得错过多少好吃东西啊！”

如是，人越往高雅的方向走，越容易沉溺于妙玉的点犀盉和她被刘姥姥嫌淡的茶，这是洁净化了的饱暖思淫欲，但说到底，味道之精妙纤细固然是高一级别的存在，终究脱不开饮食之本还在于“吃得香”。一个满是小龙女或凉拌莴苣嫩尖（所谓凉拌凤尾）和鲈鱼莼羹的世界固然望去很美好，但一个满是张曼玉版金湘玉和腊汁肉夹馍配羊肉汤的时代疑似更让人觉得人生有滋有味些——要怪只好怪饮食男女，人之大欲，DNA 里就藏了天意。

吃饭焉能不摆谱

《武林外传》里邢捕头问："你们知道鱼翅是啥滋味吗？"吕轻侯答："听说跟粉丝差不多……"类似问对，已经是固定套子了，类似于"比萨等于外国烧饼"，是人民用来调戏上头的聪明把戏。这其中透露着这种哲学：钟鸣鼎食未必就比清粥小菜有味道——也就多个摆谱的功能。

按鱼翅来说，其应该算借味菜，所难得者在于口感。发得好的鱼翅轻滑柔弹，比粉丝有跳跃感。袁枚《随园食单》里对鱼翅的做法，火腿鸡汤冰糖等极尽华丽扭曲之能事。唐鲁孙写北平翠盖鱼翅、谭家菜做翅子的方式，比袁枚又旖旎得多。我只觉得，按那些炮制鱼翅的华丽烹调法去对付橡皮筋，估计也能好吃了。举例来说，类似于一个面貌平淡清素身段寻常的女孩子，名化妆师浓墨重彩妙笔丹青地一画，再稍微 PS 一下，也能是绝代美女。

袁枚写鱼翅，妙在这句："往往以三钱生燕窝盖碗面，如白发数茎……真乞儿卖富，反露穷相。"这又合了《镜花缘》里君子国宰相的说法：鱼翅等本来淡而无味，无非是价钱贵些，可以拿来炫富。若如此，何不干脆把白银直接放托盘上端来？

虽然有失偏颇，但吃饭摆谱，古已有之。

我所见吃饭谱摆得最大的，是《基督山伯爵》里一个段子。基督山把天南海北的两条鱼搁一盘子上，然后轻描淡写地陈述，说最爱的是想象"这两条鱼如何天南海北聚一起"。唐格拉尔不信，基督山就叫人把活鱼端来给他看，以示"兄弟我有的是钱，一买就是两条，一条吃，一条看"。

《红楼梦》里，凤姐吃饭时戏弄刘姥姥。先是说一个鸽子蛋一两银子，再把茄鲞说得花里胡哨，"倒要十来只鸡配它"，最后一套木头杯子。与基督山风格不同，但本质一样：口腹之欲到此退居次席，要帅摆谱牵着人玩才是终极目的。

吃饭摆谱是门极大的学问。《潘金莲之前世今生》里，曾志伟给王祖贤划拉一大堆日式料理，简直像相扑手吃饭。对面单立文风雅地请姑娘吃柳川锅，眉梢眼角风情万种，高下立判。风雅人吃饭是讲究摆谱的，但得含而不露，包子有肉不在褶上。《围城》里唐晓芙笑方鸿渐叫一桌子菜，"这不是吃饭，是神农吃百草了"。其实唐姑娘未必不喜欢人摆谱，只是方鸿渐摆得不大对而已。

说到摆谱，回归袁枚那句"真乞儿卖富，反露穷相"。说到底，谱还是得摆，但得摆得恰当，摆得风雅。比如黄蓉给洪七公做"二十四桥明月夜"，火腿里扎豆腐球，就很有摆谱嫌疑，但是名字起得好，做得又利落，谱摆得不着痕迹，所以就成了妙味。

高雅的摆谱方式，通常是以清寒衬奢贵，比如袁枚“冬瓜燕窝”。吃过川菜馆用鲍鱼汁配铁板豆腐，大致差不多。四川的开水白菜也有此嫌疑，明明内蕴深厚，偏作天真无邪的清澈状，显得举重若轻，是种极高雅的摆谱了。

当然了，我辈俗人，食精脍细是愿望，但没那么多强制性。吃东西务于味与香，色、形和其中各类天理人心的含义还是等而下之。黄蓉之可爱，在于家有黄药师这样的大才，做得了“玉笛谁家听落梅”这等神菜，一路四咸酸四蜜饯挑着嘴，可是跟着郭靖就吃西瓜、偷鸡、吃压扁的点心，什么都肯。

所以，人生找吃饭伴侣，能找个不爱谱也不摆谱的，肯和你午饭玉堂金马吃鲍汁鹅掌枸杞牛尾汤，晚饭坐在路边摊吃碗麻辣小面的姑娘，上到鱼子酱，下到麻辣烫，夫复何求？

夜雪封门羊肉汤

金庸爱大仲马，化用过其著作中许多情节。著名的有《连城诀》跟《基督山伯爵》的狱中故事，不知名者有《射雕英雄传》和《二十年后》里共通的偷酒炸船逃生情节。关于饮食，则有如下例子。《基督山伯爵》末尾，唐格拉尔被囚挨饿，闻着绑匪躺的皮革，都能想起德尼佐厨师给他做的“葱爆牛肉”；《书剑恩仇录》，红花会囚了乾隆爷，也是饿他一阵，然后叫御厨来做“葱椒羊肉”。

私下想来，牛肉是水浒好汉们的最爱，讲究花糕也似好肥肉，壮硕劲道；乾隆一个舞文弄墨到处题诗还爱编典故戏弄臣子的皇帝，羊肉就显得雅驯些。至于葱爆则有大讲究：假设你饥肠辘辘，一碗葱香凶猛的葱爆羊肉和一碗温润沉厚的羊肉汤，哪个更勾引你呢？

因此，羊肉既没个性又有个性。没个性，在于此物性甘而温，不至于被人鱼生火肉生痰地研究阴阳生克，也鲜有女孩子吃了点羊肉就跟沾海鲜似的过敏到近于毁容然后痛哭流涕。而且羊肉上及天子之席，下到贩夫走卒都能吃，不像鱼翅海参，局限性大。有个性，在于羊肉易辨认。我有些朋友口钝，吃猪肉、牛肉和狗肉时，经常舌头打架分不出来，但羊肉从肌理到气味至于口感，鲜明易辨，因此羊肉是种上得厅堂下得厨房、外柔内刚、谦冲温容的君子肉。

小时候常吃白切羊肉，当地话嘴顺，叫作羊羔肉。白切羊肉极香，咀嚼间肉的口感有时酥滑如鹅肝，却又有丝丝缕缕的疏落感，更妙在脂膏凝冻，参差其间。一块白切羊肉，柔滑冷冽与香酥入骨掩映其间，大有点至尊宝在冷艳青霞和妩媚紫霞间神魂颠倒天上人间的辗转感。熟食店总到入冬才有白切羊肉卖，常见人买了下酒。用来下热黄酒或冰啤酒显然不妥，通常是白切羊肉抹些辣椒酱，用来下冷白酒。过年前后，买包白切羊肉回来能直接冻硬，能嚼得你嘴里脆生生冒出冰碴儿声。吃冷肉喝冷酒冷香四溢，全靠酒和肉提神把自己体内点起火来。因此，冬天和人吃白切羊肉喝冷白酒，到后来常出现两人双手冰冷吃块羊肉就冷得脖子一缩，却又面红似火口齿不清唇舌翻飞欲罢不能的情景。

羊肉做热菜时也很老实，不犯拧扭没有冲犯。煎炒烹烤，无一不可，搭萝卜，配土豆，好像门客三千面不改的大度孟尝。只是，相比起对猪肉连红烧带扣外加冷淬等一系列复杂处理，羊肉的烹制似乎简洁得多，大概因为羊肉本身鲜嫩好吃，布衣荆钗不掩天香国色，不用再施以脂粉加以环佩已足以动人。

比起鱼翅之类借味菜，大多数羊肉菜都更有发散性，许多配菜都狐假虎威，想借个羊肉的香味。《三剑客》里波托斯被吝啬情妇请吃饭，人家就拿几根羊骨头来煮蚕豆。羊肉这样不求索取默默奉献，不动声色间渲染得满室温香的好东西，果然是君子菜。当然，它老人家也不是三头六臂无所不能，还是有求于人。做羊肉时少不得生姜、当归或甘草之类，或者大火葱爆，以压膻味。老舍在《骆驼祥子》里介绍过羊肉馅包子，在随笔里聊过羊肉白菜馅饺子。后者没吃过，前者吃来比猪肉馅清鲜多汁。烤羊肉串是用孜然那种霸道的香来使之增色，犹如美人化浓妆抖性感裙摆，甚至那种粗糙都是性感的一部分。

羊肉天生丽质，所以最适合拿来清水出芙蓉。可是白水一涮，最忌讳的膻味就像传说里杨玉环的狐臭一样现形。唐鲁孙说老北京吃羊肉，都是关外肥羊运将进来，玉泉山放养，吃青草喝泉水，好比斋戒沐浴了，进得京来冰清玉洁，然后将之片了，下锅挨涮。东来顺这样的老字号，民国时养了一堆片肉师父，只干一季活，挣一年工钱。北京涮羊肉时，片肉可以薄如雪花，委实好手艺，大有庖丁解牛之感。中国的火锅各地风格不同，岭南如广州蛇火锅之类花样多端，一个火锅里可能同时有东北菌菇西南猛蛇江南笋一起勾兑；重庆、四川弄火锅，香料辣椒下几百味，一色凶猛艳丽的红，像要给羊肉洗花瓣澡。北方火锅则大气简朴些，北京铜锅涮羊肉，清水里加些扁尖、葱段、姜片等，但大致是真水无香，涮羊肉片，蘸芝麻酱，取个风味天然。东北靠海出贝类，靠山出山珍，所以火锅也有些用贝类、菌菇拿来提鲜的，但整体比南方清淡。如是，对付那些无味单有口感的物事，重庆火锅更胜一筹。但是，羊肉天生鲜嫩，不用白水涮还真对不起它。白水一过，不蘸酱都能有天然肉香。涮羊肉的火候是门手艺，遇到过热情的朋友请客，抢过筷子替我一口气涮了十几片，叮嘱快吃，羊肉嫩香软滑而其中嚼劲柔韧得像文艺片里藕断丝连的爱情，似肉而非肉，外加还没来得及被水煮出皱纹，因此肌理鲜滑，真是一饭难忘。北京吃羊肉，似乎更重视羊肉本身，具体羊的部位如上脑儿、三岔，片肉师傅都心明眼亮的精准。王敦煌前辈说羊里脊不能用来熬汤，盖因里脊肉嫩，和其他羊肉搁一起熬，硬得发柴，可惜了。

去成都和苏州，都吃过鱼羊双鲜，店主都振振有词，说是本省特产。询之于北京一个资深羊肉迷，该人扶眼镜答："不是易牙发明的吗？"——当年为了讨好齐桓公不惜煮了儿子进献的易牙虽是佞臣，但也确实是名厨。若真是他手制倒也不稀奇，本来中国的权臣都颇有才华，蔡京精书法，贾似道懂蟋蟀——话说鱼羊双鲜确实美味，齐桓公沉湎其中忘记了管仲遗嘱也可以理解。

羊肉汤本身就天下一绝，夜雪封门，饥肠辘辘，披衣出门贼溜溜掩进小店，招手要碗羊肉汤。店主一掀巨桶盖亮出蒸汽郁郁的一锅汤，捞出几大勺汤、大块羊排。一大盆汤递来，先一把葱叶撒进去，被汤一烫立刻香味喷薄。西安的馍没法随身携带，所以经常买个面饼或馕代替，一片片撕了扔进汤里泡着载浮载沉。羊肉汤给干而硬的面片们注入灵魂，催它们复活，计算时间等浓香汤汁灌满这些山寨版泡馍后，趁其还没有失却面饼的筋道迅速捞出食之，满口滚烫，背上发痒，额头出汗。慢悠悠夹起块羊排连肥带瘦一缕缕肉撕咬吞下，末了一大碗汤轰隆隆灌下肚去，只觉得从天灵盖到小腹任督二脉噼里啪啦贯通，然后一面想到村上春树在《寻羊冒险记》里说日本直到十九世纪末才有羊，思忖真是可怜见的不知道羊肉汤的味道，一面推门吐着口里腥膻葱蒜气披襟而前，西风下自觉独行塞北关山万里，也是个豪客了。

茶之仪式

《红楼梦》最有名的品茶段落里，妙玉请钗黛喝体己茶，感情甚好，疑似闺蜜，但一听黛玉问“这也是旧年雨水”，便“冷笑”，“大俗人”都出来了。一水之别，就定了雅俗，我想象这姑娘洗漱时怎么个精细法。后来这姑娘又说喝茶多了就是解渴的蠢物和饮驴，我估计卢仝大爷写“四碗发轻汗，平生不平事，尽向毛孔散。五碗肌骨清，六碗通仙灵。七碗吃不得也，唯觉两腋习习清风生”，那位——必然大大不同意。

中国雅人，常把茶写得神乎其神。我见过有所谓取扬子江南零水和三峡水的传说，主角分别是陆羽和苏轼，大致情节，无非取水的地方略差了些许，就被人一口品出水味之区别来了，其挑剔至此。张岱写一个闵老子茶的故事。该老头疑似性格怪僻，对茶对人都挑剔，但一见张岱能识别出茶好坏品类来，就大笑，遂与定交。可见精致挑剔者是真有的。但张岱也引董日铸写的“浓热满三字尽茶理”，我觉得很到位。张岱态度比较宽容，比妙玉好一些。汪曾祺老师写，他也赞同“浓热满三字尽茶理”，又写老舍先生也是喝一整天茶，不挑。古龙写过句“茶只要烫，就和女人年轻一样，总不会讨厌”。当然精于茶道的自有其仪式，随其自喜，但蔡澜就激烈些，认为中国茶道很扯淡，除了拖沓之外，最大的特点——“不卫生”！

话说喝茶能够多有仪式感呢？日本茶道，初识的人都觉得琐碎，其仪式庄重，远在妙玉之上。但大宗师千利休（千宗易）当年念的也是“和敬清寂”，也是“茶道不过是点火煮茶而已”。他老人家和武野绍鸥的许多传世茶器，说来也是返璞归真。比如千利休定型的乐烧茶碗，不用辘轳拉坯而用手捏刀削，器物未必规整，但好在古拙。

又说，当年英国人根本不相信绿茶和红茶是一种植物，咬死这是两种东西——因为他们见了太多为了便于航运而制的红茶了。半斤红茶，就能当王妃的嫁妆，其珍贵也如此，所以十九世纪之前，英国茶金贵得很。

所以大多数的端庄仪式，最初其实都是因为物以稀为贵，好比是许多名贵借味菜，要靠好火腿好鸡汤来调味。我小时候有同学生日会请吃肯德基（那时我所在的城市只有一家肯德基），结果去者都毕恭毕敬诚惶诚恐。茶亦类似。陆羽时代的茶叶加工，并不如现今。苏轼去试二泉时所谓“天上小团月”，其实宋之团茶大量熏香，口味也不比如今的茶好。茶人们能玩出风雅来，是他们的趣味和内涵，但端庄的仪式感其实并没有那样必要。

大多数旧时代的东西，如今都可以被琢磨得别有韵味，风流蕴藉，富有观赏性。但观赏性和仪式感压过实用性太多，就显得很怪异。比如纸书的手感、油墨的香气，都让阅读变得具有风雅感，但论起方便来，远不如 iPad 或 Kindle 是必然的。王小波说过个笑话，说某将军和士兵躲地窖里，士兵无聊，将军递他块口香糖。士兵嚼："没味啊。"将军："废话，我嚼半天了。"王小波以为，许多旧文化亦如此：嚼得久了，肯定能嚼出许多味来，但那样不免故步自封。

这世上有许多许多好的东西和好的人，往宽里游荡，往深里钻研，都是乐趣无穷。但把任何一种当成了仪式性的、必不可少的，并从中挖优越感为难他人或自己，就多少有点想不开。我小时候第一次有人家送费列罗巧克力，不舍得吃，供着，还就此看不起其他吃金币巧克力的小朋友，最后搁坏了，自己也没得吃，还哀伤了好一阵。

实际上，大多数东西都不值得供起来。而如果我们在心里供着的东西太多，怕这怕那，要么是某些妙玉类姑娘喝茶时挑剔茶挑剔水挑剔杯子挑剔火候挑剔姿态最后冷笑说"你竟是个大俗人"让我们害怕了，要么就是我们自己过于多情，把他／她／它们给仪式化神圣化了——你知道，供的东西多，除了被人冷笑或自己觉得自己不对劲之外，没有太多好处。

谁离了谁，谁离了什么东西，谁不知道什么，都是活得下去的，而且可以活得很好。人生忽如寄，寿无金石固，不如饮美酒被服纨与素，多余的仪式，留给愿意神圣化的人就好了。

熟如王语嫣，生若木婉清

每个年代都有富贵闲人，被膏粱填得脑满肠肥，就寻思回归自然，饮清水吃生食，好比贾宝玉他爹没事歌颂归农赋闲，其实真让他老人家荷锄下田，多半只剩了哭。电影《甲方乙方》里，牛老板吃多了好东西，指望下乡每天吃棒子面窝窝头，苦图新鲜，清汤寡水了三个月，摇身一变成了食肉狂，吃遍全村的鸡。所以回归自然九成是吃撑了闲的，饿几天就消停了。但是回头说，清水生食倒真不是坏事。拿金庸笔下的姑娘做比喻，熟食如王语嫣，温婉端正；生食就如木婉清，锋利泼辣，但是明快动人。

说到生吃，最熟悉的莫过于蔬菜沙拉。老人家都埋怨洋人不文明，吃草如牛马。其实我国凉拌菜之类，古已有之。拌莴苣、酱油香菜、芝麻酱拌萝卜丝，其实算土法蔬菜沙拉。《神雕侠侣》里杨过在绝情谷被公孙绿萼招待吃情花，其实生花生草，只要确定没毒，大可以吃，和吃蔬菜差不多。蔬菜只要切得飞薄而且洗干净，吃也不妨。老北京上等人吃瓜果梨桃，劳动人民吃萝卜。所谓萝卜赛梨辣了换，水灵灵白生生，相当好吃。

生蔬菜水果沙拉味道动人，不提营养如何保持的数据观念，其实主要在口感清润、新鲜明脆。论起味道，萝卜清甜里杂微辣；香菜单吃则两极分化，爱之者狂嚼不辍，恨之者避如蛇蝎；莴苣口感柔韧中带脆，但味道也比较非典型，难怪《格林童话》里目为神秘巫婆后院的蔬菜。

因此，有些半生不生的做法，既保持食物生时的活泼明亮，又对它锐利刺喉的一面加以驯化。比如去广东喝午茶，别的糕点都能慢慢来，唯独吃艇仔粥拖沓不得，否则其中“炸俩”（广东用肠粉卷油条段，称之为炸俩肠粉，今从之）、肚片、鱼片之类，烫得老了，拣起来时弓头曲背，空留躯壳，神魂皆丧。个人偏好是趁粥方上来时，明火执仗，趁烫食之，食材刚被粥烫过，几乎能感受到吱吱跳脚声，味道才好。其他还有牛肉窝蛋粥，粥的作用类似于铁板煎蛋，一汪蛋液半透明地浮在粥上，缕缕蛋清正袅化为丝。这时吃它，既不会嫌生腥，又能吃到半液态的稠浓鸡蛋，味道清妙可人。

生食的做法，还有腌制。江南的醉螺之类就是一例，既含酒香，又不经火，拿来下酒佐粥最妙。唯一的缺点是，酒酿盐腌之类毕竟有点失了原味，只是口感还保持鲜活罢了。

比广东艇仔粥、鱼生粥更前一步的，当然是世界扬名的刺身。日本早年间用“脍”形容刺身，脍者细切之肉也。吴王夫差传闻发明过鱼脍，生鱼片用热水滚过吃，可见这位先生除了有坐拥西施的艳福外，口福也不错。

刺身之妙，在于三文鱼、鲷鱼、金枪鱼这几款刺身专用鱼，真做熟了肉质很粗，相当不好吃。不比鲈、鳜之类名鱼，中国古诗里就歌颂拿它们熬汤。可见做刺身的鱼像不适合化妆的女人，布衣荆钗不失天香国色。海鱼比起河鱼来，本身体内有盐分，肉质既粗又结实，年轻健美，若做熟就老了。吃鱼刺身好在自然随意，自调芥子泥的酱油，浓淡可以斟酌，鱼本身又清鲜自然，再清澈不过了，入口浓滑柔韧，却又蕴藉深厚。海明威《老人与海》里圣地亚哥形容生鱼多嚼之后有鲜甜之味。从最初酱油芥泥的咸香辛辣到之后的浓甜，柳暗花明，一口生鱼蕴藏着的生命力鲜美绝伦，尽收舌底。杜甫诗曰“无声细下飞碎雪,有骨已剁觜青葱。偏劝腹腴愧年少，软炊香饭缘老翁”，疑似在讲鱼脍，虽然我不敢确定这是否就是今日的刺身生鱼片。除海鱼刺身外，牛蒡、海苔、萝卜这些出名特产，都适合生吃。当然，去跟老资格吃海鲜的欧洲人谈刺身，就有些班门弄斧了。早几百年前贵族就流行生吃牡蛎，到十九世纪，游轮上市民阶级也花得起钱尝一尝“大海的味道”。贝类那腥而又鲜的奇妙味道有种罪恶又天然的诱惑力，喜好方面两极分化。

至于非鱼的肉类生吃，以前只有听说。宋朝除了吃鱼脍，还有羊肉脍、猪肉脍等诸多肉切片。樊哙跑鸿门宴当着项羽吃生猪腿，于我只能想象。但是近来确实听说在蒙古有人将生牛肉切得极薄蘸料吃，有些像北京传说里盐花儿洒的生羊肉。想来能接受半生烤肉的肠胃，大概差不多吧？倒是在上海一个东北菜馆里，吃了一味菜卷。外面是生蕨菜，卷了许多长丝的一串，蘸甜面酱吃。吃时口中诸丝缭绕，味道鲜明，后来越想越不对，出门前问老板，老板答是生鱼丝、生猪肉条等。这么想来，虽然体积纤细，但至少我是生吃过猪肉了。

肉类中，半生不熟的美食，牛排首当其冲。如今下馆子吃牛排，时常见到强调三五分熟甚至血淋淋，结果完全吃不惯的朋友。无他，生怕自己要全熟遭大家“这人看来不是牛排老手”的小瞧而已。其实熟度低的牛排虽然生腥，但一来软，二来有生牛肉那锐利的汁浓感，颇为动人。去西北如宁夏、西安，常能吃到烤羊脸肉之类，不等你吩咐，时常就是烤得半生。肉嫩如贝类动物，滑腻香润，像生性泼辣打人耳光都让人痛与甜交加的木婉清，反让你觉得比全熟浓厚如王语嫣般美丽但温润到无味的熟羊肉有趣得多。

看书下饭

女孩们都有种强迫症，出门前迁延不走，一边满嘴答应“来了来了来了来了来了……”一边在镜子前整衣摆帽侧首挑眉，如是者三，才肯动身。我有个毛病类似，过年期间被爹娘催，出门前，站书柜门前发呆：挑本什么看？

我小时候，我妈最恨我吃饭时看书，总觉得这样“吃不出味道”。所以我出门吃饭前还要挑书，她当然更不乐意，总催：“随便挑本呗，反正都看过的。”我有好几个朋友跟我一样毛病：出门，必须多带几本书，不管看不看，带了觉得踏实放心。这情况直到我开始用PSP的电子书软件和iPad之后才算好转。说穿了，就是有点强迫症，怕手里的书不称心。

我有个朋友，则是到哪儿都离不了耳机。吃饭时爱听侯宝林郭启儒的相声，赖沙发时爱听戴维斯的爵士。如果吃饭时改让他听小宫瑞代的琴曲，立刻全身凉飕飕啥都吃不下。我另一朋友跟我聊雪茄、酒、咖啡搭配，头头是道，哪哪不能搭，哪哪特别配，等等。一听说我用香草伏特加混劣质咖啡喝，就痛心疾首，认为我暴殄天物。

同样的道理吧，书这东西配吃的喝的睡的，其实也都有挑。

古话说书中有颜如玉，其实还有个比喻。有些书跟奥黛丽·赫本似的，适合喝下午茶；有些书跟梅根·福克斯似的，适合带出去飙车；有些书跟伊莎贝拉·阿加妮似的，你一点儿一点儿看，怕看漏了。就这么回事。

尤其闲书，拿饮食作比。大体上，跟肉一样，分肥、瘦和柴；跟茶一样，分温到削。我个人的经验是：翻译的外文书，越是近现代的，翻译腔越重，锐利、寒、削。老一辈的翻译，词句都更圆润温和些，翻译腔不重，朱生豪先生的莎翁、傅雷先生的巴尔扎克之类不提，像王科一先生的《傲慢与偏见》、李健吾先生的《包法利夫人》，读来照样有午后阳光的温煦感。

中文作品其实也类似，但得细分。上古诸子散文诗之类，好读但不膏腴，像牛肉干，咬多了厚味满口，但牙口累；《文选》里的东西尤其如此，《古诗十九首》算例外；越是近年出版的书，越清淡薄而好读，但偏滑，不厚润。我认识的人里，有很多趣味类似，都爱重读《三言》《金瓶梅》《牡丹亭》《红楼梦》《水浒》《儒林外史》，以至于沈从文、汪曾祺、钱锺书、张爱玲等诸位，无他，这几位的东西都聪明厚润不紧绷，肥而不腻瘦而不柴，而且跟林妹妹看《西厢记》似的，“余香满口”。仔细想来，大概一是那时的人语感精熟，二是大家书面语还没开始被大幅度翻译腔化。不只是小说，金庸《袁崇焕评传》和钱穆《中国历代政治得失》,年代久远,但词句极好读,易上手，温和平顺。

马三立老师以前说，“生书熟戏，听不腻的曲艺”。老一代评弹唱腔为啥好听呢？按说侯、郭、刘、马这几位老先生那相声，笑点不密集，也都是悠悠然家长里短的事，为什么耐听？我觉得就是个功力，有功力的相声、京剧、音乐甚至于话剧念白、电影镜头语言和书，都是那么个圆润润颤悠悠饱满满的劲,跟熬到火候的乳白鱼汤、火候到家的扣肉一个道理。卡尔维诺说经典得经得起重读，我觉得，重读的就是这么个功力。还是拿《红楼梦》《金瓶梅》举例，情节对白大家都滚瓜烂熟了，可多少人捧着一读再读呢？就是个好口感了。

想说书的味道来着，扯得有点远，回来。

以下指的例子仅是个人一点儿经验，具体书目也仅是举例而已，完全不推荐照行，大致取个味道和意思罢了。

比如吧，你去吃个火锅看本《押沙龙！押沙龙！》，基本心情就完蛋了。寒、削、轻快的闲书初次读，适合阳光好的旅程。比如坐火车时读福克纳斯坦贝克科塔萨尔甚至物理学教材，平时再看不下去的段落都可以轻松咽掉。同样适合火车旅途的是商务印书馆出的各种史和各种艺术建筑和植物图鉴。当然史传也另分，《史记》就比其他各种史好看得多，不用特意当火车读物，平时也看得下，又比如黄仁宇唐德刚二位老师一对照颇有庄谐之分，后者就比前者好读些、日常些。

当然，几十个小时的长途火车旅行还是要备几本绝对百看不腻的大部头肥书，以备看累了要休息调剂使，这就具体各有所好了。《西洋世界军事史》《红楼梦》《鹿鼎记》《文学讲稿》《阿拉蕾》《西游记》，看什么的都有。村上春树的所有短篇和某几个不那么阴暗的长篇是很好的飞机书。海明威四十年代之前的短篇白天走路看时会觉得清爽明快，一入夜读就会心情抑郁继而发冷。马尔克斯的就不拘些，早期的阴郁些，中后期大多有花团锦簇似的热闹，宜饭宜粥宜走路。膏腴一点的书，例如沈、汪、梁、施、张、钱诸位的小散文，很适合吃饭时读。汪、梁的饮食散文尤其搭调，助长食欲。同理适用于各家通俗演义和古典章回小说，因为章回小说大多有松有紧故事性十足，又肥皂又好玩，有肉味，极下饭。《红楼梦》五十五回之前，《金瓶梅》宋蕙莲死之前，都是百搭下饭的好段落。

我有段时间觉得，莫言的小说有肉味，比余华的下饭（看《活着》或者《爱情故事》或者《现实一种》真的会减损食欲）。欧·亨利的东西、马拉默德的大部分喜剧结尾小说、卡尔维诺的马可瓦尔多系列，就可以当随时捧起来读着玩的零食甜点。

大部头的东西，其实蛮适合假期，边吃轻碎的零食边读。我有朋友努力了好多次，《追忆似水年华》也没弄完。《战争与和平》和《卡拉马佐夫兄弟》其实也有类似问题，俄罗斯长篇小说名字多昵称杂，稍不留意就读滑了。所以假期用来读长东西，一气呵成的愉悦，能保持好几天心情的清爽——好书的好处之一是能让人思维明晰心情清爽看什么都比平日清楚，当然清爽不等于快乐。然后是季节，拿川端康成举例，冬天我就不太敢读《睡美人》《山音》和《雪国》，冷，读《古都》会好一些，虽然我有朋友认为《古都》有粉饰太平刻意美化之嫌。

大部头的好处之一是催眠，但也得挑对书。膏腴的书不适合催眠，一不小心天就亮了。我小时候看《九三年》催睡，结果一气看完，心情澎湃，彻夜难眠。陀老的东西看了会做噩梦。太干练的文字——比如《九故事》或者卡佛——只会让你越发清醒。大概睡前一适合看各类原文书，二适合看哲学史思想史艺术史（还不能是罗素那种聊八卦的），读倦了直接睡。

如果有所谓“这本书虽然有内涵但很不容易啃，但我没法子一定要看完”的情况，我个人感觉适合上午看。一早起来心情通常比较好些，一口气勇猛激进啃到中午，啃懒了啃累了，趁午饭可以换本好心情暖阳光的书——这就跟琢磨了一上午斯特里普，下午牵个阿尔芭出去玩一个道理。

鲁迅之吃（《呐喊》）

小时候老师上课，按着教学大纲贴标签。拈起鲁迅先生的小说，总飙出些血淋淋的“批判、抨击”等动词，顺带批判梁实秋雅舍、周作人苦茶。可是说到《红楼梦》，虽然也是“批判了封建社会的 ABCDEFG”，可是衣裳饮食，却能一一读来。其实书本无辜,读者有心。鲁迅先生的小说再微言大义，毕竟也是小说，有怡情悦性描绘市井之处。单把他的小说当政工课本,挖出了他的思想,却委屈了他的才情。类似于把《金瓶梅》一味当作淫书，一样是暴殄天物。

先生既对欧洲现实主义小说有好感，描摹自然极精。《呐喊》里多有浙江乡间风物，很见写实。《狂人日记》全篇令人有看蒙克《呐喊》的恐慌感，最吓人的一句是说蒸鱼：“鱼的眼睛,白而且硬,张着嘴,同那一伙想吃人的人一样。吃了几筷,滑溜溜的不知是鱼是人。”我小时候初看这句后，几个月见蒸鱼都毛骨悚然。后来看，发现了：

“原来浙江人也爱吃蒸鱼啊！”

有广东朋友对我总结，有资格被蒸的鱼是好鱼。像《檀香刑》里，有资格被上大刑的才是好汉。被蒸的鱼能体现其品第之尊，虽然它们自己肯定很不爽。在江苏、浙江、广东几地吃的蒸鱼，有些次序差别。比如，在广东，似乎清蒸而后佐葱丝和酱油的多些；在江浙，更多是盐、姜、料酒、香油先腌后再蒸。大概广东重新鲜原味，江浙更爱调味吧。

对付鱼，无论先腌后蒸还是清蒸完再佐料，都是精细活，火候是差不得丝毫的，非高手莫办。广东用来佐蒸鱼的酱油、葱丝和豆豉，有许多是自家秘制，味道细腻，千回百转。江浙这里，抹盐、下姜与料酒，也得看鱼本身肉头厚薄，很费思量。腌得好的咸鱼蒸后极下饭，还能佐菜干等物。比如民国时的谭家菜有许多艺自广东，唐鲁孙盛赞其中蒸曹白鱼很是厉害。但我吃的许多广式蒸鱼，都为了存其本味，只用豆豉等做调味。倒是在上海吃过次浙江做法的蒸曹白鱼，是使花雕酒蒸的，肉厚酒香，也很动人。

《端午节》里的方玄绰，是个“差不多先生”，气质更接近《彷徨》里的知识分子。虽然百无一用是书生，但是颇油滑有无赖气，没钱了还让仆人去赊莲花白。莲花白创制的年代说法颇多，元明清的说头都有。我听过的一种做法至简易，白酒加莲花蕊泡即可。唐鲁孙说民国时北京的莲花白是宝竹坡发明的，秋天喝莲花白吃熏雁翅听秋雨是人生妙境，那么大概民国时的莲花白是清新可人的吧？北京如今卖的莲花白据说加料奇多，闻味道也不怎么清新，没太试过。

《故乡》里有著名的闰土和瓜田，以及豆腐西施。闰土给迅哥儿送了自家晒的青豆。江苏也晒青豆，一般放在大匾里晒于土场，晒干后配笋丝，可以当零食吃，可以下粥。青豆不如干黄豆脆，嚼来很韧，是方便又耐吃的小食。闰土送的礼很合乎早年乡间规范：不贵重，但耐吃耐藏，确实有用。

迅哥儿的母亲知道闰土没吃午饭，便让他自己到厨下炒饭吃去。我很怀疑此处的炒饭就是油炒干饭。我小时候吃惯的是蛋炒饭——虽然我妈技艺寻常，只是普通的碎金饭，做不来“金包银”，但终究有蛋。有年下乡被留午饭，乡邻端来一碗油炒饭、一碗酱油葱丝汤。乡间简朴，油炒饭就是油和盐将饭一炒，取一点油香和味道，不至于让你嚼干饭之意。江南乡下似乎多有类似作风：炒饭胜于白饭，劣茶胜于白水，总归得意思一下，不然唐突了客人。

《孔乙己》里有黄酒、盐煮笋和著名的茴香豆。黄酒在浙江籍作家的书里必不可少，余华《许三观卖血记》里的“黄酒温一温”众所周知。盐煮笋大概是盐水煮笋，鲜而脆，是下酒的好东西。但也有朋友跟我说盐煮笋就是扁尖，存疑，因为我记得扁尖更接近腌笋，用来煮汤、炒肉等，远多于下酒了。浙江人爱吃腌、糟、霉物，在宁波吃过一次盐水笋，略有酸味，大概其意义类似于酸笋？茴香豆随孔乙己名动天下，桂皮、盐、茴香炮制蚕豆所制。酥软糯韧，其味鲜永，名垂千古的零食，和金圣叹“花生与豆腐干”一起，合为读书人的下酒秘宝，不多提。

《药》里华老栓做那著名的馒头时，被人误为炒米粥。汪曾祺说过炒米是很现成的食物，有客人来，捧出来现做。无锡的炒米偶尔加糖，炒到焦后甜香扑鼻。炒米粥口感很奇怪，有些韧有些脆还有些沙，香倒是肯定的。听说乡下有孕妇爱吃口甜的，就加红糖煮炒米粥，极香。

华老栓给人上茶，茶碗里加了一个橄榄。这和王婆伺候西门庆点茶像又不像。以前北方喝点茶，茶里常加各类干果。橄榄茶在我家乡又叫元宝茶，老年人爱喝，可以去热解酒治嗓子疼。我外婆以前常泡一大杯，夏天凉透后让我喝，确实去热，胜过普通凉白开。但是外婆认为不可拿来漱口，不然就是“把元宝都吐掉啦”。

阿 Q 是中国小说史上一位神人，玲珑浮凸，活色生香，简直可以拿来做别林斯基“典型观”的活本。其生活细节处处都典型，是民国时浙江无聊赖乡民的典范。

阿 Q 喝黄酒，喝完了吹自己和赵太爷是一家，挨了嘴巴。本来黄酒不如白酒之烈，我所见喝黄酒者极少醉，大多脸红目亮，逸兴遄飞。所以阿 Q 不常醉，只是兴致容易高而已。

油煎大头鱼，未庄加半寸长葱叶，城里加切细的葱丝。阿 Q 以未庄为标准，以城里为错。话说我们这里油煎不多，拿大头鱼的头来打主意的倒不少。大头鱼、鲢鱼，都是做鱼头汤或泡椒鱼头的妙物。煎鱼放葱，我家乡家常做菜，以葱调味，都是放葱叶的。油煎红配葱叶碎绿，煞是缤纷。而且江南红烧鱼时常偏甜，有葱叶，味道就要飒爽些，不黏。葱丝切细是考验手艺的事，江南这里除了技艺精熟的老阿姨，家常煎鱼时用到的少，倒是蒸鱼用得多。

阿 Q 因为多情遭了美人累，不小心对吴妈表了白，在未庄呈过街老鼠状，饿极思变，去尼姑庵偷东西吃。没偷笋，因为未煮熟；油菜结子，荠菜将开花，小白菜也老了——统统吃不得了。最后偷了三个老萝卜，结果还几乎遭了狗咬。

萝卜比起笋、油菜、荠菜、白菜的好处，是可以生吃。老北京经典叫卖是“萝卜赛梨，辣了换”，清凉爽脆。赵丽蓉老奶奶当年春节晚会上有个小品，亮个菜叫“群英荟萃”，说穿了就是萝卜开会。巩汉林当时还编歌唱:“吃在嘴里特别的脆。”江南人也吃新萝卜，水分足时能吃得咔嚓声响，甜辣相间的好味道。

当然,也有人独爱萝卜生吃的辣味。我有在日本的朋友说，有些日本人还独爱辣不要甜，生萝卜不够辣还嫌不够味。人各有志，强求不得。

当然，阿 Q 还是很可怜的，因为拣的是个“老萝卜”。夫萝卜者，至少在江南，讲求的是甜脆多汁。古龙当年说:“再差的茶，只要是烫的，就能入口。”就像女孩子无论长得怎样，只要年轻，就不会太讨厌。萝卜不是佳人，所以年轻的优势很重要。“吃了萝卜加热茶，气得大夫满街爬”的谚语众所周知，但如果是凉茶加蔫萝卜，未免无趣。萝卜一软，口感打折。每次涮羊肉下白萝卜片，总有人如临大敌地提醒“萝卜不能久煮，软了不好吃”。老萝卜无汁不脆而且通常辣味重，不会太好吃，如果干脆做成萝卜干倒还罢了，可惜阿 Q 连笋都懒得煮，萝卜多半是生吃的了。

《风波》里主要的场景是吃饭，因此饭是少不得的。先有女人们端出“乌黑的蒸干菜”和“松花黄的米饭”,画面感极强。干菜者，梅干菜也，天下皆知。梅干菜是我国腌晒工艺的集大成者，和川中泡菜一干晒一水泡，各尽其妙，挥发出无穷美妙的滋味。梅干菜好在干，蒸透后依然有干酥松脆的口感，而且其味醇厚，和扣肉一起蒸，借了五花肉的肥甘脂膏，甜香酥融,馥郁芬芳,销魂至极。中国做扣肉者多矣,烧白、夹沙肉、芋头蒸肉，各尽其妙，但论到其味婉妙，终究欠梅菜扣肉一分，那一分就好在梅干菜。即便不做扣肉，单拿来下饭，其味鲜浓甜香，铺在软糯的米饭上，色彩、口感都有极华丽的对比，端的诱人。我们这里,上年纪的老太太会用一个大匾晒梅干菜，然后做极大一锅梅干菜扣肉来吃。晒干菜下到乡间、上到城市，是老一代阿姨们的本事，类似于东北晒酱、西南做泡菜，皆是劳动人民的美妙智慧。

至于米饭会松花黄，我知道的大概有俩原因。一是米饭做完后不即时吃，又高温焖久了，似乎会泛黄;二是糙米做饭。《风波》里，我怀疑是后者。糙米饭如今比精米金贵，是符合绿色理念的好东西。其实此一时也彼一时也，现在到处找糙米追求营养的诸公，到物质不丰富的时代只会被当作没事犯抽。物极必反，糙米和精米太多都不大好。糙米口感粗一些，嚼来紧而韧，偶尔一吃还可，但用来配梅干菜，就少一些白加黑的华丽对比了。汪曾祺老师说以前的米铺，精米没什么人买。大家不是买不起精米，而是吃惯糙米，觉得吃精米有些“作孽”。

九斤老太感叹“一代不如一代”，还抱怨吃炒豆子会吃穷一家子。六斤捏着一把豆藏起来，独自吃。浙江人吃黄豆不如北方繁密，因此我怀疑，所谓炒豆子，多半是闰土送迅哥儿的青豆。青豆加盐炒，韧而脆，和瓜子一样，一旦吃起来就没完。但有时的确会硬一些，老人家会痛恨。因此九斤老太会抱怨豆子硬，而六斤小姑娘却乐在其中：没有五香葵花瓜子的时代，做起来方便、嚼起来方便的炒豆子对女孩子来说，确是打发日子过过嘴瘾的必备零食。

《风波》虽短，但对浙江民间饮食面目之概括，端的不下一幅缩略版《清明上河图》。梅干菜、糙米饭、炒豆子，如果加上咸亨酒店的黄酒、茴香豆、盐煮笋，妙处已涉及十之七八。当然，最隐秘的是一个颇为传神的民生细节：

九斤老太一家吃饭，是在自家门口的土场，所以赵七爷可以一路跟人聊着便过来了。江苏乡下，以往也惯常如此。一溜木结构的房屋，门前大家摆矮桌、小凳吃饭，各自鸡犬相闻，一边吃饭一边可以隔着三五家大声聊天。男人吃饱了便大搪瓷杯配劣然而浓的茶，一边喝一边打饱嗝儿顺气，女人们一边哄孩子吃饭（因为孩子们爱边吃边到处乱跑），一边收拾桌子。若是夏天，这顿饭完了便直接顺延到乘凉，所以也有举着蒲扇出来吃饭的。有口才利落善惹人笑的，一路端着白饭溜过来，边聊边吃，这里家说两句溜点鱼，那里家说两句捎块肉，一路走来可以吃百家菜。老年间的乡民都很温和，吃饭时没有藩篱，邻里之间彼此送鱼、皮蛋、糖、酒酿等是要还礼的，但是这样日常吃吃，就丝毫无所谓。

《社戏》算是鲁迅先生最清新的一篇小说，田园水乡，风神俊雅。开始说钓虾吃，江浙乡里做虾一般图省事，水里放姜煮虾，取河虾清甜原味，如果嫌淡，再加酱油。

最著名也是最幻梦的，就是社戏归来的煮罗汉豆。罗汉豆“结实”，已经引人食欲；迅哥儿带头剥豆，用了八公公船上的盐和柴煮来吃了。罗汉豆者蚕豆也。盐水煮蚕豆不如茴香豆味道长远、嚼头酥烂，但新剥的蚕豆有豆子的清香，而且口感嫩脆，极好吃。何况当时气氛着实太好：清夜河上，泊船小友，月光下肚子饿了吃吃煮蚕豆，恍然有诗境。末了把豆荚豆壳往河里一倒，月下归航。

你看，单把鲁迅先生当作“思想家、文学家、革命家、×× 家”，不免忽略了丈夫柔情。我所见江浙水乡清的描写，没一个比这社戏月夜吃豆瓣更清暖无邪了。

鲁迅之吃（《彷徨》）

鲁迅写《呐喊》，多绍兴农家乡野气息；写《彷徨》，多城市里知识分子气；但是开篇的《祝福》，倒还有些田园风。

“祝福”主要是祭祀，杀鸡、宰鹅、买猪肉。其实祖先已逝，一来未必吃得到，二来未必爱吃——天上神仙爱吃金丹蟠桃，姑射山仙人爱餐风饮露，你弄一堆高脂肪高蛋白，祖先未必消化吧。当然我国祭祀，主要是给活人看的，所以以活人之心度死人之腹，就这么吃了吧。我问过浙江的朋友，他说，老年代祝福，是煮了五牲拜过，然后用煮五牲的水煮年糕吃，以“散福”。我猜五牲白煮，好吃不到哪去。如果为祖先特意加作料，又未必值当了。

我妈迷信，到了时间偶尔也祭拜神佛。一般的菜颇简单且固定：黄豆芽、菠菜百叶、红烧五花肉、肉酿油面筋、红烧鱼，几十年不变，可见是我妈那一代就引为美食的东西，朴素扎实，用来拜神佛和喂人都很好。其实世上好吃的东西亘古不变，管你沧海桑田，白米饭＋黄豆芽＋红烧肉之类都是最朴实的东西。我妈祭祀完后，不肯浪费，常把祭神的拿来给我吃。我小时候调皮，就逗她说，神佛吃过的剩饭，我不吃，害得我妈面沉似水。

迅哥儿见过祥林嫂后心虚，想去吃清炖鱼翅。鱼翅是出了名的借味菜，要靠好汤。在宁波见过一次清炖鱼翅，论盅的，鱼翅不管，先看汤，鸡、火腿、几样被炖烂了的调味植物，汤浓味清，鱼翅也发得恰好，所以吃着还入口。

祥林嫂淘米下锅，打算蒸毛豆。做饭时顺便蒸东西，江南很常见，蒸肉、鱼的都有。饭煮熟，菜蒸罢，郁郁菲菲的香气。蒸毛豆和煮毛豆都是清新的吃法，讲究些的加些油，以添香气，但大多是清蒸，毛豆蒸过，脆而酥糯，而且自有毛豆本身的清凉，用来下酒是很好的。

《幸福的生活》是超级讽刺文，强要意淫出一片完美场景来，我有个做时尚编辑的朋友感叹说，如今许多底层小编就在重复类似的生活——吃着馒头凉水，聊着鱼翅燕窝。且说《幸福的生活》里男主角想吃的，就要来碗“龙虎斗”，可是他也不知道“龙虎斗”究竟是蛇＋猫还是蛙＋鳝鱼。当然，我也听说过果子狸＋蛇的搭配。在广州时，吃猫没怎么见到，大概是私密家厨或黑市业务，我是外行人，不得其门而入。炖果子狸倒是见过有些招牌。那时非典风声刚过，据说已自收敛，不然还要大街小巷吹嘘如何如何秘法烧果子狸。蛇倒是广东人遍地可觅的食物。我小时候一直疑惑，蛇有啥好吃，至于如此紧俏？后来和人讨论的结果，广东以往庄田不丰，动物多而谷物少，所以见蛇就抓，拿来吃了，也算补充蛋白质，据说还能治病，所谓“贯中蛇去风寒”一类口诀，广东人说得头头是道。广东有蛇粥，有蛇火锅，有蛇羹，但蛇羹里蛇缕缕如丝，和鸡丝味道相似，吃之前还颇有仪式，要服一枚蛇胆，以示“咱这是货真价实”。什么东西背了仪式似的神秘就让人不快乐。逯耀东曾列过江太史正宗“太史蛇羹”的次序，我看了只觉得满眼纷繁抓不住重点。大概钟鸣鼎食之家的正经次序，不合脾胃吧。

幻想中的“龙虎斗”和现实中的白菜堆，恰成对比。据说以前食品供应不充足时，北京人为了过冬囤白菜想尽办法，蔬菜稀罕，有“洞子货”的黄瓜都要抓住。白菜和萝卜是平民百姓一宝。冰清玉洁的外貌，吃来也清脆爽口，怎么做都好吃，而且性格平易好调理，最简单的，拿来涮锅子，蘸点蒜泥香油或芝麻酱都能吃，还能解羊肉之腻。士大夫一点儿的是张岱当年吃蟹宴的配菜，所谓“鸭汁白菜”，拿白菜借鸭汁的醇美。更高境界是川菜里的神物——开水白菜：鸡汤吊味澄清，分两份，一份汤硬把白菜淋软淋入味，再用第二份鸡汤配白菜上菜，简直有雕琢过分之嫌。冬天白菜吃不完，还能做芥末墩儿。我在北京吃过一次，味道很冲，措手不及，但用来下饭下面，却是绝妙。

《伤逝》是文艺男青年和文艺女青年的现实生活写照，到最后子君终于心力交瘁而去，留给了涓生“盐、干辣椒、面粉、半株白菜”。再怎么不食人间烟火的爱情，终究也得柴米油盐。

让我感兴趣的倒是“干辣椒”这三个字。我去贵州、川中、江西，都见过对干辣椒爱若珍宝的。川中和贵州，辣椒晒得好，可以当礼物奉送，长途客车站常见辣椒、腊肉连一串背身上的，但浙江以至于江南，就少见些了。当然鲁迅爱吃辣天下闻名，《伤逝》这里大概自己代进去了。

《孤独者》里，魏连殳颇落寞时，迅哥儿买了烧酒、花生米和两个熏鱼头去看他。江南有些地方，熏鱼头其实更接近于炸：鱼头先用酒和酱油腌过，等鱼腌透入味，再用热油炸，起锅加调味料，取其酥脆，好下酒。鱼熏完后酥脆香浓，而且连鱼刺都能吃得。炸的火候大些，可以和脆鳝媲美。但正宗的熏似乎并不如此，西南熏腊肉、熏鸭子，也都先腌好，然后用慢火加烟熏烤。老北京熏鸭子，很讲究炭木，希望熏完后有果香。

鱼头和兔头、猪手等一样，骨碎肉薄，不充饥但易入味，而且肉质细腻，好下酒。鱼头熬汤是江南人的钟爱。爱鱼头者谈起来可以如数家珍，比如脖子处的肉细嫩，鱼脑酥融，鱼眼柔润，各尽其妙。我小时候爱吃鱼鳃处的鱼皮，嫩轻细白，如嫦娥广袖，曼妙舒展。

《在酒楼上》被有些人认为是“最富鲁迅气氛”的一个小说。我私人以为结尾“见天色已是黄昏，和屋宇和街道都织在密雪的纯白而不定的罗网里”有和风。吕纬甫自述口气颇有“多余人”的格调，衬上周遭清冷氛围，令人不胜凄凉。全文里唯一暖和些的，也只有这几个菜：先是“一斤绍酒”，此后是“十个油豆腐，辣酱要多”，以及“茴香豆，冻肉，油豆腐，青鱼干”。

油豆腐是油炸过的豆腐,再经水煮。豆腐油炸后外酥内嫩,内里会结丝一样绵软透空的感觉。因为中空,所以汤煮、酿肉都好,入味。小说里的吃法是煮过,再加辣酱,鲁迅之爱吃辣,可见一斑,而且他老人家口味颇重,感叹辣酱淡薄,“本来S城人是不懂得吃辣的”。

茴香豆已说过,不表。青鱼干江苏也有,一般过年时单位发条大鱼,取“年年有余”的口彩。青鱼剖开,扎几个孔,用盐腌了,鱼头尾另剁了炖汤。我听说有手艺好的人家,可以把青鱼用酒酿(四川所谓醪糟)、酱油等腌糟再吃,叫作“糟青鱼干”。小说里所指大概是普通青鱼干,在我们那里也叫咸鱼干,可以空口吃来下酒,也可以蒸透了吃。

这一席菜上来后,小说所谓“楼上又添了烟气和油豆腐的热气,仿佛热闹起来了;楼外的雪也越加纷纷地下”。那意思是,除了煮油豆腐加辣酱,其他菜大概都属冷菜。本来小说格调清冷,如果上一大碗冰糖肘子、红烧鲫鱼、糖醋排骨,立刻一片“白茫茫大地真干净”似的调子就破坏了。黄酒、煮豆腐和几样绍兴腌制冷下酒菜,倒和林冲风雪山神庙的冷牛肉相似,你依然能感到寒意,但多少有些白气氤氲,可以觉得人世间有那么一点点的温暖。

本来冬天饮食,便是如此。吃麻辣火锅到大汗淋漓,浑忘了今夕何夕的时候,毕竟太少太少。大多数时候,我们也就和《在酒楼上》一样,独自一人一点点地啜烫茶热酒,吃喝着得一点温老怜贫的暖意,也就差不多了。

胡吃海侃

花生+豆腐干=火腿味？

春寒未尽的夜晚，人总会挨到一个让人抓心挠肺的时节。这时想消夜，大多数时候并不单为果腹，而为了夜长口淡衣薄风冷，需要一些东西聊解寂寞。人懒万事难，要去做大菜实在不愿意，兼有那可恨的卡路里让人不愉。到厨房里把花生掬一捧放在锅里，水、盐、五香、八角，泥沙俱下劈头盖脸下去，随即上火焖着煮，又拿两块豆腐干细细切丝，使开水烫着。烫罢，倒了好酱麻油拌上，等盐水花生出锅，泡些劣茶，也就够一顿。

说起干丝和花生，最有名的，乃是金圣叹的故事。金才子是傲气的人，品评起来肆无忌惮，腰斩《水浒》肯定让施耐庵九泉之下不爽。清人入关，金圣叹连带着一众哭庙士人一起挨刀子。我听到的版本是这样的：金大爷笑上法场，临刑前急唤儿来，曰："有祖传秘方相传。"儿子俯首帖耳，毕恭毕敬，预备接下千秋秘笈，孰料金大爷道：“花生与豆腐干一起嚼有火腿味（一说牛肉味）此祖传秘方也，切记切记。”言毕，慨然赴死。

火腿、花生和豆腐干的类似处是，都可以下茶下酒。汪曾祺说扬州人以前使干丝下早茶。老派的云南人则能用云腿下茶下酒。这几样都是耐嚼好吃、回味悠长之物，但多少带了穷书生的自嘲气——和孔乙己的茴香豆倒相映成趣。

当然，等金才子临死前拿这说事了，重点就变了。

传说可口可乐的配方世上仅两个人知道，口口相传，是为商业秘密。老年代的名厨子，做拿手菜各有不传之秘，也有说得神了，父子相传，便譬如降龙十八掌、打狗棒法等等，属于高度机密。然而人家要传食谱，也都是食神级的秘诀。花生与豆腐干一起嚼有牛肉味的适用范围，只在乎买不起牛肉又要解馋、拿着花生豆腐干果腹的酸书生们。所谓“祖传秘方”四字在前一冠，立刻让人联想起代代相传的青衣儒生，皓首穷经之余，孤灯如豆，花生干丝纳入口中，饮一口薄酒淡茶的光景。

刑场话别，最见人真性情。李斯遭了赵高陷害，朝纲将倾秦鼎当移的时候，回顾儿子，曰：“吾欲与若复牵黄犬俱出上蔡东门逐狡兔，岂可得乎！”可谓怅惘。谭公嗣同维新失败，眼看国家沉沦，大呼“有心杀贼，无力回天，死得其所，快哉快哉”，可谓壮哉；嵇康还有心思要一具琴来弹一曲广陵，可谓雅致；阿Q模仿前朝诸位无政府主义武装分子高呼“二十年后又是一条好汉”，也算是声势煊赫。评话里常有劫法场之举。金圣叹腰斩《水浒》，见微知著，大概自己在刑场上时，也曾有一刹那间想到吧？小说和人生交相辉映，也算有趣。然而金圣叹既不怅惘，亦不悲壮，雅致煊赫，更加放到一边。秘密嘱咐的，是如此一个秘密，一个属于市井之间、酸儒秀才的秘密。

批《水浒》时激情万丈的金圣叹在死亡的时刻显得比大多数人要清醒一些。悲壮威武的作为殉道者，江山社稷，大义成仁，这些词是典籍上的语汇，竹简已旧，尘埃落定。游目四顾的金老师找到了自己的位置——一个即将被处以死刑剥夺生命的儒生。朝更代迭的时刻，花生与豆腐干比起梅花岭、桃花扇、崖山、指南录这些轰鸣的词汇，显得轻若无物，近于琐屑。然而这真实得多：那些可以书之于竹帛、口耳相传的传说，是附加在精神之上的观赏品和预言，而花生与豆腐干则现实得多，俯拾皆是。

《水浒》里浪迹天涯的真好汉们，只懂得牛肉牛筋、烈酒狗腿。偏做县吏的宋江玩小资情调，看着“好整齐器皿”，便思“加辣点红白鱼汤”。口里嚷着忠孝节义、招安保国，喝小资鱼汤的，偏是最后把众家吃牛肉喝烈酒的兄弟们卖了的。金圣叹阅书不可谓不多，法场上该说什么可谓专家级人物。这一句花生和豆腐干，带着浓烈的酸味与穷白之气，便譬如孔乙己手下那几枚茴香豆。当此生死之际，用哭庙一死以报前朝，以花生豆干以遗后代，前者重若泰山，后者轻似鸿毛。可谓看得透了。古来书生多被说迂腐，其实真有通明练达的，却已不愿再出头挣扎，只是浅叹一声豆干花生，便一蓑烟雨，默然以终了。

吃醋捻酸

李世民跟两个大臣的名八卦，都和醋有关：先是魏徵老摆山羊鼻子冷着脸训当朝天子，太宗想反施恶搞出口气，听说魏大爷爱吃醋芹，次日设宴，赐他三杯。魏徵喜形于色，张牙舞爪吃尽，斯文扫地矣。后是房玄龄夫人坚决抵制天子赐妾，太宗于是赐下一杯鸩酒：自尽去吧。一夫一妻制的坚决拥护者房夫人喝了，才发现原来是醋——众所周知，“吃醋”的典故，就出在这里。

按太宗是醋皇帝，事出有因：起兵在山西，又定都在长安。山陕居民，都爱吃酸，太宗也难例外。山西以醋出名，无论焉。《贫嘴张大民的幸福生活》里，老太太吓唬二民：“山西啥地方，听说那里一顿饭就要喝碗醋！”虽然夸张，多少代表了外界人对山西一点雾里看花的想象。陕西菜重香辣酸味，炝起来经常蒜香加醋。至于烩猫耳朵、酸汤水饺这些有汤的，更是酸得绝妙。

醋芹我见识过两种，一种是芹菜切好，用醋、盐等凉拌；又一种是在西北吃到的，不过名字似乎不叫醋芹，纯是我意会了。芹菜、笋丝等灼好，是道汤菜，汤酸辣而又清。芹菜之嫩脆，笋丝之微韧，酸汤入味，而且不失清淡，相当好吃，虽然吃得太急很失礼，还是连珠价吃。仔细想来，大概后一种更靠谱一些，无怪乎端方如魏徵会不惜斯文，大快朵颐。

酸辣之味，有一点是相同的：比起咸甜这种君子味道，酸辣要奔放撩人得多，诱惑刺激，引人入胜。虽然人常感叹说日子最好蜜甜似糖，不要辛酸度过——辛者辣也，辛酸＝酸辣——但酸辣比甜透着有个性。小时候各类零食，甜的少，酸的多，譬如无花果、山楂片和话梅。曹操如果不搞望梅止渴，而是嚷“前方树林有堆大水蜜桃”，估计只鼓舞得动孙悟空。我跟西北朋友聊起为何爱吃酸，除了“祖上就这样呗”，最后总是归结到：西北多牛羊肉，多面点，宽厚重味，不配酸辣，很容易吃腻了。也就是这点酸，催着大家继续大口饕餮。所以酸不算郭靖降龙十八掌那种正大雄厚的味道，而是黄蓉落英神剑掌那种灵秀邪诡。小家碧玉，精刁勾人。夏天街市上，总是有些阿姨穷讲究“不要太甜的杨梅，要稍微酸一点的，但又不要太酸”，边挑边吃，让卖杨梅的小贩急火攻心。

说到醋，山西陈醋与镇江香醋各擅胜场，但袁枚身为江南人，却不大爱镇江香醋。按他的说法，醋以酸为本，镇江醋香得过分，有些喧宾夺主。仔细想来，论酸，镇江醋确实不如山西醋。我们这里吃香醋，主要用来点味，或是配了姜丝做蘸料，吃肴肉或者螃蟹，香则有余，酸就没那么强烈了。

江南有道家常菜，各地说法不一，我家乡叫作“蟹粉蛋”。说来无非是炒鸡蛋，但点石成金的是加了些香醋，配了些姜末。炒功得当的话，嫩蛋清有蟹肉味，蛋黄味如蟹黄，其实都是醋和姜的功劳。拿来下粥哄人，小孩都能比平时多吃一碗。醋之引人，可见一斑。

酸菜酸笋，都是酸中的杰作。酸菜靠雪村的歌词名扬天下，再加上东北小品电视剧流行，酸菜猪肉粉条名气陡大。酸菜好在多样，包饺子、炒、炖，十项全能。拿来涮锅子，酸菜白肉锅，以生蚝之鲜为汤底，是为神品。江南有酸菜黄鱼汤，其味清鲜，最是开胃，比寻常熬的奶白鲜浓的鱼汤又撩人得多。广西、贵州人吃米粉，常加酸豆角、酸笋丝。本来淡雅的鲜味，经酸味一提，忽然就恣肆轻灵了。

酸能开胃，还能解酒。贾宝玉跑去薛姨妈那里吃酒，薛姨妈最后给他酸笋鸡皮汤喝。想来嫩而鲜酸，容易解酒。宋江被燕顺们捉住，要剖心做酸辣汤来醒酒。人心和醒酒大概关系不大，要紧的是“酸辣”二字。后来宋江和戴宗吃酒，又想喝加辣点红白鱼汤醒酒。反正酒肉之后，来点酸的总不是坏事。我家乡这里，大宴前一碗番茄蛋汤，大宴后一碗酸笋汤，总是广受欢迎的。

回说太宗让房夫人吃醋，其实也有些冰雪聪明在其中。酸略刺人，但味道好，而且引人，与甜略有相似。男女情爱，无非也就是这点事：有点儿甜，略刺人，还引人。所以喝醋不是好词，还是有女孩子容易去做酸：人世间甜事不多，再不酸一酸，还让不让人活了？

羊肉汤与泡馍及其他佳偶天成的饮食搭档

入冬之后，避水如蛇蝎，一两天云翳重了，不消下雨，空气里也湿寒冷透。出门吃羊肉汤，老板自称苏州藏书来的羊肉。要完羊汤顺口问：“这旁边有饼卖没？”答：“没有，有米饭？”我只好摇头，人家还殷勤继续道：“那炒饭？”还是摇头，待要解释，又觉得说来话长。

我小时候冬天吃羊肉汤，惯于叫完汤后，左邻右舍买些面食，诸如酥烧饼、白馒头来搭。那时节江南还没有雨后春笋的清真馆，馕很稀有，烧饼只要不是甜芝麻馅，下汤也就好了。后来长大些，知道世上有种东西叫羊肉泡馍，深感西安古都果然口精于味，把握住了完美配方。用柏拉图的逻辑就是，上帝先创造了“羊肉泡馍”这种完美形式，然后把它一切为二，让羊肉和泡馍在世间艰难寻找彼此，然后终于成就姻缘……近两年上海各地肉夹馍、羊肉泡馍、猫耳朵等秦地饮食颇多，但正宗的泡馍难找。退而求其次，找新疆馆要羊肉汤，撕馕泡之。馕好在发得疏松鼓囊，吸饱了羊汤极鲜，加上又韧，味道也不错。

因此，上好鲜汤，配了好面食才能鲜花着锦，郎才女貌。犹如咖啡之有咖啡伴侣，好汤就是好面食的伴侣。比如我去辽宁，猪肉酸菜血肠齐备的一大锅，如果缺了粉条就让人意兴阑珊。我有朋友好厚墩墩的面食，稀里呼噜扒拉完粉条，出街去买两个熏肉饼回来，继续就酸菜汤，吃得脖子发红才罢。当然，他们似乎自有其规矩。一次吃饺子，白菜猪肉馅、三鲜馅、羊肉馅上了一桌，旁边几位就了点醋吃得兴起。偏我在南方吃惯了汤馄饨，总觉得少了点什么。左顾右盼，自己舀了碗小鸡炖蘑菇汤就饺子吃，正吃得鲜处，朋友在旁瞪眼："你还这么吃哪？"于是大感不好意思，觉得暴殄了天物。

江南和广东的汤，大多讲究清澈如水，大概取智者乐水的意思。但仁者乐山，又是一回事了。安徽和东北都多山，多菌菇山珍，所以汤多鲜浓醇厚，不避稠黏。徽菜中烩烧后的浓汁蘸玉米饼，是为神作。新疆大盘鸡每当昏天黑地吃到末尾，总是土豆、鸡块在盘里一片欢好糅杂，是美味的沼泽地，此时放些拉皮条子一拌，大有柳暗花明之感。梁实秋说河南馆吃糖醋鲤鱼亦然，鱼肉厚润，汤汁甜香，末尾拿鱼肉汁下龙须面，宽汤细面，相得益彰。把面略炸过，酥脆挂汁，那又是另一番风味了。如是，北方的汤大多醇厚，解渴清火效果未必妙，但冬天拿来蘸面食，实在绝佳。

南方也有些固定搭配的，只是并没那么缺一不可。无锡每家卖馄饨的必也兼卖小笼汤包，但也有坏处。按我妈的说法，汤包味重，馄饨清鲜，先吃过汤包再吃馄饨，感觉馄饨跟没味儿似的——犹如先吃过浓甜果酱再去吃柚子，只见其酸涩，不见其甜了。所以无锡许多中年男人吃小笼汤包，都爱搭配红汤拌馄饨，以免被小笼汤包压了味道。上海的经典搭配疑似是小笼汤包或生煎包配牛肉粉丝汤。逯耀东考证说，十九世纪，上海已有“弄堂牛肉汤”一物。按我所见，上海牛肉汤很江淮风，大概又和开埠时期的徽商们有关系。上海人又爱白斩鸡，经典搭配是鸡血汤。很奇怪的是，我小时候在无锡、常州和南京，所见鸭血汤又远多过鸡血汤了。个人猜测南京人爱鸭血汤，很可能是南京人爱吃鸭子的延续吧？但鸭血汤经典伴侣好像不太确定。南京小吃兼有南北之风，江南流行的汤包，江北风味的葱油薄饼，淮扬擅长的烧卖，都可以配天下知名的南京鸭血粉丝汤。

西南尚辣，所以又有些其他奇妙的伴侣。比如，在重庆，每家麻辣小面、火锅馆近旁，必不声不响蹲着个卖冰粉凉虾的摊子。等你吐口气都火燎香辣地跑来，他慢条斯理地问：“醪糟吃得？”然后给你调碗冰凉甜滑的消暑之物。在桂林，每家马肉米粉、豆角米粉店外，总有个或卖凉粉，或卖龟苓膏的铺子，其味道和重庆冰粉类似，都是取个甜凉滑。

大略言之，美妙搭配都是厚配薄、浓配淡、辣配甜、热配凉。两相会济，中庸之道。单吃浓烈的也有，少。《乱世佳人》里黑妈妈劝斯嘉丽舞会前吃肉酱配饼，这等高淀粉高脂肪高热量，难怪斯嘉丽愤然罢吃——在我们故乡，大老爷们吃了这种搭配，也要喝一下午浓茶才能把嗝给打出来。

对酒当歌求其乐

读历史如卷帘望美人，层层披起，只盼着能够看得真切。东西方文化差异虽大，但有些东西异曲同工，比如杀了野兽吃肉、驯服马儿来骑，彼此心有灵犀。又有酒这东西，埃及人造金字塔时，就给奴隶发面包啤酒；往东一望，巴比伦那满载了西元前之爱与恨的《汉谟拉比法典》上，也早有了酿酒的法令；古老的文献那些蛇头虫尾的弯曲文字，把啤酒的年限不断前推，四千年前苏美尔人吃饱喝足，用余粮酿啤酒；叙利亚人和埃及人先知先觉，直接用吸管对付。这就是文明起源的不公平处：公元前二千年，好多地方人民还在茹毛饮血，西亚人却先喝上啤酒了。

中华泱泱大国，什么事都不落人后。《吕氏春秋》里说道，夏禹王治水辛苦，三过家门而不入，一心扑在事业上，人民感动，有个叫仪狄的淳朴同志献了酒，后世传说是高粱酿的。

禹王爷赞曰甜美，然而圣贤的觉悟高，反而感叹："后世一定有人因为酒亡国呀。"

当然，华夏历史太长，文献太杂，不像如今电话汽车那样，可以独断发明者。魏晋时期的文本里，一脚踢飞仪狄，争先说是杜康酿酒。可是也有人特立独行，晋江统在《酒诰》里说："有饭不尽，委余空桑；郁积成味，久蓄气芳；本出于此，不由奇方。"那意思：没吃完的饭搁在空地上，久了自然发酵就成酒了，不是谁的奇思妙想，也许早几万年原始人无意喝过酒了，也是有的。弗朗西斯·培根以前瞎揣测说，中国人吃烤猪肉源自山林起火烧死了野猪，上古人于是坐享其成。和江统这话的意思相去不远。

其实这儿要说的，还是一个酒的娱乐性。世界历史的一个永恒真理是物以稀为贵。欧洲人早年葡萄酒难得，便拿来祭祀神灵，后来雪茄刚到欧洲，颇稀罕，也有教皇规定弥撒时必须点雪茄以制造神秘气氛。中国人亦然，用酒和太庙祭祀祖宗。春秋时楚国人向周王进贡苞茅，用以茜酒。本来是土特产进贡小事，然而既然跟酒有关系，那就自然和祖宗分不开了。《左传·僖公四年》说，齐桓公讨伐楚国，管仲的借口是："尔贡苞茅不入，王祭不共，无以缩酒。"那意思是你们进贡苞茅不是时候，误了祭祀啦！可见春秋之时，酒是好东西，祖宗和鬼神也爱喝。

但任何高雅的东西，一旦蔓延开便不免全民皆兵。埃及劳工烈日下饮啤酒，和《肖申克的救赎》里蒂姆·罗宾斯带着监狱众人喝啤酒一样，除了解渴，也带着种娱乐性。大禹这样因为酒的甜美而生警惕心的领导毕竟少。商朝的末帝纣王就缺乏这种居安思危的意识。《史记·殷本纪》:“以酒为池,悬肉为林,使男女裸相逐其间,为长夜之饮。”构思奇妙,其荒淫度和罗马帝国那几位堪有一比。纣王这样把喝酒、吃肉、男欢女爱和夜生活结合紧密的人物,开了后代声色场所的先河。当然有许多贤人以为不可,然而纣王“言足以自辩,文足以饰非”。领导太聪明了就是有这坏处,你辩不赢他。

商与西周往矣,时代进入了春秋。酒虽然还是奢侈品,但已经足够喝,不必像恺撒一样,拿件东方丝绸当宝,在罗马各剧院炫耀。齐桓公想称霸,于是很警惕地问管仲:“我不幸好色,还好郊游,而且喜欢喝酒,会使我亡国吗?”把酒、色和郊游并列,说明在君王心目中酒实在是兼具娱乐性和惰性的双刃剑。孟子这种正经人态度就很专一,《孟子·离娄下》:“禹恶旨酒而好善言。”把美酒和善言说成正反面,俨然这酒就是极恶毒的东西——当然放他老人身上就未必准了,毕竟他四处游说诸侯时说的经典名句,大半都是饮酒吃肉罢了之后说的。

春秋之末,人民有了些余粮,也有酒喝了。勾践在吴王那里吃够苦头,回越卧薪尝胆。人口太少,就鼓励人民多生快生,与如今计划生育截然相反。奖励政策是:“生丈夫,二壶酒,一犬;生女子,二壶酒,一豚。”吴越向来是水乡,人民不愁饮料,酒之特别就显出来了:也唯有这种饮料富有如此的娱乐性。试看后世千年中外,有哪朝国王会赏给百姓茶、咖啡和可口可乐的?

战国之后，酒已经不是珍贵物了。《史记·刺客列传》道：“荆轲嗜酒，日与狗屠及高渐离饮于燕市，酒酣以往，高渐离击筑，荆轲和而歌于市中，相乐也，已而相泣，旁若无人者。”杀狗不算什么高雅艺术，扯着高渐离一起在集市上晃荡，喝酒唱歌还带着伴奏。喝酒和唱歌终于有机结合，成为任侠放旷的象征，而且不再局限于庙堂之上，成了下层劳动人民的享受。

战国末期，游侠、浪人渐多，战乱频仍，人人都有满腹牢骚哀怨。酒既然是抒情解愁的好东西，免不了也成了催化剂。基本上自那以后，酒都和唱歌联了一体。而且这歌不是周朝时朝堂上编钟金鼓奏出的黄钟大吕，而是即兴的娱乐性歌谣。燕国有荆轲之例，但南方人喝酒后也唱歌。按《史记·曹相国世家》，曹参和刘邦大多数开国嫡系差不多，年轻时是沛县监狱长。萧何死后，曹参入朝当了相国，一切制度全部参照萧何定的来，有了成语“萧规曹随”，办事很有道家无为而治、不拘小节的潇洒风格。有人上门来想正经聊点什么，就直接灌酒，灌醉为止。最有趣的是，他家隔壁住了个妙邻居，是个爱喝酒的小吏，每天喝完酒后大呼小叫，在家唱卡拉OK。曹家的小吏受不了了，跑相国那里打小报告：后院外又有人大呼小叫啦！曹参一听连忙下令：取酒取桌！自己跑到后院，拉开了架势，听着邻居小吏唱得正欢，曹相国大喝一觥，然后扯起嗓子，就和邻居开始对歌了。

有了如此相国，刘邦自己如何是可以想见的。六十多岁时回故乡“悉召故人父老子弟纵酒”。当时仇敌如项羽，内患如韩信，全都死了，估计他老人家也清净得有些孤单。几年前在北方白登城被匈奴围困了七天，险些丢了老命，想着没有后继的优秀将军，更加黯然神伤，喝着酒就开始唱大风歌："大风起兮云飞扬，威加海内兮归故乡，安得猛士兮守四方！"一个人唱不够，还要召集沛县一百二十个孩子搞合唱。这样的酒会气势非凡，虽然惆怅，毕竟还是欣慰的，因为天下已得，死也得其所。想早年间在鸿门宴，酒都不敢喝，更别提唱歌了。倒是项庄起立，要求舞剑助兴，也算娱乐活动的一种。只不过，舞剑毕竟和乐舞、唱歌大不相同。唐朝杜甫诗赞《公孙大娘剑器舞》，人家那是美女加剑舞才让人心旷神怡。你项庄一介莽夫，顶盔贯甲持把剑，又没受过专业训练，舞起来想必也好看不到哪去。

曹参算一个例子，让人明白了无为而逍遥的道家风范和酒是有关的。时代越往后，喝酒这事越来越成了标签，仿佛可以贴在脑门上，辨明黑白。犹如今日人们按喝啤酒、葡萄酒、威士忌划分族类一样。《三国志 · 顾雍传》里就说东吴丞相顾雍"为人严肃，不饮酒，少言语"。提一个人严肃也就罢了，还"不饮酒"，估计请他唱歌也没门，所以"自孙权上下对其多有忌惮"。

孙权是个喜欢打猎射老虎的人，和这种笑都不笑、酒都不喝的老头子当然没什么共同语言。相比较而言，曹操就很活泛。建安十三年，因为饥荒粮食短缺，曹操下令禁酒，可是早几年，他还向汉献帝献春酒，奏《九酿酒法》向皇上介绍酿酒法。最妙的是，建安十三年正是赤壁时节，而罗贯中《三国演义》里，也就在这一年，曹操吟了著名的"对酒当歌，人生几何……

何以解忧，惟有杜康。”曹阿瞒建安风骨，不免诗酒风流。酒后唱歌横槊赋诗，苏轼千年之后都羡慕不已。

酒之风流，晋朝为最。《晋书》说爱裸奔的刘伶“常乘鹿车，携一壶酒，使人荷锸而随之。谓曰‘死便埋我！’”属于随遇而安、喝死为止的潇洒。《晋书·阮籍传》说司马昭要向阮先生求亲，阮先生直接沉醉两个月，已经能够潇洒得一塌糊涂了，难怪后世曹雪芹先生要号个“梦阮”。只不过魏晋人喝酒，不是单纯娱乐罢了。叶梦得《石林诗话》说：“晋人多言饮酒，有至沉醉者。此未必意真在于酒。盖时方艰难，人各惧祸，唯托于醉，可粗远世故。”说直白些就是拿酒挡脸，借醉装疯，躲着人间那些鸟事。所谓“醉翁之意不在酒”，又何止欧阳修一个？

魏晋人将酒与娱乐发挥到一个极致之后，酒就不单纯了。陶渊明喝酒东篱，那是为了表志向；李白醉酒要人脱靴，那是显傲气；宋太祖请将军喝酒，是为了解兵权，复杂得让人头疼。

倒有必要举一个至为简单的例子，传说罗马人到埃及时，埃及艳后克里奥佩特拉的老爹奥勒特斯，乃是个爱酒爱音乐的胖子。在招待罗马诸将军时，送上河马肉、孔雀舌、鳄鱼羹之外不说，自己还带头喝酒，至于酩酊大醉，于是得意扬扬，扯着笛子为罗马诸将军吹了一曲。这事给诸位清正严明的罗马将军留下了不好的印象，说是“这个埃及人备极荒淫”。唯独喜好东方文化的安东尼却对这件事颇为津津乐道。安东尼最后做了奥勒特斯的女婿，与埃及艳后一起死于亚历山大，也算是酒做色媒人的一个好例子。

吃花时，花非花

屈原所谓“夕餐秋菊之落英”，芳美逸伦，但未必是真。就像他前一句说每天喝木兰露，也有艺术加工嫌疑。《招魂》里勾引人来，也是“稻粢穱麦”“肥牛之腱”。诗人再起舞弄清影，只要一朝没飞升，还是要吃稻麦肥牛的。

但也有人真的就爱吃个菊花儿。唐鲁孙说以前北京到重阳节，就有白菊锅子。说是有好些体质娇柔见风就倒吹口气就作风筝飞了的夫人小姐，吃不得火锅，所以得改良。白菊软脆清凉，一涮就熟。随锅下的都是鱼片、山鸡片等等轻薄柔脆之物，一下就吃。想来清鲜是肯定的，但少了火锅的庞杂厚润之味，大概也真只适合女孩子吃了。

以白菊锅和屈原，可知吃花算风雅事，适合诗人和弱不禁风伤春悲秋的女孩子。既然如此，就不能下狠手。保加利亚有玫瑰冰淇淋，色艳而味甜，清新俏丽，就很适合女孩子。

但如果拿油炸玫瑰花让林黛玉这葬花姑娘看见，大概觉得比陷于渠沟还惨，不知得哭成什么样。杨过们在绝情谷吃情花喝清水，花甜而酸，结果大男人们都吃得苦不堪言。可见吃花实在很麻烦：文艺了不好吃，做好吃了不文艺。在大快朵颐和凌风仙子之间，真的只能选一个。

世说叔本华虚无悲观，所以直言不讳，硬铮铮说花是植物的生殖器。这话让诗人们听见必然觉得不入耳，觉得吃花简直和吃牛鞭成了一路货色，但理性来说，这话提供了一种角度：排除掉花的审美因素和诗歌传统，单把它当个食物部件又如何？有河南朋友说过，她家那里有牡丹做的菜。但她也承认，牡丹不比百合好吃，只是做得好看。这终究是脱不了“牡丹为名花”的精神。韦小宝毫无审美，所以曾经想让芍药当马饲料。如是，吃花时，就是得抱着“花非花”的观念，把它当一样正经菜吃。

许多挺翘明亮的花，都可以拿来吃，取其花瓣脆而且厚。我见过几种炒菜、汤菜，都附加不知名的炸花瓣。花瓣略厚而有质感，蘸面粉炸过，嚼来香脆而不腻，似白玉兰而非白玉兰，不太确定了。薄一些的花瓣，除了玫瑰冰淇淋，见得就比较少。除了日本料理里拿来装点颜色之外，所见不多。有朋友说见过广东中西合璧的洋餐厅里有拿玫瑰或其他不知名花瓣做馅配豆沙的，可惜没亲眼见过。

当年夏天，在重庆市区到大足县郊中途的一个荷花山庄，吃过荷花宴。莲藕蹄花、荷叶排骨一类不提，第一次见到有把荷花骨朵熬汤的，只是咬咬便觉得像硬了的笋，心虚没敢吃。

我的概念里，最神异的花是黄花菜，所谓“黄花菜都凉了”，地道民间食品，我们那里也叫金针菜，一向吃惯。晒干了的黄黄一条，配黑木耳、茭白、笋、鸡蛋们炒吃，颇韧而脆，拿来下汤也不错。印象里虽然黄黄的不起眼，但耐藏，怎么做都好吃。长大知道金针菜是花晒成的，打死也不信。后来知道金针菜＝黄花菜，又叫忘忧草，而且是“北堂有萱兮”，只觉得天旋地转眼前一黑。感觉就像忽然发现家里洗衣做饭的黄脸婆，原来当年竟是才貌双绝的鱼玄机。

我外婆说以前巧手的媳妇儿能用栀子花做东西吃，但处理起来琐碎，要清水煮要炒或者使醋、糖来酿，如今鲜有了——她老人家说这也是十年前的事。如今我们父母这代人偶尔还摆弄桂花。桂花之香本来就花中罕比，馥郁充塞，简直甜到发腻害人起靡靡之念，黄庭坚所谓“花气薰人欲破禅”，就是这意思。江南乡下惯例，中秋要吃桂花糖芋头，借的就是桂花之甜。苏州的桂花枣泥云片糕天下知名，不提。桂花加冰糖是百试百灵的甜酒妙方，搁黄酒，搁白酒，浓妆淡抹总相宜。我家惯例是加在黄酒里。只是黄酒本来就甜，加了冰糖桂花更是甜得变本加厉，不免失了酒之本味。《仙剑奇侠传》第一代一开始，李逍遥家的桂花酒就被训斥“去去去，我们不喝娘儿们家的酒”。糯米糖藕最后撒上糖桂花，其甜得发黏也和桂花香类似。所以小时候听罗文唱老台湾剧《八月桂花香》片头曲“一城风絮，满腹相思都沉默，只有桂花香暗飘过”时，我还在想，都有桂花糖藕吃了，相思个什么？

甜咸记

说到江南吃食，常见人皱眉说甜。汪曾祺老爷子辩云，苏州菜只是淡，无锡菜才是甜。身为无锡人，这点是要点头承认的。苏州尚清淡，如丝衣仕女，玩甜也大多只在点心上，无锡是一直甜到各种菜里的，其来源就不大清爽了。逯耀东考证说，上海菜浓油赤酱，来自安徽，又学过点宁波，两相就合，就成了上海风味。无锡菜有许多是师法上海的，但又比上海显著的甜，青出于蓝而胜于蓝了。

我小时候吃惯无锡菜，身在鲍鱼之肆久而不闻其臭，对甜没感觉，去了上海只略觉淡，等奔走四方，才乍然明白无锡菜有多甜。比如，我在南京、扬州、宁波吃汤包，总觉得其汤清鲜但缺些什么，后来才想起是少了一味甜。在无锡，卤汁豆腐干都是甜的。无锡家常烧菜，红烧白炖断然是混不得的。红烧就是红烧肉、糖醋排骨、红烧鱼、肉汁酿面筋之类；白炖就是鸡汤、冬瓜排骨汤之流。前者浓甜，后者淡鲜。所以吃饭时须小心，沃了红烧肉汁就再不能浇鸡汤，不然咸甜打架，其味幻化扭曲，让人受不了。

无锡人吃汤圆，有咸馅与糖馅之分。咸馅者红烧肉圆为馅，糖馅就花样多些，猪油糖拌菜、芝麻、豆沙。重庆人来无锡吃汤圆，我先还惴惴，担心人家吃不惯无锡人的甜。不料人家吃了豆沙、芝麻，怡然自得；吃了猪油糖拌菜，开始大惊小怪；再吃了一口肉汤圆，如见蛇蝎，跳脚大叫：“怎么你们汤圆有肉馅？！还是咸的？！”

重庆以至川中，虽然以麻辣著称，但甜起来也着实了得。冰糖红苕圆、冰汁荷花桂圆这类清甜的，或是糖醋鸡这类红甜的，江南也有，倒不足怪。但锅巴三鲜、荔枝肉片这种荔枝味的，我初见便有些发呆了。而且川中味重而烈，所谓辣起来胜过麻辣烫，甜起来胜过三合泥，什么味道都敢往一起搭配。咸甜之别，在川中厨娘大手笔来说不过小道，可以随便逾越的。苏轼出自川中，曾经爱吃蜜蜂——把蜜蜂一口吸干，躯干扔了。真让我汗颜。

说到锅巴三鲜，别有一种。以前国民党陈果夫创制过一道菜，鸡汁番茄青豆虾仁，红白绿黄做一处熬成汁，去浇锅巴，号称“轰炸东京”，酸甜咸香，尽在一处。我后来吃过一次，没品出鸡汁味，可能是精简版，又或者番茄味重压了鸡汁，但也确实咸甜并作。

《梦溪笔谈》里说：“大业中，吴中贡蜜蟹二千头。又何胤嗜糖蟹。大抵南人嗜咸，北人嗜甘，鱼蟹加糖蜜，盖便于北俗也。”我一听“蜜蟹”二字，只好感叹真是重口味无边无际，蟹都能蜜了，想象其味都满嘴发麻，真吃下去恐怕得晕倒。又看见“南人嗜咸，北人嗜甘”，只觉得当头挨了一棍，想无锡的糖醋、四川的荔枝味、广东的糖水，居然都被北方打败了？后来朋友解劝说，沈括写《梦溪笔谈》时，北方还多游牧民族，嗜好乳制品。如此想想，倒还罢了。北方的各种奶油制品，许多都是元、清带来，比如唐鲁孙所谓奶油炸面果子的勒特条。甜品大致逃不出油、糖这些高热量的物事，比如李鸿章女婿曾经教回民馆做“三不沾”，也是鸡蛋黄、猪油、香料和糖一起上。以前自己做甜品时，最知道其过程：无论提拉米苏还是咖啡慕司，以至于所有甜点，不可少的工序是拼命地打蛋或打奶油打到发泡。蛋、乳制品、面粉和糖本是天作之合，所以北方游牧爱吃甜，也算得其所哉。有北京朋友说，甜面酱也和满人饮食有关，盖甜面酱和饽饽有关，上好的饽饽都拿来晒酱的，而饽饽和甜粥又是满族推广流行起来的。

当然，北人嗜甘、南人嗜咸大概属于旧事了。汪曾祺曾经感叹北方人非不爱甜也，以前日子穷，所以糖少，又说北方老阿姨都爱喝个白糖水。以前精糖是难得的，所以薛宝钗送林黛玉洁粉梅片雪花洋糖属于极大的面子。我外婆说南方以前没有好砂糖，做红烧肉就只好劈些老甘蔗进去——甘蔗的好处是既提供了甜，又不粘锅。我外婆她老人家认为甘蔗和好酱油能营造最好最天然的红烧氛围，盐糖都等而下之了。

买菠萝吃，总爱用盐水洗过一遍，名曰消火去毒。我一新加坡朋友曾经认为热带一切水果都有毒，必须盐洗之。实际上菠萝、荔枝过了盐水之后，洗了厚腻，确实清甜可口，像浓妆美人化作出水芙蓉，立见清新。现在去沿海吃烧烤海鲜，重咸之味，又流行挤些柠檬汁橙汁下去解重。所以咸甜这两味钩心斗角、欢喜冤家，终究是分不开的了。

饮水

上帝造人时，显然是不慎，或是故意不慎，让这些可怜的生物流落在一个绕着太阳傻转的行星上不说，还设置了饿要吃、渴要喝、不吃不喝就会死的脆弱命运。比起骆驼和乌龟，人类显然要可怜得多。还好人类有胜过乌龟和骆驼的想象力，百万年后，在吃的方面，人类已经到了上天入地，无所不为。估计上帝降世，倘若秀色可餐，也会被无知愚民试以勺匕。在喝的方面，人类的发展可谓乏善可陈，一味被标明了化学式 H_2O 的常温液体，成为人类最不可或缺的东西。

世界分为那么多大洲，在彼此交流不通的时期，却有过一些异曲同工的发明。比如宗教、弓箭、国王、战争、刀剑、盔甲，以及酒。人类一向不满足于现状，饿了吃，环境艰苦时能吃树叶，一旦爆发，连那吃树叶的鹿和吃鹿的老虎都恨不能拿来变着法子烹煮。而说起酒，不外是谷物或水果发酵，偏被人类逮个正着。美索不达米亚人发现了啤酒，中国的仪狄老爷爷给治水的大禹献了高粱酒，高卢一带种葡萄的农民们发现了葡萄酒，苏格兰种大麦的农民们又搞出了威士忌。一下子，富含乙醇的这些层次复杂的液体，就成了人们不可或缺的杯中物。只喝水显然就寒酸了，此所谓进化。

然而酒之为物，使人癫，使人狂，忘乎所以，不利于日常生活。俄罗斯人每天都处在伏特加状态中，苏格兰人和爱尔兰人都自嘲是在酒店门口喝吐了之后认亲戚，但他们大多地处苦寒，嗜酒而狂不具有普遍性。人类聪明，发现了树叶子泡水可以让水味变美，阿拉伯兄弟们，又无意间发现某种果子磨了粉来，泡水喝可以让人熬夜。这都是有刻苦钻研精神的人们的发现。

上次看到一份报道，有美国人揶揄道：欧洲人应当庆幸有中国人为他们出口了茶叶，有非洲人给他们贡献了咖啡，否则，如今他们的餐桌上除了酒，就只能喝水了。

和中国其他贵族阶层享用的事情一样，饮茶在开始流行起来后摇身一变成了文化。本来按现代专家们归结的，茶叶可以提神醒脑，兴奋神经，有利肠胃，几乎是百变灵丹——当然阿根廷的马黛茶更华丽，被阿根廷人总结出了一百六十种开外的功效。此乃后话。但是中国人喝茶鲜有拿这些说事的，士大夫们含蓄风雅，就像看见个漂亮姑娘想娶回家做姨太太，但不能说为了满足男欢女爱的大欲，而得引申出“不孝有三无后为大”传续香火之流。同样，茶叶的许多实用功效，都氤氲模糊在了中国士大夫宁静致远、飘逸悠然的情怀中。临了茶成了象征，陆羽所谓茶性至寒，适合清寒之士，就被标上了品格。神农氏听了大概挠头：爷爷我当年满地找草叶子吃，也没觉得茶多神圣；不小心滥吃了绝品好茶，也没惹得天怒人怨霹雳降下呀。

我外公那一代老干部们，很是讲究。要饮茶，先得良皿、新茶、纯水、好炭、好炉，恨不得春水碧舟，煮茶后舷，煮出来的茶要纯净飘逸，清浅温雅。我爷爷那一代人喝酒，讲究酒要醇厚绵长，小民百姓不讲究些，也要求酒得纯。掺了水，这酒徒们就有了话把，话里话外地有了借口挤对掌柜。

到如今，茶酒都开始兑果汁、下佐料，不喜欢的人难免觉得不纯粹，失了传统。其实，这倒多少算是恢复了传统。

陆羽那年代，中国人喝茶还放盐；唐时中国人很有喝抹茶的爱好——至今这习惯在日本依然，制抹茶磨、茶筅的都是传统手艺匠人了；宋人喝的茶，还有不少是加了香料的，异香异气。《水浒》里王婆给西门庆泡的茶，加了松子等干果，所谓“浓浓的点一盏茶来”。《西游记》里，多目怪给唐僧师徒喝的茶里，还泡了枣子。可见果茶、盐茶之类，古已有之，只是明之后士大夫们爱喝清鲜的，方罢了。民国不少掌故里说以前北京有老茶客，偏不爱喝新茶之清，而爱喝双熏的香片。这就是摆脱了一味清纯的士大夫气，仍旧回归了茶的本色——本来就是喝的嘛，就得讲个味道分明的口感。

英国人爱喝红茶，其实也属无可奈何。譬如以前吐蕃人喝茶砖，概因茶马交易，茶这东西得耐于储藏方运得过去。绿茶未经发酵，中国运到欧洲不知是何模样了，所以只好制成红茶再售。

红茶论娇憨清鲜，不如绿茶，但好在温润，比咖啡又多了一份醇和，所以被欧洲人怎么加奶加糖加佛手柑加橘子，都海纳百川，反而成为世界性饮料。绿茶是清锐明净的女孩子，红茶是雍容成熟的贵妇。前者如钻石璀璨，后者如宝玉温润，各有所长，但后者疑似更东方含蓄美一些呢。

欧洲人对酒，另有许多花式。喝葡萄酒兑水，喝威士忌加冰，波兰人喝烧酒，往里头加柠檬汁、姜汁的都不少，至于把酒七七八八地调,更是欧洲人的最爱。品酒是极深的门道，是需要专门发执照的。欧洲那些喝一口就能说出酒庄、年份、葡萄收获季气候、背光与否的品酒师和广东茶楼某些一口茶喝下去就说出年份产地的老师傅一样，都是我心目中的神人。当然，他们都要喝纯粹的，未必屑于喝驳杂花哨的饮品了。酒里加料,中国也有。《金瓶梅》里西门庆端出来过茉莉浸的烧酒,《红楼梦》里姑娘们和宝玉吃蟹，也有合欢花浸的烧酒。如今江南的黄酒加姜丝和冰糖，成都动人心弦的煮啤酒，其实都是古法改良。由此可见,天下大同。一切好喝的东西,万源同理，早都发明完了。

吃透初春

欧·亨利的小说《菜单上的春天》，一个女孩能用打字机敲出一份菜单，便可在二十世纪初的纽约找到工作、住房和爱情——事到如今，这种可能性已经很小。且说当日入春，菜单上做了如许变化：汤菜转为清淡；猪肉从主菜中消失，只在烤肉单上挂脸；可怜的羊代替了猪肉；牡蛎将要下档；煎锅的使用大为减少，馅饼则大为增加；布丁没有了；香肠基本消失。各类蔬菜——胡萝卜、豌豆、芦笋、豆煮鲜玉米甚至蒲公英层出不穷。

仅仅阅读这份菜单，你就可以感觉到：开辟鸿蒙，春天来了。

我国先贤诸位子们和西方小民百姓，在这点上是有共识的：不时不食。由冬入春，腊肉、油煎、炸面这些大荤大油冬季保暖的媒人，统统丢过墙去。英美饮食体系的好处与坏处都是刚猛直接，一目了然。所以一到入春，开胃菜、汤、主菜立刻改弦更张，生猛青翠的春季蔬果鲜明活亮地排上了桌。坏处是变化之大，常令人心头一惊，只觉得前一天还温情脉脉敦厚浓稠的套路，今天怎么立刻变了？

在吃蔬菜、吃新鲜这一点上，中西皆然。美国急着吃鲜玉米、蒲公英煮蛋，特意不大加修饰，就为了取点早春二月的泥土芳香。话说西方对生蔬菜本味的重视确实霸道，常让我的长辈们慨叹：他们就是在吃草嘛。当然，我国虽然不够生猛，但敏锐度还是有的。南齐时文惠太子去问周颙："菜食何味最胜？"答："春初早韭，秋末晚菘。"本来韭菜是五辛之属，和葱蒜一样有荤气，诸位大师见了，都要阿弥陀佛敬谢不敏。《笑林广记》里提到韭菜，也就是把它当壮阳药翻来覆去编荤段子，和清雅不沾边。但早春二月的韭菜，绿叶轻盈，柔曼清丽，大约像二八少女，来不及变成黄脸婆散发辛辣气息，还够清香馥郁。所以杜甫也要"夜雨剪春韭"。二月韭菜大概还来得及算韭黄，微微一炒到微软就能吃：略经一层油，轻软明净，确实动人。

早韭用来体现文人雅趣，有点虽坐书斋、不忘田园之乐的风味。而文人永远的好友岁寒三友梅松竹，到了春天就被盯上了。竹子在冬天可以拿来吟诗，表示志气高洁，可是在春天还是笋状时，就逃不了文人魔爪。苏轼到黄州时，发现绕山皆竹，大喜，写信到处告诉朋友，也合他"无竹令人俗"的脾胃，结果满山竹笋都做了笋烧肉，饱了他苏大胡子的肚腹。春笋的名菜里，大多和鲥鱼、白拌鸡等搭伴，少见有"红烧蹄髈春笋”之类的搭配，可见其清澈。苏帮名菜腌笃鲜，是春笋、鲜排骨、咸肉，慢火炖煨。老阿姨们都要求做到汤清色白，鲜味醇浓，但最忌讳腻。这就是中国人的智慧了：本来鲜肉与笋同炖，好在清新，但终究淡薄了一点，取了咸肉来借味，一老带二新，立刻产生绝妙化学反应化平淡为神奇。

北方老一代市井习俗，春天的脚步一般看菜市场。葱、顶刺黄瓜和清甜的水萝卜上了市，那算是春天到了。小民百姓吃春蔬，没有那么多特殊习俗，唯北方善于做酱，华北到东北,都有三四月做酸酱的习惯。意大利与西班牙这类南欧国家，每到春天，果子采之不尽，于是也拿来做酱。草莓酱、黑莓酱，不一而足。春季的果酱俨然将水果灵魂抽水封存,做成了标本。所以一勺下去，春季的清甜就在口中引爆。

大体来说，春天吃清鲜蔬果，是中外共识：一冬下来脑满肠肥，双目如火，的确需要清和气象。英美早年粗莽惯了，所以敢径吃生的，我国中医自有一套五行生克阴阳循环理论：春天贵在清和，又要养肝，所以汤、粥为上。当然，酒能伤肝，所以春季饮酒乃大敌。但法国偏有人认为，春季饮葡萄酒果香浓郁，可醉春风，清甜明丽，以便解“春眠不觉晓”的昏昧之感。春季饮食，大致如此。

海洋性国家比大陆性国家的好处，在于除了捕捉春季植物芳华之外,还能去对付入春的海洋。瑞典人早几百年就认为，春季鱼近产卵期，蓄力已久，正好拿来坐享其成。里海渔民捕鲟鱼做鱼子酱多在春天，就在于此。供不了鱼子酱的鱼们，总被韩国、日本、瑞典各国渔民拿来吃。用海明威引古巴渔民的说法，“春天的鱼腥且甜，有健旺的生命气息”。所以春季广东和韩国吃鱼，都爱用蒸，如此方能保得原味。

总之，春天是最美好、最清鲜、最甜美的季节。这个季节的一切饮食都需要天然原味：或配些酱来生吃，或略经一炒就上桌。柔嫩、明丽、干净，是这个季节所有早蔬与鱼类的优点。话说至此，有一个颇邪恶的想头：话说春笋与春葱都是鲜嫩清脆，味道既好，又纤细纯白，被李后主、白乐天们拿来比作美女手指。细想之下，既暧昧又诱人。大概春天及其饮食予人的感觉，就是这么个二八年华的女孩子。

二两大肠面红汤不辣

世上有许多东西，中吃不中看，要用巧词修饰避讳。比如，前清民国时，老北京街坊，你叫住个卖驴肉的，问他要驴鞭，没有；说要钱儿肉，他看左右无人，就掏给你了，而且按规矩得斜着切。我在贵州平塘的一处路边，吃过一次牛肉馆子，菜单是老板手写的，歪歪斜斜；“牛筋”下面，列着“牛大筋”。我想筋还分大小么？问老板，老板用一种现在想来很可怜我的眼神打量了我下，又看看邻桌的几位女客，略低声跟我说：

“牛鞭！”

相对而言，猪大肠就没什么避讳雅称。肠就是肠，虽然女孩子们会露嫌弃之色，菜单上也不避讳。我只有一次算是中了计：在老上海馆子，看见个菜叫草头圈子。草头是好菜蔬，圈子是什么？叫来一看：原来是猪肠子套猪肠子，再切得的，截面是圈套圈，就叫作圈子了。这菜看着粗粝，但费工夫：草头须新鲜，猪肠子要洗得干净，才能脆而且鲜。

我问过一位师傅，为什么猪大肠红烧的多，白煮的少？师傅说，都嫌猪大肠有味道。红烧了、卤过了，就不显，大家就忘了是肠子了。好比许多地方，炖猪头肉，务必炖到烂，一是为了入味，二是心态不一样：一个大猪头，倘若不炖烂，端上桌，猪视眈眈对着你，谁都没心思吃；猪头烂了，看不清了，大家就没有了成见，拿片骨头一划拉，猪头酥烂，红红白白，下筷夹起来吃，顺筷子滑肉缕和脂膏，拿来拌饭，吃得稀里哗啦，就没心结了。

这位师傅的店，在一个奇怪的所在，我在老家没搬之前，往南走有条岔路，一头向着太湖，一头向着高速公路；通高速公路那一片左近，龙蛇混杂：交警临时办公的所在、车辆管理所、运输公司、各类名目的服务站，像个建筑物的储藏室，乍来的人会觉得布置得岂有此理。那地方真正的地标，是家面馆。那店没名字——倒不是没招牌，年深月久，招牌都被汽车尘烟遮蔽，油灰重，大家也不记得了——只用一句话概括：

“中午吃啥？”

“大肠面！”

或者：

“你晚上有没有空啊？去吃大肠面？”

“好。”

或者：

“你在哪里啊，我这里还有个过户手续。”

“我在大肠面，一会儿回来。”

“噢，那你回来时带份大肠！”

在我家那里，传统菜式大概分两类风格。其一清秀雅致，是士大夫菜，例如太湖银鱼羹；二就是市井菜，讲究浓油赤酱，比如肉酿油面筋。红卤大肠面属于后一种，大家日常吃吃，真上台面，那就不好意思。司机们来往高速公路，交警们站一天，大家都拼体力的，奔波终日，吃东西讲究脆生痛快爽气。经常是下了高速公路，车子停好，就进店去：

“一碗大肠面！”

如果那天恰好手松或馋，就是：

“大肠面，两个浇头！”两个浇头，就是双份红卤大肠。

面馆老板是个瘦长汉子，面有麻点，胡子总剃得留着硬朗的胡根，穿白围裙，戴蓝袖套，显见经常去帮厨，头发稀稀疏疏，但中气很足。站得笔挺，仿佛标枪，大家都猜他以前当过兵。店里有厨子，据说是他弟弟；有老板娘，长一张冬瓜脸，高胖结实，在柜台管账，满手都是复写纸的蓝色；老板并不当甩手掌柜的，精精神神，时时站在店门口迎客；看人来了，先听清人要什么，于是运中气，声如金石铿锵，拖长了尾音，直送进店里去：

“三两大肠面！红汤不辣！！”

店堂没什么装潢，就墙上贴了几张球星海报，杂志夹页里拣出来的——我记得有几年，老板很喜欢达沃·苏克；地方挺大，桌椅擦得干净了，还是泛着用久了的木器无法避免的那种油光。你坐下，老板便递上盘子：一小碟红卤大肠，算送的，先嚼着，面还在后厨下呢。大肠卤得好，鲜里带甜，又脆又韧，不失肥厚之感，一口下去，牙齿像陷进猪肠似的，挤出来许多卤汁来，有嚼劲，又滑，牙口好的能嚼到唧唧吱吱响，越吃越想吃。

有时候老主顾不好意思，就会扬声朝后厨房说："我这里有大肠了，那面里就别搁了。"等面上来，就把这碟大肠用筷子呼噜进去，"过桥"——我听过一个苏州老人家说，过桥的意思是面的浇头另点，若要进面里，须借筷子之力，便叫作过桥了。但老板还是按例送："没瓜子没点心，一杯水都没有，不好意思。"

他家面很筋道利落，是白煮完了，加在红汤里的；红汤是大肠卤勾出来的红汤，很鲜甜。无锡人的红烧其实不咸，而是甜口：红烧肉加黄酒冰糖不提，连小笼包的红汤馅儿都会泛甜。口味重的，就加一勺辣油。

吃完，司机们边剔牙边结账，老板曼声道：

"一路平安！"

真有司机吃上了瘾的，坐下先吃一碟红烧大肠，吃面时要双份浇头，临走前还多要一塑料袋卤大肠，开车门，放驾驶室。据说真有人开着车吃着卤大肠，从无锡一直吃到昆山。

店里不卖酒，有爱吃红烧大肠的，专门从隔壁买了黄酒，到店里坐下，要大肠，于是滋溜一口酒，吧唧一口大肠；老板很热心，到冬天愿意帮着温一温黄酒，再加几缕姜丝。但这只限于平常顾客。如果是司机提着酒瓶进来，老板摇头，"不要喝酒。"这时候，老板娘也会瓮声瓮气来一句："大哥，平安是福气！"——我们那儿的方言，福一个字很难发音，要"福气”俩字一起出来才行。

这店太有名，常就有人慕名来。不只是大老爷们来，也有女孩子跟着男朋友，在门口怯生生望望里面，又看看男朋友面色，于是高跟鞋小心翼翼踏了进来，收着双肩两腿，缩在凳子上，看菜单，又瞄一眼男朋友：“真的好吃吗？”

老板一视同仁，照旧“一个三两一个一两大肠面，红汤不辣！”面端上来，男朋友双眼放光，紧赶着撮了两筷大肠，嚼得吱吱响，满足地叹口气，又侧头跟女朋友说：“吃啊，可好吃了！”女朋友们于是下定了决心，狠狠瞪了面碗一眼，就小心翼翼吃了两口，眉头一纵，对男朋友说：

“好吃哎！”

“我就说嘛！！”

我往后厨走过一次，就看见后厨有五台大洗衣机，轰隆隆地在洗肠子；五个小伙计，用刷子蘸着什么在搓大肠——过去看看，蘸的是盐——忙得面红耳赤的。大灶上须臾不停，焖卤着大肠。煮面的锅一大一小。小的锅里搁的是红汤，因为有些司机会要求：

“我要红面！”意思就是：我这个面，要白煮完了，再用卤汁煮煮！

有那么两年，我妈每天都得往那一带跑：或者汽车过户，或者汽车检查，于是一个星期倒有四顿，午饭都吃红烧大肠面，吃不腻；她说了，老板好像从来不休息，“好嗓子，在那里喊，都听得见。”喊来喊去，大家都习惯了。“三两大肠面红汤不辣”，像日出日落。每到黄昏时节，大家忙完一天，把文件和笔一放，抬抬头："哎，都暗了，走，一起去吃大肠面。"必须上门吃，因为这家店惯例不送外卖：店里生意太多，照顾不上外面。

那年年初，南方罕见的大雪，高速公路下来的几个路口，为了防滑，设了许多岗；又逢过年前两天，自行车、摩托车、菜市场的三轮车、载着大青鱼和大猪的汽车，拥堵在一起。那天我从上海回家，车子堵住了，正百无聊赖看窗外雪落、云色如铅，就见一辆小三轮车，从车窗外悠悠滑过来；三轮车后厢盖着白布。车子到驾驶座旁，停下，骑车的就问司机："要不要面？车上有要吃面的吗？"声音铿锵，如金石声。

冰天雪地，霜湿寒手，大家踊跃买面，端上来，发现老板用保温饭盒护住了，面还烫呢，每碗里加一点辣，大家嚼完大肠满嘴香，吃碗面肚子鼓，最后把面汤喝了，满头是汗，吸溜吸溜的。没买到的，只好一边看着吞口水，问老板："还有没有了？""有，有，一会儿。"老板请大家吃完了留着饭盒，"我一会儿回来收"，骑着车奔下一辆车了。路边穿着大衣的交通协管员，都买了一碗，吸溜溜地吃着。

我后来跟爸说这事，爸说他也听得了。据说老板蹬小三轮，卖了三天的面，没加价钱，还贴钱买了许多保温饭盒——他家以后也不送外卖，这钱就算是白贴进去了。据说这是老板娘的主意。我想象得出她瓮声瓮气的声音。

"大冷天的，堵在那搭儿，作孽啊！都想回去过年的呀，肯定都饿的呀。"

我以前吃大肠面，不爱加辣，总觉得大肠面该是浓鲜甜的口，加了辣就不对了。但那天在车上吃着，觉得红汤加辣也不错。烫的东西，味道很容易分辨不清，只图吃个爽快。在烫到分不清酸甜鲜香时，辣味还在的，连着温度，一起冲嗓子、灼眼睛，背上都烫出一层汗来。吃急了，一截大肠里还带着辣汤呢，就进嘴了，吱的一声咬出汁来，且烫且痛快。那年过年，老板一家先回老家再出门旅游去了，我妈就忌口，出去拜年也不肯吃肥肠之类，“不要坏了胃口”。这时我就想：下次应该多叫几碗红汤辣才是。

游食四方

重庆之辣与不辣

旅行者的照片复制着城市与细节，上海与巴黎的悬铃木一样真假难辨。多伦多到新加坡都可以吃到回锅肉和宫保鸡丁，同样，江南的中夜也可以吃到川菜师傅的手艺。虽然如此，但在嘴刁的食客那里，招牌不过是皮相，“正宗味道”才是灵魂，所以我到现在总还是会怀念一番重庆的吃食。

提到重庆吃食，绕不开麻辣烫。相比江南那些入锅煮毕、捞起加料、与老鸭粉丝汤类似的麻辣烫，重庆麻辣烫生猛得多。街边八卦阵般排些桌椅，每桌一口大火锅，沉浮着红得让人胆寒的辣椒、粒粒细巧的花椒和造型桀骜性格泼辣的香料。火锅滚了两翻，辣味直刺眼睛，香味钓钩似的抓鼻子。于是像鱼一样，明知是饵，还是闭着眼睛壮起胆子，捍上来一串吃了——意外的是，并没辣到令人满嘴火烧火燎的地步。鲜香猛辣，蒙眬中觉得嘴里一片噼里啪啦，许多辣香在烟花般烫舌，满嘴的香。发觉自己不怕辣后，腰杆顿长，起手拣了几串囫囵吞枣地吃，然后才发现不对——辣椒香得沉稳，倒不杀人；花椒却是刺客，偷偷摸摸潜了进去，整个口腔麻住，哭笑不得。

以前有北方朋友说到，涮火锅是忽必烈驰军远征的发明。南方人却另有一说，玉堂金马，壁画上明书着说江上纤夫才是火锅的起源。其实仔细一想，南北方火锅终究还是有区别。北京爆肚涮肉，大多用白水清汤涮熟，蘸酱来吃，虽说老北京也有人用肉皮冻、卤鸡冻来做火锅的，毕竟不脱北方刚健质朴之气。广东、重庆火锅，对汤都重视得很，千香百辣不在酱料，都融在汤里了。在重庆正经吃火锅，满堂人都火辣辣的，重庆话说起来柔绵悠扬，不可谓不热闹。都说广东人长腿的除了板凳，带翅的除了飞机，都敢拿来煲汤熬粥，实际上在重庆也相差无几：凡是可吃的，无一例外都进锅去烫一烫，沾染了一身麻辣。人人吃得满脸红，风度是谈不起来的。

广东、香港有些火锅清淡温雅，还搁些花瓣映衬，李碧华小说里也提及。初看美丽，待花瓣们被水煮蔫了才觉得唐突佳人，真是落花随水流，要被林黛玉看见她葬的花被人煮了，还要多饶一场哭。

若说重庆人吃早饭，有一种叫作麻辣小面的神物。老年代北京人早饭吃煎饼砂锅粥，江南人早饭吃稀饭咸菜，都是清淡为主。重庆人却连早饭都敢吃辣，实在令人瞠目拜服。麻辣小面量不大，料却繁密。做面的阿姨千手观音一样转了一圈，一碗面已经五彩缤纷地造就，依稀能认出的是花生、辣椒，其他就神秘得很了。同样是当早饭吃的面，武汉热干面也是奇香浓稠，但跟重庆小面一比，略欠几分妖娆，算是一雄浑一纤柔的对比。吃上一口，也是明快的辣香，当然也少不了花椒的麻，以及其他诸多神秘香料此起彼伏的蹦跳，口感堪称玄幻。

在重庆朋友家吃了几顿饭，腊肉、雪山菌什么的，一律配红带辣，若不配点冰啤酒之类，一顿饭吃下来嘴能成红肠。厨房里摆着晒干的贵州辣椒，看去就令人触目惊心。本来还以为是个例，去了菜市场才发现地上铺着大堆辣椒，远远闻着就鼻子发疼，晒干了吃会是什么味实在难以想象。

去中山古镇游山水时，当地山民做菜也是辣手频施。辣子鸡看不见鸡，都是鲜明的红辣椒——与江南的辣子鸡拿来装门面的辣不同，此辣实在足以让死掉的鸡被辣得再活过来一遍。至于鱼汤加辣，《水浒》里拿来醒酒也是有的，可是为了醒酒，不至于要冒被辣出眼泪的危险。看着你吃得眼泪直流，山民们欣欣然有喜色："这辣椒好吧？好容易晒的哟。"显然在这个饮食体系里，拿花椒麻你、拿猛椒辣你，乃是至高的爱护和礼仪。

饮食这事上，世人大多以偏概全。没去成都前，我草木皆兵地以为，那里必是人人以辣椒水漱口、全城在火锅里游泳的地方，转了一圈才发现成都人还有三合泥这么甜美的东西。按着重庆朋友的说法，成都人比较娴雅凡事留有余地，重庆人务于极端追求极致享受。到重庆吃喝一圈，麻辣固然是雄风凛冽，能给任何人一记下马威，然而去了辣味，依然风景繁盛，不一而足。

从重庆出发坐车去大足县看联合国指定的文化遗产石刻，回程时去了一处"荷花山庄"吃饭。生在江南二十来年，还是被那片荷塘惊了一下。在一个四面长窗的水榭楼台坐下，点了菜。

先是荷塘里捉来的鱼清蒸了吃。在重庆几天首次见到清秀白净的菜，惊为天鱼。那鱼想必在荷塘里久待，收了芙蓉清香，吃起来嫩滑爽口。又有大堆的藕，用瓦罐炖了个蹄花汤。藕本来是清甜的，似乎为了显得清淡，汤里几乎没加料，淡得有些矫枉过正。重庆特色，饭桌上是必须有口汤锅的，幸好锅里没什么辣椒。服务生端来一盘荷尖，所谓“小荷才露尖尖角”的东西，夹来在锅里烫烫吃，和豆苗口感似乎也差不多。鱼、汤、荷叶都吃完了，又上来一盘荷叶蒸饺。大概是和面的饺子里掺了荷叶粉，闻起来有些荷叶清香，饺子绿得让人觉得身子发凉。荷叶面疙瘩汤属于余兴节目，《红楼梦》里拿来喂挨打的贾宝玉用，除了有些荷叶香味，其实也不算怎么出奇。

为了看《疯狂的石头》里正反派大战的高楼，去了重庆解放碑。朋友跟我说，“老四川”是个妙地方，于是前去拜山。先是一份例汤，“枸杞牛尾汤”。古龙小说里有两个川菜常提，一是“红烧牛尾”，一是“漳茶鸭子”。牛尾这东西，似乎还真是四川人爱吃。话说“老四川”里这份汤，鲜得不合常规，清香醇浓，再配重庆人特别爱点的粉嫩豆花来吃，滋味奇妙。“老四川”的白灼芥蓝，汁调得浓而不稠，鲜美宜人。芥蓝本来带点苦味，但配了鲜汁，吃起来反而有清新解热的感觉，和苦瓜异曲同工。

某日晚饭被麻辣烫煞到，满嘴火焰山似的。急急忙忙，想找冰镇的东西吃。街边看到了叫卖者，竖个牌子：“冰粉，凉虾，西米露。”掏钱要了一份，对面的重庆大叔颇麻利地取出一个塑料碗，从三个箱子里分别取一勺透明冰粉、一勺白白的酷似熟虾的东西、一勺西米露，搅成一气。问我：“喝得醪糟？”看我点头，便将一勺醪糟——江南称为酒酿——外加一勺红糖一起添入，递来。用勺子略加搅拌，然后吃一口，甜凉柔滑，立刻将嘴里的火熄平。

现在想来，冰粉与桂林街头随处可见的凉粉、龟苓膏大概属类似事物，作用也类似：清口润喉，然而加上了西米露与凉虾，口感丰润许多。凉虾这东西似乎和虾无关，用大米制浆煮熟，用漏勺漏入凉水盆中做成。反正都是普通的植物制品，全靠劳动人民勤奋的手和巧思使之甜美动人。

中山古镇距重庆两小时车程，所谓古镇，其实也无非是山坳中工业化困难的一片乡村建筑而已。然而旅游业既发达起来，百姓们便发挥本领。自家晒的辣椒、溪里捞来的鱼、自家制的腊肉，都是上好宝贝，城里人吃得啧啧连赞。我在狭窄的青石小街上，一路看着店铺里售卖的七十年代器物，找着屋檐躲阳光。镇尽头一片竹林，风摆竹叶一片萧萧声，有老人家在贴着陈年对联的门前摆开一堆竹筒。问他是什么，答是酒。青竹筒上的红盖头揭开，扑鼻而来的甜香。江南的酒酿、西南的醪糟，名虽不同，人民喝的东西毕竟实质和制作流程是一样的。买了两筒，坐在溪边喝了，回去的车上却眼皮甜沉，直接睡了过去。显然西南的甜酒和江南还是不一样，味道虽然同样甜浓，里面自有些西南林泉之间的神秘咒，让你沉醉过去。

美人肝、松鼠鱼、蛋烧卖

南京的马祥兴馆，依南京人说法，是洪武年间创业的老店。朱元璋经营金陵城，学始皇帝徙天下富豪到都城，于是冠盖云集，饮食水准也水涨船高。百年以降，明清两朝，随便挑点吃的都是年高德劭，说起来韵味悠远。据说汪精卫以前馋马祥兴的美人肝，以至于半夜派人敲厨师门。汪先生人品姑且不论，学识品味算不错的。中国士大夫都有食不厌精脍不厌细的爱好，一酌一饮都很认真，谅来品味不虚。梁实秋和唐鲁孙英雄所见略同，都赞过美人肝这东西。唐老师又补说，还有凤尾虾、松鼠鱼两样，算是三大名菜。诸位大佬远去台湾后足六十年，几样老牌名菜依旧赫然在目。人生百岁不过须臾，几样名菜倒是不废江河万古流。

情人节前一天，南京降温下雾，车到云南北路时一片灰蒙蒙。上二楼不翻菜单，张口就问服务员有没有美人肝等几样宝贝，答说凤尾虾恐怕不大好，另推荐了蛋烧卖。随行的朋友又怕大菜会慢，先叮嘱说要赶飞机，服务员一副“你们真土”的表情，说这几样菜都是快菜。看服务员对答如流，大概我们这样慕名而去目标明确的数不胜数，他们也见怪不怪了吧。

美人肝上得极快。和芹菜混炒，一条条丝丝缕缕，冷眼看很像肉丝。据说美人肝实则不是肝，而是鸭子胰脏，武火炊炒，上了酒糟。本来鸡鸭鹅肝，好吃在嫩滑和一点点柔脆上。但动物内脏容易有怪味，我妈妈小时候做猪肝来补血，都是要加整棵大葱猛炒，去其异味的，但如此的肝，还是会有点沙口感，嚼上去像听见搪瓷碗被刀子划，牙口略酸。美人肝既是胰脏，口感发沙的问题就没了；切得既细，酒糟一炒入味十足，也不会嫌味怪。想来大概是翻炒两下就起锅，所以极嫩，火候刚好。朋友也赞说口感正好，嫩而轻软，滑不留齿，但刚嚼时还是皱了皱眉，说酒味太重，略微发甜。我答说江南以黄酒入菜的、以砂糖入红烧肉的，吃得习惯，酒味甜味全都麻木，不当回事了。

蛋烧卖上桌时，很让人耳目一新。蛋液为皮内裹馅的东西，花样百出，本来不新鲜。寻常烧卖，应该是外皮韧薄、内里口感细碎多变，犹如外作缄默内心缜密的宝姐姐。蛋烧卖好在蛋皮的滑而腴润，比普通蛋饺又要丰满得多，一口咬进去，本来是打算遇到点阻碍变化的，不料蛋皮之内，只是更滑更润，简直是一跤跌进羽毛床里，发现床下还垫足棉花。试吃了两个，才试出馅是虾仁，而且是切丁的虾仁。本来虾仁可以有两个极端：或者如广东虾饺，保留原样，吃上去还有虾的韧劲香甜；

或者是打成虾泥，那是广东菜里横扫四方的百花胶。蛋烧卖这样儿，类似于扬州狮子头：虾仁切成米粒碎状，既有虾的口感，又柔滑细腻，算是比较中庸。蛋和虾都是另用酒、葱调过味的，所以鲜嫩香甜，只是未免有些滑不留嘴，没来得及多咂摸滋味，就这样咽下去了，不免让人有猪八戒吃人参果的感觉。

松鼠鱼是压轴的菜，价格抵前两道招牌菜的总和，但因为别处店里吃过许多，按松鼠鱼本来无非划刀、勾芡、酥炸、糖醋汁这些手续，反而惊喜少一些。唐鲁孙说马祥兴的松鼠鱼是蒜瓣肉的大黄鱼。端上来的鱼被炸到面目全非，问它也不答话，不知道它籍贯来历，只好糊涂吃吃。蒜瓣肉炸得到位，嚼来酥脆，让刀也算得法，所以没有鱼刺的问题，当得起外酥里嫩。别家的松鼠鱼，吃了两块，鱼肉和身子就乱七八糟、支离破碎了，马祥兴这道鱼骨气很足，吃得它筋骨支离了，还是一副倒驴不倒架、丢人不丢脸的味道。糖醋浓淡也恰好，虽然用芡略厚一点儿。唯一不妙的是，怕是免鱼碎裂，让刀横纹略浅，几筷过去，表面挑尽，底下的鱼肉惨白一片，像卸了红妆的姑娘，本相毕露。

吃完后谈论，得到统一意见，觉得比其他所谓几百年菜馆的压轴大菜声名，还算恰当。不说惊艳绝伦，像洪七公初见黄蓉时那样把舌头都吞下去的诧异，至少没觉得白走一趟。朋友补充说，她在重庆常见诸位老爷进了名馆，吃两口名传几十上百年的东西，摇头就走，觉得名不副实。不同地域的饮食彼此相轻，大多来源于此：浅尝觉得不顺口，就此罢了。其实老百姓的唇舌，谁也不比谁高到哪里去。好吃的东西那点儿妙处，学老佛爷那样心里琢磨着扶清灭洋，拿筷子走马观花一两口，也吃不出来。《基督山伯爵》里主人公说："中国燕窝、罗马野鸡，乍吃是爱不上的。"好东西得饿久了又恰好有耐心的，才能品出滋味。当然，这可安慰不了鸭子、鱼和虾们的在天之灵。

吃阳朔

王勃写《滕王阁序》时说“人杰地灵”，仿佛一个地方青山绿水，人就该自然钟灵毓秀，鲜活漂亮。民以食为天，按唯物主义观点，要是长期吃糠咽菜，一个地区的人民也灵秀俊雅不起来。在桂林阳朔走了半个多月，毕竟走马观花，来不及览尽当地民风，然而时间已经足够让我把那里的食品检阅一遍。单论吃食，桂林的吃的，是配得起甲于天下的山水的。

走在上海，坊间遍布桂林米粉店，可见桂林米粉这词深入人心，根植于桂林人之胃了。在桂林人的食谱里，米粉几乎是无时无刻都可以列位置的，和青岛的鱿鱼卷一样，遍地开花，以至于早晨起来，一碗米粉可以果腹。在阳朔便看到一家“瘦子桂林米粉店”，属于典型的桂林米粉格局。进店，门口一桌一桶，桶里是米粉的浓汤，自己盛来浇到米粉上，桌上是调味的各种配菜，炸黄豆、煮海带、酸萝卜……应有尽有，根据个人口味任意搭配。米粉是将大米打成粉末，搓成一条一条，雪白如练，粉嫩干净地铺在碗里。自己端一碗热烫丰嫩的米粉，先自己选加了花椒、酸豆角、肉片、香菜等，一碗粉立时花花绿绿，色彩鲜明生动。走到桶旁，桶里是骨头汤，生滚鲜活，把可怜的猪骨脂膏压榨殆尽。舀起一勺来，香味浓烈的汤直扑到米粉上，米粉几乎发出被烫后快活的尖叫了，香气随即四溢而出。那些无精打采的花椒们，一下子就被激发了精魂，自觉自愿无限妖娆地攀附在了米粉周围，仿佛花瓣落满美人臂膀。端起来一尝，那嫩滑柔韧的米粉，衬了辣、酸、鲜、香诸般重叠丰满的香味，在味蕾上滑行流连，起伏不定。一口气把米粉条吸入口中，心满意足地吁一口气。直到这时，臣服已久的辣味，才腾腾地立起来。

以前听朋友说，湘川之地的人爱吃辣，是因为天气潮湿，不吃辣提火散湿，身体势难康健。广西众山盘桓，山水葱郁，云雾缭绕，所以吃辣格外活跃。重辣之外，又辅以酸。广西的酸豆角、酸萝卜之类，那酸能直挠到人心痒处去。就这一味酸，比起北方厚味、江南柔淡，就又截然不同了。

在阳朔满目所见，最多的牌子是所谓“啤酒鱼”。各家店招高悬，贴着自家大厨荣获大奖的照片，无不标榜自家正宗。小心翼翼踩点两天，狠心钻进一家店去，别的菜一概不要，就要一条啤酒鱼。那边儿锅碗瓢盆一通忙乱，端上来一个平底大盘。服务生在旁指点，大意归纳：这不幸而为啤酒鱼的仁兄，本是漓江中一条守法鱼儿，造化弄人被抓来杀了，不经刮鳞就放入油锅炸之，然后加入大量的啤酒、酱油、辣椒，以及诸般不足为外人道的作料，加盖黄焖，方见天日。

听罢，犹疑不定地拿起筷子夹了一块，觉得这鱼汁液浓厚鲜美，腥味全被洗脱。炸干的啤酒香味若有若无，肉质鲜美柔软，而且不比一般鱼俨然缺乏锻炼般的肉烂松垂，居然还香脆滑韧，滋味不俗。

阳朔另一道洋溢广西风味的美食，就是田螺酿。所谓“酿”，似乎是广西独家的做法。将切碎的瘦肉和田螺肉拌在一起，加入薄荷叶和少许桂林特产三花酒，塞入洗净的剪过尾巴的田螺壳里，最后下到锅里炒熟。那田螺肉仗着肉香、薄荷清香助阵，又仗三花酒醇香，狐假虎威起来，比一般傻蒸熟的田螺香过百倍。上海话里有所谓“蛳螺壳里做道场”，说的是在极小的范围内大做功夫。这田螺酿，便是这个词的最好诠释了。

在广西待了那么一段儿，大致印象便是这里的菜巧。本来在江南，习惯了精致细巧的点心和花样繁多的菜肴，以为天下独此一家了。没想到岭南之地，真是到了用尽其心的地步。尤其广西美食细巧繁杂，对口感和调味的繁杂度达到了匪夷所思的地步。米粉之细、田螺酿之巧、啤酒鱼之调味，以至于荔浦芋扣肉之酥浓、白切土鸡之嫩滑，以及《麦兜的故事》里麦兜妈妈教大家做的招牌神作纸包鸡之逸……大概阳朔一带的美食，就是把原材料都整治到毫无原材料影踪，然而变出无数种诡异而又令人欲罢不能的味道来。

海南游食记

十二月的海南午后经不起毛衣，穿T恤走在太阳底下，又有点春寒料峭的错觉。酒店在海口的海边，旁有牛与田。坐车进市区时，黑黄交加的牛们被主人牵着在田里溜达，尾巴摇得像女孩子撒娇时的辫子。南方的天空没有江南或东海边那样淡蓝墨水洇纸似的纯蓝，因为阳光色调太烈，就跟印象派画儿里诺曼底的布丁似的，天空里一线线一缕缕加金。

从一连串名字里带“人民”或“东”“西”的路走，穿过东门市场，上博爱路。后面一片大海的味道——确切说，大海浓缩发酵的味道，都是一进汤就浓鲜诱人，干闻让人想一死了之的干货——当年赵高往始皇帝尸体旁塞鲍鱼，可怜了始皇帝在天之灵。早前看见有凉茶卖，铺子上一色排开各类药方，犹如广东老火汤的配方，店主口气壮阔，俨然每碗茶都是和田之宝昆山之玉，喝一口便长命百岁。买了杯加了金银花和罗汉果的茶喝，比上海可以买到的王老吉味浓，清凉而甜，末了的一丝清苦之味也明显，层次分明。

博爱路走过好几个十字路口，找到朋友郑而重之推荐的牛腩店，叫了一份牛腩饭坐下。南海的牛腩店大多风景如此：黑黝黝一个店，几张似倒非倒桌，两个油腻腻电扇，外观去布衣荆钗，暗藏着天香国色——张爱玲说女人相信街角胡同才能吃到美食，确实是放之四海皆准的道理。牛腩、牛腱等上来，饭应是蒸过，粒粒分明，不相粘连。另放了一瓶南乳酱，自蘸取。

以前屈原招魂，拿“肥牛之腱”勾引人。牛腩牛腱都好在韧、脆。牛筋虽然口感精妙，但多少有些少了肉感，只余肉味了。这牛腩做得极道地，入口一嚼，能有叽的一声，肉汁迸裂，其韧脆如此。虽韧脆，但估计被熬煮得当，所以蘸南乳酱也不拒绝，没硬邦邦的架子。清脆韧鲜，在嘴里蹦跳犹如活物。肉汁亦鲜，用来拌蒸饭，一清二白，没有什么暧昧融化的调子。米饭和牛腩一样筋道，陪汤一路滑下去，味道鲜浓，过口不咸，端的是好。

黄昏时溜到领市馆，菜单厚重到可以砸人，前半段照例是各地用来哄人的秘制的、极品的、尊贵的、奢华的、高雅的、提神醒脑补充智力、吃一份保证连通三万六千大周天长二十年功力的滋补型名菜，翻过，找海南当地名点。文昌鸡太受欢迎，已被点完，苏轼当年所谓“只鸡斗酒定膰吾”是没机会了。点了一个大烩菜，一个白切东羊肉，一份炒粉和椰子饭了事。

各地烩菜其实大体相似，无非本地山珍野味，加本地最受欢迎的腌制品，加提鲜菌类，勾芡烩好。海南的烩菜比别地的都要清鲜些，据说料有十种。腐竹、蹄筋之类是各地家常，不稀罕，有趣的是贝类和香肠。贝类是海南本地特产，取其新鲜，烩了之后依然不失口感，不会软塌塌像嚼完的口香糖。香肠倒略有广东风味，略甜，韧。因了这两样，佐料没下太重就烩出味道来了。

白切东羊肉的吃法大出我意料。本来江南吃白切羊肉，惯例直接吃或蘸辣酱，海南的东羊肉上来，羊肉片得极薄，每片羊肉之间嵌生葱，蘸料是一盘海鲜酱油加芥末，是吃日本刺身的格局。我带着一种“大概是羊肉版刺身吧”的念头吃了一口，突遭伏击，满舌头刀光剑影，杀透重围，窜鼻子上脑。如果按酒量来衡量芥末量和辣椒量，我不算高但也低不到哪去，但葱和芥末的化学反应着实了得，杨过小龙女双剑合璧似的功力陡长一倍，刺到我左支右绌，满脑子火车汽笛大吹。妙在羊肉本身确实香，细切之后酥而不散，被这两重辣一夹还是香甜有味。这一套羊肉之刚烈，不下北方的吃法了。

椰子饭有八宝饭的感觉，外有椰蓉，米饭蒸透嵌红豆。吃来有椰子香，清甜而淡，是被芥末围攻完后的好援手，好像刚被蔡瑁追杀完的刘备遇到司马水镜的吹笛牧童弟子。炒粉倒保持南方一贯水准，好在极细——我在桂林和广州吃过炒河粉、各种粗细度的米粉，炒过的粉容易酥脆，但要重归粉的韧和滑却难了。

大略海南菜虽然味重而香，但不上火，不重油，清而且鲜，似乎有广东、福建之长，但又别出机杼。整个海口一半是超级度假胜地那种先进，一半是许多福建城市有的那种老派南洋风——牛腩那段的老街都有福建风味——上年纪的老式西洋建筑，窄而灵活的街，大片听不懂的口音来往语速飞快。海南人很好地保留着五公祠，内有李纲、赵鼎诸位南黜的士大夫，但最招牌的还是苏轼像、苏轼碑刻拓片等，描述他当年“九死南荒吾不恨，兹游奇绝冠平生”之事，外面就有老板招呼吃饭，正大呼“苏东坡在海南改良的东坡肉”！

管中窥豹南方的粉

中国人吃面之花样，可谓至矣尽矣，蔑以加矣。面的材质、和法、粗细、软硬、如何煮、面码如何、煎炒烹炸，难以穷尽。然而南方诸省，另开一片粉天下，有些天下三分得其二，南国一叶小朝廷的意思，虽然不如面声势凶猛，但有规格，有派头，自成一家。南方粉又纤细多姿，造型百变，我所吃过的，大概也就是九牛一毛吧。

广东人说粉似乎大多指米加工成的粉，大概无非米磨成粉，然后和水、和面粉或者其他处理工序。粉和面的种类、质地都杂，但面大体宽厚筋道，哪怕苏杭鳝鱼面、双浇面的精致，大体还是白衣秀士；米粉大体软滑细洁，是姑娘，哪怕再重油猛火出来的干炒牛河，还是保留了纤细的米香和柔腻的肌肤。

谈及牛河，我以前附会，以为取其绵软不绝如河状，后来才知道是广州沙河镇的牛肉米粉＝牛肉河粉＝牛河。徐克导的《满汉全席》里大反派做过的干炒牛河，让我魂牵梦萦。反派做菜时口若悬河，总之是油要下得适当，少则不香多则腻，又说快速翻炒能让河粉有铁板香味，末了洒点酒，点燃烧酥表面，便成了“脆皮干炒牛河”。河粉的好处是其儒雅，炒过火些也不至于腻。街头排档通常油会放多些，大铲翻飞，米香油香打成一片直冲云天，很容易让阿弥陀佛不沾油星的人都食指大动。牛河似乎本是广东家常物，如今神出鬼没地游击大排档横行全国了。

广东当真独步天下的其实是肠粉，而且花样极多。我喜欢轻薄的肠粉，一屉蒸透出来，白汽氤氲，与粉融为一片，颇有海天一色的味道，其嫩软薄滑不在言下了。但几年前在广东大排档吃时，觉得家常肠粉更纯粹朴素些，简单配些菜略做点缀，重点依然在“粉”。近两年上海的港式茶餐厅做肠粉唯恐不华丽，常爱拿肠粉卷炸俩（油条）、肠粉卷叉烧、肠粉卷韭黄鲜虾做噱头，其实后两种吃法更适合配茶而非早餐了。肠粉卷韭黄鲜虾是典雅清丽的小诗，韭黄之鲜嫩、虾之爽滑，配肠粉的嫩软，滑不留手。肠粉卷叉烧倒很妙：港式各种烧腊门下都是油光水滑，滋味浓有嚼头，肠粉这娇俏小阿朱裹定了那坚忍有内涵的萧峰，良配也。

广东往西诸省，各一套米粉自立门户。走在上海，坊间遍布桂林米粉店，可见“桂林米粉”这词深入人心，根植于桂林人之胃了。

桂林往西的贵州，说到粉就细分了——白的米粉，半透明的苕粉，待遇不大一样。这里得跑题了：贵州的米粉还和桂林米粉差不多，用清汤略带酸辣，苕粉同样酸辣，只是PH值大有变化，温度也高了一阶。桂林米粉常是清鲜中略带酸，像林姑娘没事嘲宝玉两句；贵州的酸辣苕粉瞬间上升到凤姐儿盘剥贾琏的调调。本来贵、渝、川西南诸省市都以香料华丽著称，贵州得其厚,煞是了得。贵州平塘的苕粉可以吃得人满头大汗，觉得米粉在嘴里活蹦乱跳起来似的。到了重庆,情况又是一变。最体现重庆饮食风骨的不是火锅，而是麻辣小面，一碗面中下料之繁，简直天女散花。我以前有个朋友嫌复旦大学附近的辣子鸡辣多鸡少，建议店铺把菜改叫“鸡辣子”，重庆亦是此派头，麻辣小面加料极杂，其实很可以改名为“面垫麻辣”。重庆、四川人都讲究“味”，这点哲学也都在重庆的米粉里了。重庆的米粉清起来也可以鲜滑动人，但苕粉被酸辣哄起来后味道奇出百变。贵州苕粉酸辣得古拙雄奇，一个字“狠”，重庆的苕粉则酸辣得刁钻古怪。苕粉本身比起米粉来，滑度还高一层，又兼半透明，很容易让人产生“想嚼她一嚼品品滋味”的诱惑，结果被随后冒上来的各类滋味分别在各味蕾区占山为王。《射雕》里所有上黄蓉当的人大多都有“看这小姑娘天真无邪”的第一观感，中了计才感叹“当真精乖”，重庆的米粉大多如此。

到海南，才知道人外有人天外有天。朋友的爸爸自家做了海南炒粉，再三劝吃：“这才是最正宗的海南粉！”海南米粉分粗粉和细粉，细粉好在极细，犹如粉丝，炒过后口感比粉丝脆，且凉而爽，有些像蔡澜所谓新竹米粉的要义——“煮完后用冷水凉过，保持口感”。海南三鲜炒粉好在凉、细、爽脆，下花生米、芝麻、豆芽菜等，很能入味，有胆大心细的儒侠风范。到三亚去吃抱罗粉就是另一番情致了：根据推荐，一路穿街走巷，在十二月二十九度的阳光下摸到了一处店，点了抱罗粉，不一会儿就上来了。抱罗粉大概算粗粉，看配料无出奇处——猪肠、螺蛳、牛肉丝、碎花生等。但吃一口粉，第一感觉是：“世上还有这么滑的粉？”该粉的滑度简直像特意勾芡烩过，根本谈不到“摩擦系数”四字，所谓真空下理想状态无阻力的各种试验都能拿去摆弄了。归结下来，用心的抱罗粉是米浆加过了香油再揉，所以滑到匪夷所思；二是汤好，熬得极浓且清。

晚上吃自助餐，又吃了些马来炒粉、泰氏炒粉，才知道果然南方人民粉外有粉。吃足了和人谈论，据做过粉的人说，制米粉其实琐碎过制面。面只要面粉里加适量水，余下就是靠两膀气力了；米粉则要先将大米泡涨，磨浆滤干，再捏成粉团煮熟。如抱罗粉还要加香油，更是费工序。只想南方人民有大米可以焖饭，何必再辛苦做米粉？尤其是抱罗粉、肠粉这类，要做精致了实在大费周章。其实说到底，天下饮食如果只求饱肚适肠，估计乐趣就少得多。邻里阿妈们的大智慧没发挥在各类尔虞我诈风云里，只消磨在彼此八卦碎嘴时信手弄米粉间。昆德拉以前提问：坦克和果园，哪个更真实？同理：博鳌的经济论坛和博鳌边缘加油站旁铺子里的一碗米粉，哪个更有价值？这个只有上帝知道了。蔡澜说粉的做法无定规，下一辈子粉自能做出好吃的粉。天下的粉各有各位阿姨叔伯的心血凝聚其中，说之无穷。

在三亚西岛宿完一夜后去吃早饭，岛上的阿妈做了蒸粉，就又是生平未见的妙物：用米粉浆混合蛋液，卷上岛上现产的鱼干蒸成型，似肠粉非肠粉，上再撒南乳酱。其味也如南方的阳光，明明似是无形物，但温暖明媚美妙多汁到让你觉得分明是可以触及的固体了。

阿姆斯特丹，吃的

荷兰人历史上常被视作能吃但不会吃的民族。十七世纪荷兰人富甲欧洲，法国人却爱嘲笑他们饮食太节制，不在于数量——荷兰人一天可以吃四顿——而在于质量。当然十七世纪时候，法国人也是刚学了意大利饮食百来年，自己就土鳖，还有余裕嘲笑他人，纯属五十步笑百步，但看荷兰人当时吃的，确实没法夸。

煮水加盐，加点肉豆蔻，加点肉末，就敢说是肉汤。寻常市民一周只烧一次饭菜，吃一天热的，余下六天冷食过日子。吃不到新鲜肉，每星期能吃一次腌肉。过节时，会吃种怪菜——牛羊肉剁成肉末，加些蔬菜，浇橙汁，泡酸醋，用火焖。乡下人常吃变质小麦，通常吃不起栗子。他们是欧洲食用蔬菜最多的人民。德国人说荷兰全国一天到晚吃奶酪。

所以在阿姆斯特丹，荷兰饭馆不太抬得起头来。绅士运河到鲜花广场，到处是纽约人披萨、西班牙小点心、意大利面馆、亚洲食堂。到阿姆斯特丹第一天，我问朋友：荷兰人平常吃啥，答曰 FEBO。这个连锁店的地位，几近于荷兰麦当劳。你进去要一个总汇盒，人就给你一大盒滋沥沥作响油炸出来的玩意儿：深灰色的，那是鸡肉肠；颜色艳一些的，是牛杂肠；通红到过火的，外表是层酥炸皮，里头是奶酪和土豆炸融、加了鱼肉碎块的馅儿，乍吃很是烫嘴。荷兰跟德国接壤，做肠子质地口感都好，唯独香料放得很过火，腌得肉味更改，不看说明不懂。鸡和牛若有知，都得跳脚骂：人类太过分了！

去吃意大利面吧，当家的姑娘金发碧眼，一望即知不是意大利血统。说着字句整齐的西北欧英语，念意大利菜名时一转而成细密蹦豆子的意大利语词汇，可爱得像临时换了舌头。她自承意面和咖啡还凑合，其他菜做得不太意大利风，自告奋勇推荐了一个荷兰、意大利混合风味的菜。问是什么，于是端来一盘土豆奶酪豌豆泥，一盅炖得酥烂、烫得蹦跳的牛肉糜。乍闻很香，两厢混在一起吃，先是烫嘴，烫劲过去，会觉得入口好嚼易咽，当然味道不能细究——咸里带甜，还有点酸。

阿姆斯特丹国立博物馆的餐厅很美，看完伦勃朗和维美尔们后，下楼来便能吃。问声音温柔的服务生有什么推荐，答说有一道“阿姆斯特丹总汇”。我给自己的心口安上了“再吃顿土豆吧”的心理防卫盾牌，端上来看时，还真不见土豆——腌鲑鱼、调味蟹肉、腌渍小虾、鲱鱼卷阿姆斯特丹泡菜、炸龙虾片，配蘸酱，搭番茄汁。鲑鱼凉而香，虾鲜韧，蟹肉口感意外地纤柔挺拔。这会儿才意识到：阿姆斯特丹到底是大航海时代就开始纵横北海岸的老牌港口了。

阿姆斯特丹 spui 街上，有家腌鲱鱼店，算是市政府半官方指定的。店极小，两张桌子而已；进店去的人全都要一种“鲱鱼 Haring，不要面包”。就把一尾鲱鱼，撒上洋葱茸，凶猛地吃将起来。鲱鱼腌过，表面极滑，入口有些咸，比起瑞典和挪威的鲱鱼，简直像没处理过的，生猛。但嚼了几下，洋葱茸和鱼肉就和出来一种力量。海明威《老人与海》说新鲜金枪鱼不加盐也好吃，“有力气”，这尾鲱鱼也如此：鲜甜味儿是慢慢嚼出来的，和呛口葱蓉、咸鲜香味一就和，吃着有力气，海的味道。

我是离开阿姆斯特丹那天，才意识到为啥他们那么爱吃土豆的。荷兰是欧洲北海岸，出名的多云多雨。阿姆斯特丹冬日天气尤其反复无常，本地人处之泰然，人人戴帽子，轻易不撑伞，见了坏天气，就去吃薯条。阿姆斯特丹似乎有两家薯条在打对台：一家叫弗兰德斯 Vlaamse，一家 Manneken Pis 专门挂个牌子跟他们唱对台戏：“我们专门针对 Vlaamse。”论味道，反正都是烫脆粗热，很豪迈。然而在阴雨连绵的黄昏，在屋檐下看着整个阿姆斯特丹连运河到栅栏都是灰色的，吃着金黄烫嘴的薯条，多少会明白：对北海边淋惯雨吃惯鱼的他们而言，的确，金黄暖和的东西，才是正经最美好的。

美食的正义

格拉纳达的格拉西亚广场 3 号，一家店叫 pesto43，Pesto 是香蒜之意。老板是合伙人之一，一位体态匀称、衬衣领结的老先生，亲自支应生意。上酒，先给诸位女士。奉送香槟，手指稳稳扣在瓶底，不输于巴黎一流馆子的仪态。前菜，先送了两碟子煎鳕鱼与泡菜。鳕鱼令在座诸位“噫”了一声，松脆得宜自不待提，味道细腻精确到令人意外。大家开始讨论第一个话题：这个鳕鱼腌过没？腌过，怎么这么新鲜？没腌过，味道控制得这么精准？

上第二道菜。炸鱼虾拼盘，配炸过的四季豆，带两个煎蛋。老板使刀叉，将煎蛋半熟的蛋黄浇上拼盘，再下刀如飞，将半凝固的蛋白切末，混在炸鱼虾中，端上来。鱼虾与鳕鱼一样是清炸，不见油腻，只有清鲜，简直像鱼虾自己将自己拍打松脆了，跳进盘子里似的。

炸章鱼，橄榄油味道轻得令人诧异，不像地中海做法，嚼来更奇妙：本来油炸海鲜，最易入空气，炸皮与海鲜肉之间总有空隙，独这里的章鱼，肉与炸粉之间塞得饱满，牙齿脆劲儿后，接着就是饱满的韧香。老板来回上酒换菜，遭遇满桌人英语法语西班牙语各类高级词汇的赞美轰炸。老板半羞涩半温柔地微笑，不好意思似的。

满肚子塞满鱼虾果子后，满桌人的期望值已被拉高，但老板送出甜品和自家调的焦糖白兰地后，大家缴械投降了。巧克力处理精细，润滑到竟无颗粒感；奶酪与杏仁夹心饼干则刻意做出了细密感，对比强烈。吃完了，大家盘算着价格：在巴黎吃这么一顿，总得三百欧元了；在上海，怎么也得上两千了……老板送来了一瓶新香槟，以及账单：一百二十欧。

于是大家的话题转为：老板是做慈善事业的吗？老板看着我们放下的三十欧元小费，愣了愣，而我们已经在讨论了：这个店靠什么挣钱呢？他们提供这种从头舒服到脚的饮食体验，不亏本吗？

于是次日中午，昨晚上的回忆自动将我们拉回到 pesto43。老板还没上班，正穿着海魂衫在柜台后忙碌，看见我们，仿佛演员没穿好戏服就被观众见了似的害羞，请我们稍等，自己躲去后台了。须臾出来，问要吃什么；大家已经相信了老板的品位，觉得自己根本不懂西班牙饮食，于是请老板自己搭配。与此同时，我不免有些担心：老板在我心目中已经加了冠冕，仿佛是自己喜爱的歌星，很怕他出一张不那么合意的专辑；自己当然是对一切都甘之如饴，只是怕损了老板完美的形象。

然后，老板用一只尾巴还能卷曲动弹的三公斤大龙虾，把所有人打败了。

龙虾钳与足，用微火烤，保留柔嫩鲜滑的汁水；龙虾身段剖开，略撒盐烤，取其坚韧；虾脑汁是天然香味；虾壳尾另收，用来熬 Paella 海鲜饭上桌。酒是老板自己配的白葡萄酒，并且特意解释了：虽然龙虾肉鲜美，但店里用的是清淡型调味，又因为考虑到大家自法国来，所以挑了比利牛斯和法国西南边境的居朗松产甜白葡萄酒，这样果味、矿物味都有，也不伤害龙虾的鲜美，而且让大家不必吃得正式，有喝果汁的感觉……最后老板补了句：我的英语不太好，也只能说到这样了。最后结账，老板划了下价格，三公斤大、让六个人吃撑的龙虾，折合人民币一千二。最后，当然还送了甜品。

之后的黄昏，走到了不朽的阿尔罕布拉宫，大家还在讨论那位老板。大家说他是位讲究人，是位体面人，懂得吃，龙虾和章鱼被他这么调理得死得其所，一定也会感到幸福；明明店里挂着米其林认证，他却提都不提……最后每个人都认同了这一结论：美食的正义就是完美调理食材，让人感到幸福；看到这样的店生意兴隆，大家都会觉得，世上到底还是有正义的呀。

私房小记

饿肚子的时光

我爸妈笃信药补不如食补，从小不让我吃各类蜂王浆、人参汤，净让我吃肉，所以我小时候，不太知道饿肚子是什么样。偶尔说饿，我爸都不信，直接笑问我是不是馋了，心思又活络了。如此这般，我对卖火柴的小女孩怎么个饥寒交迫，骆驼祥子怎么饿到手脚发软，评书里赵匡胤和郑恩怎么饿到要去偷人家地里的西瓜，孔子在陈蔡饿得怎么要吃草根，行军打仗怎么要挖野菜和小米熬汤喝，唐三藏怎么饿得没劲要让大圣驾跟斗云去讨斋饭，统统读过便罢，没有感性认识。小学里要写作文，描写饿，就是一套百试百灵杀手锏："肚子饿得咕噜咕噜叫"。真真是屠龙之技，完全没体会过。

饱惯了之后，对吃东西没那么血肉连心的渴望。人这东西既得陇复望蜀，已经满足了"饱"的陇，就琢磨"好吃"的蜀了。如果一顿饭不好吃，还会觉得吃饭这事累赘无趣。古龙写上官金虹有次要酷，“我不吃”，“不饿的时候吃，也是种浪费。”我小时候想，大概饿的时候吃才对吧——只是小时候，三餐时间固定，也由不得我发饿。

真要饿起来，是离家上了大学的事了。

上大学时三餐生活不规律起来，偶尔会错过饭点。饿的感觉最初来袭时还不甚懂，几次三番后才恍然：呀，这婉妙陌生的感觉不就是饿吗？大二开始靠写字谋生，开始所谓“一饭一蔬，当思来之不易”。很直观的：写一小段话就是一碗炒饭，写一个小短篇就是一周的饮食。那时还没学会松鼠似的储备粮食，冬夜里经常饿得不对，恨不能变成狗熊或蛇。

当然也能苦中作乐，人刚饿的时候耳聪目明，感觉分外敏锐，闻得见周遭的食物香味。海明威说他饿了之后，看塞尚的画格外来劲，我大有同感——饿了之后，看维米尔的厚涂层、鲁本斯明亮肥硕的姑娘们、勃鲁盖尔的农民画，真是沁心入目，神思明快。2004 年底上海美术馆有个印象派展，我去了三次，其中一次饿着肚子，看雷诺阿和卡耶博特居然看到目不转睛，看出了肉和蔬菜味来。

村上春树《再袭面包店》里，关于饿有许多比喻。他说饥饿之横无际涯犹如空中所见的西奈半岛，又觉得像掉进鲸鱼肚子里的秤砣，其实都是一种空旷无边的感觉。饿急了是这样的：身体空而且薄，轻而且亮，觉得自己剩了一个纸片躯壳，站在灯前都能透光。饿久了之后，乍看食物会有点恶心，但吃下两口后，好像钥匙开了锁，咔嗒一声，什么都好吃起来了。

古龙所谓“不饿的时候吃是浪费”，苏轼有个更好的表述：

"已饥方食，未饱先止。"人一饱就厌食油腻，只求清甜。但孔夫子断粮于陈蔡时，估计也来不及"食不厌精，脍不厌细"。我估计我举一块煎饼卷大葱去给陈蔡时的夫子，夫子一定也要狼吞虎咽。饿极之后，清蒸鱼、白斩鸡、鳝丝面之类，远不及一大碗油汪汪的蛋炒饭，上搁一堆红烧肉有诱惑力。那时谁来得及辨味，只顾一路狂塞便了。这就和骊山刑徒见了姑娘就来不及分辨五官是否标致、身段是否窈窕，只顾急吼吼按住差不多。

我最饿的一段是当年阿若刚来上海，俩人不知经营，一个国庆花完了积蓄。稿费都在路上，只好算钱过日子。所谓算钱是这样的：吃麻辣烫，算荤（那时只要一元）素（那时要五角）如何搭配，才能省出钱来，第二天能坐个地铁（而不是我骑车载着她）去看展览。家里打扫时从角落里扫出一两枚硬币，天作之喜，要立刻把这钱拿去买蛋糕来庆祝的。最后山穷水尽，只好买些米和青菜，加点盐，熬一大锅粥，如此喝了近一周，照镜子才知道何谓面有菜色。偶尔出门，入冬不免穿得好些，有卖二手笔记本的不上眼，看我们俩衣饰以为有闲钱，上来低声问："要笔记本不？"我俩苦笑："我们有笔记本，但是没钱……"她本打算上网把自己一个包给卖了换钱，后来终于到了笔稿费才叫停。她回学校考试前，我们把车票钱算罢，最后剩了些钱，俩人各买了一个肉夹馍，在马路边吃。那是2006年十一月一个晴暖午后，两个年轻人在一个丁字路口，吭哧吭哧吃肉夹馍，喘气。最后吃完了，从衣服上兜里捞出三块钱，大喜："能买瓶水喝了！"

五十个硬币的雨天早餐

她数出了四十个一角硬币，收在一个装纽扣的塑料袋里；五个一元硬币和四个五角硬币则散置一旁。天色微蓝，淅沥声停了，还能闻见雨的味道。我们又数了一遍，十一元，外加最新发现的、窗台上隔壁猫叼来的一角硬币。豆浆一份一元五角，韭菜饼一元，萝卜饼一元，鸡蛋饼一元五角。她聪明地补充说，如果买个六角钱的蜂蜜糖糕，就能用上这一角硬币了，然后她躺下缩成一团，声称自己饿过了劲，完全动不了了，具体如何搭配由我裁决。

实际上，情况远没那么糟。厨房的盘里本还有一对静物素描画似的苹果，但她认为，该水果越吃越饿，纯帮倒忙；如果拿来榨汁，则会吵醒邻居。她还认为，清晨雨后的空气过于新鲜，刺激胃口，不闻为好。尤其是，十月的雨把园里桂花濡开了，甜香得厚润实在，让她想起桂花糖芋头。

我对她说，黄昏之前，我们是没有新财源的，这一顿抵早至午，要挡过两餐去了。她于是给出意见，说豆浆不妨少买，家里茶水管够，应该油水优先，口味从权。

几阵雨洗淡天色，气候算入了秋，门口打太极拳的老爷子换了长袖，桂花的甜香发腻带油，满街游荡。水果铺伙计搬葡萄进店，野猫和狗们在街角东张西望。我去点心铺，问甜馅的包子，答说没有。菜馅的？店员脸色都作了难。一个蜂蜜糖糕两份豆浆，去隔壁买了一个韭菜饼一张萝卜饼一张鸡蛋饼一笼烧卖。店员还殷勤推销牛奶，满口夸饰“绝没有三那什么”。提着塑料袋沿路走时，狗们不知为何欢快起来，追着我的鞋跑了半条路，围绕着嗅，我怀疑它们彼此呜呜是在商量分配怎么咬我的脚。

早起买早餐总是老阿姨老先生们的活儿，菜市场里审犯人一样提着鱼和肉，目光利如剑要把它们直接处决。街区的角落里有两间生煎店上过电视，声名宏伟，价格也和声名一样扶摇直上，老阿姨们像张爱玲小说里相信“最好吃的东西总是深巷小店里买来的”的太太们，踩着拖鞋固执地等人家老板慵懒地卸门板，无视旁边油锅里不断滚胖的油条。天逐渐褪换成多云天气理应有的纯白。鸟们啾啾地鸣啭，伸头啄路上的积水，步态矜持，像才华枯竭的老年作曲家。

我推开门时，她坐在窗台上背靠垫子，说桂花的香气虽然腻人，但闻来还不坏，说知道我快回来了不怕饿了，就不怕被催起食欲。我给她陈列了战利品，告诉她口袋里彻底一个硬币都没有，完美的组合。萝卜饼和韭菜饼用刀切成了两半，每人各分半个，是因为我知道她馋着韭菜和萝卜丝，各要半份方便她解馋。她听得凤颜大悦，曼声说难得你想得周到，除了她点名要的余下都看赏啦。

她吐着被韭菜汁烫到的舌头，问我：上一次口袋里空无一文是何时？我想了想，答说两年前，那时我与她还得喝菜粥撒盐度日。她摇头说，那至少有热粥汤有菜叶有香米，维生素蛋白质到碳水化合物一样不缺，去年她到瑞典对着九元人民币一根的黄瓜望而却步，几天不举火净吃冷食。我对她说，没得花销和没得吃是两回事。吃是缓解生理上的不舒服——主要是胃；而囊中空空基本上意味着你在这城市里晃荡时，周遭的一切——城市里大多数东西都可以赎买——和你无关了。

我吃东西一向猪八戒吞人参果。吃完我那份后看她，细嚼慢咽刚到一半。我找到了茶叶罐，烧水喝茶。她劝我茶泡淡一些，以防没到黄昏就把胃又洗干净了。我问她为什么今天吃得格外慢，她说，吃完这一份就真的好一会儿一无所有了。假日的白天那么长，可惜饼和烧卖留了会冷瘪，不然她真想留着慢慢吃。然后她想起某情景剧里某阿姨的话："人生在世，吃喝二字。"

吃完之后她读一会儿本雅明，眼皮逐渐下去了。她抱怨本雅明的书本来就催眠，不为了吃点东西，她才撑不了这么久；又埋怨说凌晨时我给她说的一首埃德文·罗宾逊的诗结尾太惊悚，好好一个科里绅士怎么就一枪把自己杀了呢？这种东西听了怕要做噩梦。我劝她困了就睡，别忌讳吃饱了睡会让人觉得是猪。她一点儿没反对，说就这样睡了——你也一起睡吧？——如果黄昏时钱没来就叫醒我，我再收拾一下家里，一定能找到钱的！

因为感冒，她睡着时发出小狗般的鼻息声。雨声时起时歇，夹杂着邻居孩子练习钢琴音阶的声音。我收拾屋子，在衣服堆里找到了三个一元硬币和两张冰淇淋提货券，一起放在了她枕头旁。每当她在梦里蹙眉时，我都希望，她不要梦见罗宾逊的那首惊悚诗，或是其他任何奇怪的东西。

消夜记·春夏

荷兰人绕过好望角，穿越印度洋，从狭如美女腰身的马六甲间滑入东南亚海域，在南洋人的茅草屋檐下看到了紫丁香：这个富有诗意的开始并没有顺势走向明媚的结局——譬如荷兰人对东方神秘植物的美肃然起敬之类。历史书毫无表情地叙述，荷兰人将紫丁香大批量地装船贩运，作为烹制肉类的调料。这样的结局肯定不合少女们的爱好，但这就是事实。

援引这个例子无非证明，对世界上大多数人而言，食品比艺术更为重要。紫丁香的遭遇告诉我们：饮食不止是满足身体的需要，美食如美景，需要有可赏玩性。中世纪的北欧人民表情尴尬地吞咽着索然无味的肉，这样惨淡的往昔恰与今日形成鲜明比照。食品的基本作用是填塞胃囊，但贪心不足蛇吞象，人们需要在此基础上高出一步，于是有了调味料，有了盐，有了糖，有了果酱和厨师们代代相传的秘方。

午夜时分阅读关于烹肉之类的文章类似于自虐，虽然我不像十八世纪的荷兰人那样欣赏丁香的味道。早中晚式的三餐是英国人大搞工业革命时卷袖劳动的习惯，而物质文明皆丰裕的宋朝，不吃早饭的中国人喜爱将午夜时分作为用餐的时刻，并且流行银餐具的外卖消夜。马可·波罗记载的泉州城之夜，也有灯笼、温泉浴场和夜食的人们。

然而消夜是不大适合夜宴这种隆重场合的。夜晚本来是隐秘的时间，阳光既没，星月横天。月黑风高就适合杀人放火，春宵柔暖就适合月下花前。晴暖的春夏之夜是醇甜的酒，人一入夜，小胆也胡乱做了大胆，白天的禁忌早放在了一边。春夏中夜时刻，晚饭已消化殆尽，窗外又静得让人耳朵寂寞。借我妈妈爱说的一句话，是“觉得嘴里太淡了”。夜间出去觅食的动物，绝少是为了填胃充饥。也有借口说饿的，但绝不会大鱼大肉、找一桌食品来恶补。往往是吃到中途，才会作脸红状，承认不过是馋了而已。

其实馋倒只是小事，一个人倘若到了中夜不睡，不免寂寞。周围万籁俱寂是谈不上的，但静得让人不好意思大声自言自语，却是常有的事。李白这样倜傥的人，犹要邀月对影，凑个三人同饮。中夜出门，踏着暗灯，一路点算着关闭的超市里那些绒毛玩具、披衣模特和地球仪，找一个有光亮的地方坐下来，要吃要喝，可以听见有人点头，答应，厨房里起锅、切菜的声音，寂寞的气氛被一扫而空，周围慢慢地活了起来。

春夏消夜极少有大摆排场的，溜出去偷几口小吃的居多。各地真正的饮食精髓，仅靠三顿正餐是吃不出的，非要夜半游街，顶着群星拐弯抹角地吃，才能够领略。殿堂级的名厨许多时候做不出街头小吃的美妙，冠盖如云的场合也很难有两三人吃夜宵时的自在。白天三餐时常讲究营养、卫生、搭配之类的，到了中夜往往变了另一个人，好比摘了面纱，露出豺狼虎豹的本色。鲜辣甜咸，消夜极少品到中正淡雅的味道，倒经常是凶神恶煞、乱刀刺舌的猛料。正餐时精心搭配、和谐共处的纯雅菜式到了消夜摊上，难免像秀才遇到兵，有理说不清。如果兴致来了，需要有酒，那也是性子或泼辣或清洌的酒，醇厚之味且留给白天吃好了。如此这般，五味杂陈。夜宵味道零散曼妙，让人来不及觉得单调。

雨在白天常是令人烦恼的事，但在春夏吃夜宵时，下些雨却并不坏。客人会少，店堂会空，然而明亮的灯下总有一两个人可以与你叙话——值夜班的女孩，闲得无聊的老板，或是同来的朋友。躲在店深处吃着自已要的五味杂陈，望见外面雨水葱茏，与闲散的人有一搭没一搭地说话，或是边吃边读某本容易消化的小说，颇有偷吃的快活。

春天半夜里满足了馋欲撑伞归来，在院墙那里闻到了一阵空淡的植物香味。幸而吃饱了，不然闻到这种香——夏季的花香常有肉的辛辣味——只会让饥肠更难受。唯一的坏处是天终究太暗，辨不清是什么植物倏地勾引了你的鼻子。

消夜记·秋冬

《红楼梦》里妙品无数，但最让我有感觉的吃食是元宵夜那节，老太太先说“寒浸浸的”，于是移进了暖阁，后来又说“夜长，有些饿了”，凤姐回说有鸭子肉粥。老太太说要吃清淡的，罢了。但“鸭子肉粥”这四字，刻骨铭心地难忘。

又是元消夜，又“寒浸浸”作前缀。这时吃鸭子肉粥别有妙处：虽然鸭子肉粥是凉补的，但鸭肉能熬化到粥里，火功极到家时，可见酥烂浓郁、温厚怡人。跟寒浸浸一对照，立刻让人心里暖和起来。

春夏之消夜与秋冬之消夜，大不相同。以前去广州，晚上光脚穿人字拖去吃肠粉烧鹅时，不觉想到《胭脂扣》里万梓良吃夜宵遭遇女鬼如花。或者是受了这场景影响，广东小吃味道之细罕有其匹，但没有老舍所谓“吃出汗来”的亢奋。回程在苏州，时已秋转冬，天气沁凉。晚上穿单衣找到个兼卖烤串的羊肉汤店，边抱怨天气凉得快，边要了个葱段覆盖萝卜和羊肉的砂锅，一锅下去，全身白气冒到一佛升天。立刻觉得“嗯，消夜的感觉回来了”。

江南夏天消夜一般取其清爽利口，譬如各类河海鲜螺蛳之类，可以拿来下冰糖黄酒；秋冬消夜，就得风格豪放些。本来吃夜宵就是极私密的事，黑灯瞎火，白天还精算着“吃一口肉等于多少脂肪，等于多少分钟慢跑”的心绪，早被午夜时分连馋带饿的“老子就放纵一回了怎么的”给蹴散了。所以消夜比三顿正餐要家常市井得多。何况秋冬夜半清冷，又“寒浸浸的”，不要鹅掌鸭信这些嚼着有滋味的，顶好是鸭子肉粥这类温厚浓味的。既温且饱，是为王道。

秋冬吃夜宵，气氛很重要。《骆驼祥子》里写北京小酒馆，外间黑夜北风凛冽，房里喝酒，吃烙饼，喧嚷，末了祥子买了几个羊肉包，看得我垂涎。上海街头常有到处游击的小炒摊，隔百米远便是一片辣椒、油、锅铲噼里啪啦的爆炸声。炒粉炒饭，宫保鸡丁之类家常菜，夜半溜达的无聊宅男、民工、小区打麻将打累了的大叔吃得乒乒乓乓。味道寻常，但油香重、热气足，能勾引方圆一里那些午夜清澈见底的胃。在冬天的北京吃到过东北馆子，豆腐皮、酱、大葱齐上，卷着吃奇香无比，但略嫌生冷。另叫一份猪肉粉条，容器巨大如脸盆，热气腾腾，端的是好威风。白云氤氲下，气为之夺，没吃都觉得被这消夜的气势撑饱了。乌鲁木齐天黑得晚，入冬依然。因此总得到中夜时分才让人觉得“天黑了，可以行动了”。夜幕下烤串大军轰轰烈烈，火光毕剥，各类香料随吆喝声刺鼻巡胃剐肠，连冷带亢奋，真有“偷着不如偷不着”的悬念刺激感。

鸭子肉粥什么的，是大户人家才备得起。我等升斗小民，又是秋冬凛冽时节，吃夜宵务于快速敏捷，所以大锅怒炒、烈火猛烤，能驱咱寒气的东西，最是适合。朋友考证说四川担担面最初就是应用于消夜的伟大发明。太太们晚上麻将打倦打饿了或是要聊八卦了，叫街上做担担面的，肉糜、面、汤，简单搭好，香浓美味。江南也有类似的，乃小馄饨。现在是车子推着，据说以前流行的是挑子，可以上溯到宋朝。情随事移，但馄饨大致格局不变：总归是各类馄饨馅一抹皮子包着，另一锅极浓极香的汤，有打麻将的要，就汤下馄饨递过一碗去。其实那点馄饨连馅带皮能有多少，更多是为了喝口汤借个味取取暖罢了。

冬天消夜，围炉吃火锅自然是最妙。但是北京涮锅子一个人吃总是不大对劲，还不如找卤煮火烧。同理适用于泡馍和新疆撕馕羊肉汤。重庆的小火锅稍好一些，重庆和成都都有喝夜啤酒的习惯，但入冬极冷，单喝啤酒牙关打战，又不能像江南黄酒温过，再放姜丝。当年在成都大礼堂附近住着，逢夜就沿山而下，找一个小火锅，四五十串煮着，就火取暖。仗着火和辣，狐假虎威地跟老板说，“啤酒要冰的”。这是重庆锅的好处：一人吃来，也不会显得凄怆凋零、可怜巴巴。吃喝完肚里火烧火燎，带醉上山，走两步退一步，鲁提辖当年怀揣狗肉上五台山的感觉，也有了十之一二吧。

厨房记

我小时候，对厨房的观感甚为神秘。在家里，爸妈畏厨如虎，总是严禁我进，现在想来是怕火怕燎，但当时我只觉得奇妙：怎么爸妈走进去，就有饭菜端出来？去乡下见到乡间的大厨房，更是眼界大开。江南乡下早年还是用砖石垒的大灶，灶极高，锅极大，燃料是往里塞柴草，满室生烟，蒸熏吓人。我外婆那里则还用过煤球炉子，用以煲汤、坐水、煮饭。我小时候手笨，持火剪去夹煤球，总是把煤球一剪两半，让我外婆徒呼奈何。

后来年纪渐长，爸妈也不怕我挨点就着、近火就死，准许我进厨房围观。我乍进厨房，只觉眼花缭乱。煤气炉、灶台、各类锅铲刀具，五光十色，好像每天想捉蓝精灵的格格巫配魔法药水的房间。偶尔参观爸妈做饭，刀铲横飞、火光四射之下，菜如流水价完成，只觉钦佩不已：怎么就做得这么好？

我小时候崇拜两类人，一是我妈厂里负责运大家上班的司机大叔,此大叔身长八尺,阔面重颐,声如洪钟,一声“都齐了?开了啊！”，然后运挡、油门、方向盘，有条不紊。我那时看各类动画片上瘾，对飞行员们按亮各仪表盘的娴熟度正眼馋，觉得此司机大叔差可相比，端的是威风凛凛。二就是厨师们，偶尔下馆子，总是怯生生躲到厨房门边，窥看大师傅们飞火流星。那时的第一印象就是:“馆子的厨房原来恁大！还有恁多我完全不认识的家伙器具！”

开始下厨，是我妈不胜烦扰，决定放我来打下手。老舍先生说他从小就知道陪妈妈上灶，穷人的孩子早当家，跟他一比，我也就是个准膏粱子弟罢了。爸妈不让我碰火摸刀，只许我淘米洗菜剥豆子。我淘米时手笨却勤，唯恐不干净，总把米漂洗得米浆全无。所以我淘米做出来的饭，总是少些饭香，吃时总有些欠嚼头。后来我妈教导我，淘米大略意之即可，再加一点香油，可让米饭煮来香。电饭锅不普及的时代，煮饭真是件大工程，火略过就该焦了。我小时候，饭煮得略焦其实是常态。因为大人们也相信，饭夹生则不可吃，略焦则尚可饭。我小时候爱吃焦饭锅巴，跑幼儿园吃午饭还跟食堂师傅要求“来点锅巴”，被我妈以为是师傅故意虐待我，不快了好久。

上学后老师号召好孩子要勤动手，为家长排忧解难，还列举无数英雄少年的例子，说众英雄豪杰如何三岁能文，七岁能诗，十来岁就为家里添柴加火，哄得我兴起，还干过领群同学一起去小树林拣树枝回去参与烧火的傻事。到了来不过学了包馄饨、拌莴苣等手艺，回家打算吓爸妈一跳，结果不过挨了爸的嘲笑和妈妈善意的劝诫。到中学终于做会了一道番茄炒蛋，喜滋滋孝敬爸妈，完全不知道自己放多了盐，险些把爸妈都齁死。

正经开始有了学厨的念头，是到高中，老娘语重心长地警告我，不学做饭早晚饿死。北方人常笑南方男人要负责洗衣做饭，虽说婉约点，但我妈的意思也无非是“要做好娶个不会做饭的媳妇”的最坏打算。于是学做饭，学煮面，学了几样所谓傻瓜菜、笨蛋汤，连盐都不必放的招式。学我爸妈教我的菜，又各不相同。我妈爱做下饭菜，豆芽、红烧肉、油面筋一类家常菜，又要下油又要放盐还得炒，我所不欲。我爸擅制下酒菜，蒜泥白肉、干丝、鱼头汤这类不动锅铲的东西，又清新可人，我便趋之若鹜。总之学了几道菜后，不觉自满，自以为举一反三，从此略窥厨道门径了。

离家上大学，租房自住。觉得物价颇贵，寻思怎么才能牙缝里抠下吃的来，就决定自己动手丰衣足食。那时节满脑子都是爹妈所教的菜，好比江湖少侠乍出门，满脑子名门剑法、现成手艺，自以为手到擒来，结果趾高气扬，出门就摔个嘴啃泥，在菜市场挨了一闷棍。一到菜市场，才发现食材原来并不是分碗分盘地摆好等你去烧制，还要分门别类从菜摊肉案上买来。就好像武松们走江湖不一定会遇到吊睛白额大虫，而可能遭遇黑店、热渴、错过宿头这些最基本的烦恼碎事。食材的分量、质地，脑子里一片混乱，摊贩大叔们又或巧舌如簧或急不可耐，都能把我这五谷不分四体不勤之人砸得头晕。终于侥幸逃出生天，带了七七八八的食材到家，满眼犯晕，这个刀切，那个盐腌，顾了这个，忘了那个，于是仰天感叹速食意大利面、速冻饺子和方便面真是造福人类啊。

但是穷则思变，没什么拦得住饿肚子人的想象力。我初摸厨房门径时，每天一饭一菜：饭乃扬州炒饭，菜乃青椒土豆丝，曾经一口气吃过一周。所谓“扬州炒饭”当然也属胡诌，李碧华写专栏时大胆提过，现代版扬州炒饭并无定法，只要有虾有鸡蛋，镬气足炒得香即可。我所以大胆篡改配方，常用香肠、青豆、鸡蛋、胡萝卜丁等炒一大盘，轰轰地吃。青椒土豆丝也简陋，说是土豆丝，其实说是土豆条更合适。这份饭菜的好处是油腻解馋，吃完得喝浓茶解油的。我这种写意派做饭，常思潦草，所以看见刀工精美、装饰精细的菜，总是感叹不已。

当然写意派做饭也有好处。虽然样式模糊、信手由之，但好比独孤九剑，可以大而化之。比如我自己琢磨懒人红烧肉，不学爸妈做法，只是洗净，下好酱油、酒、姜，略放糖，放许多的水，然后就按照苏轼“待他自熟莫催他”的原则，慢熬。后来读到王敦煌前辈写的一种红烧肉：不加水，用酱油、绍酒、大量的葱，把肉生生焖熟。我就这么收拾过，只是究竟逃不脱苏锡常有的习气，又加了一小点糖，做来倒也酥烂。又比如鱼头汤，自己胡思乱想出来的法子是油略煎过，加姜加水大煮猛熬。类似于此者不计其数，所以朋友见我下厨，都是满面惊诧：“你不按章法来呢？”

也有工笔式风格做饭，尤其西餐者多。我有读理工科的朋友，极严谨，食谱背得像公式般溜，下料分寸极细腻，旁观的我只觉他是化学家正往硝酸银溶液里滴盐酸。这样做出来的菜当然精致，也好吃，但拖的时间忒长，一顿饭得打磨去半天工夫。每逢这时我都过意不去，想固然民以食为天，何至于如此?

到后来，中西饮食融会贯通后，香肠、生菜这类宜生宜熟的百搭物儿大行其道，算是我们这等人的福音。出门在外的游子最后多多少少总能学会做饭的，只是菜式简陋，而且多为西式而已。回家跟爸妈一说，我爸还罢了，我妈总嗤之以鼻，认为生冷西菜，并非王道。煎炒烹炸，火候分寸，才是至上秘诀。

也只有离家久了，自己尝试过下厨的少年男女，回了家重见爸妈信手拈来、从心所欲不逾矩、游刃有余的厨房手法，才会得到又一次心悦诚服的震惊。想一切小时候见惯轻而易举的一切，原来蕴含功夫如此。

围炉踞锅挥豪气

中国的才子，都喜欢表现这么种姿态：对自己擅长的，比如诗词文章，满不在乎，却对其他小道，如花鸟鱼虫，品头论足，而且爱把自己的文艺观也泛到里面去。袁枚写《随园食单》就一脸才子气，对火锅深不以为然，认为“一律以火逼之”，失了食品的本味。

实际上，即便他老人家对火锅没表现出一副指摘样，如袁老师这样醋都须用米醋，以求清冽的洁癖老爷子，请吃火锅的客人单上就不能列。因为火锅管你是东西南北，管你开始时如何矜持秀雅细嚼慢咽，最后都是大伙围炉、群筷并举的粗蛮模样，斯文不到哪儿去。北京的朋友说，火锅是蒙古骑兵打仗火急，拿来随地涮薄羊肉片的东西；重庆的女孩儿却论证道，江滩上的纤夫早就在乱石堆里生过锅子了。反正要么是漠北生番，要么是南蛮纤夫，都不是什么穷讲究的人。你去责怪他们“一律以火逼之是不对的”，人大概眼睛一翻，懒得理会。秀才遇到兵或纤夫，都是有理讲不清。

朋友说早些时候，北方最懂吃的八旗子弟也跟袁老师的想法不同。提鸟笼摇折扇到馆子里，先要点卤味冻，用汤下火锅，大概类似汤火锅。我去北京，会被老饕朋友拉着，穿街走胡同去吃爆肚。朋友请我去北京有名的爆肚冯，穿过些摇摇欲坠的桌椅，周围都是些贩夫走卒的咀嚼声，幽暗油腻，肯定让袁老师这样的名士们望而却步。至于吃水煮的动物内脏蘸花生酱蒜泥，生猛野蛮，喜好精巧的美食家大概皱眉不迭吧。

《红楼梦》里，妙玉说人喝茶，或是品味，或者就是“解渴的蠢物”。大概美食家也觉得，吃东西或者是细细品味，或者就是解饿了。然而，北京的水涮蘸酱，西南的麻辣煮烫，都是街头巷尾、下里巴人的美食。单是解饿，又何必那么麻烦，有那么套说简不简、说繁不繁，近于横蛮的仪式？

常吃火锅的同学都知道，脾气扭捏的朋友是请不得的，当然，急性子的也不成。吃火锅和品酒、喝茶、下棋一样，彼此懂行的熟人请上几个，像对接头暗号一样要彼此确定的类型，瘾君子一样贼溜溜地点各自爱的东西，然后摩拳擦掌等待。锅一上桌，火轰然一点，胆气立刻壮了。如果是冬天，围炉的几位就好像机器人塞了燃料，腰杆立硬，恨不能外面下鹅毛大雪，以显得“你能奈我何”？知根知底的行家不必招呼，各自伸筷夹自己的爱物，去滚汤里涮煮。这时候，脾气慢的或是为人谨细的，当然会觉得不好意思；而急性子的哗啦啦一盘底朝天地倒锅里，也很容易毁了一整席。各位自己涮自己的，拿捏火候，等于是新鲜热辣自助餐。北方的羊肉、爆肚一经煮熟,过了酱料,吃得是个爽快;南方无论生鲜甜脆,一经麻辣就烈不可当。入了口也很少有谁细细咀嚼辨味,学洪七公眯眼分析黄蓉的菜式“这是獐子肉、这是牛肉”的精细。围炉吃火锅,大多数人都和做贼相仿:谈论时固然大声喧哗,但涮完赶紧入口,囫囵吞枣,仿佛嘴里钻着条活鱼一样急急忙忙、舌头四处收拾,才咽下肚去。这份忙乱,也真只能用在吃火锅时,如果用在吃其他山珍海味上,不免有猪八戒吃人参果的遗憾——但也幸而是围炉吃火锅,大家都明白:本就不是吃细味扮行家的时候,吃的就是疾风火电、囫囵吞枣、狼吞虎咽这种劲头。

入冬的南方,夜雪茫茫,寒而且湿,凝而不化。如果不是电话说请吃火锅,确实少有理由能哄动人出门了。披厚衣,裹长靴,踩着薄冰一路晃悠,担心着哪辆车被冰一滑朝自己身上招呼。摸到一个馆子里,推门进去,一群山大王似的野蛮人大勺大碗大瓢正哗啦啦地吃着,有人举手招呼落座,须臾上来一锅,倒像是大片里女王们爱用的玫瑰浴盆。火一点,炉上一锅汤奔腾怒吼,像心里按捺不住的气。抢筷子夹羊肉下锅烫,不等凉透赶紧进嘴,舌头白挨烙铁似的一烫,赶紧闭眼睛喝一口酒。不等酒的凶辣上头,赶紧接着吃。你追我赶,流星追月,手舞足蹈忙得一身是汗。等吃完了,觉得自己也成了山大王似的,胸襟开阔,很有些绕大街收买路钱的打算。敞着大衣,喊一声“好大雪”,和围炉的众伴们一头钻进大雪里,嘴里还隐约觉得火气缭绕,觉得自己随时会变成骑士爱杀的喷火怪龙——这就是“一律以火逼之”的效果了。

难得好白米饭

夜里饿时，松鼠翻穴般找东西吃。清粥咸菜炒鸡蛋太清淡，总得找些搭配，看徐克《满汉全席》最是醒目。情节已熟极而流，直接推快进到做菜的段落，目遇之而成色，耳得之以为声。和《武林外传》里邢捕头的自我催眠“这不是清汤面，这是鳝丝面……”一般。

看电影里做菜的段落，提到鱼翅象拔、猴脑血燕之类，很难让人喜欢。因为这些玩意儿犹如小龙女，可远观而不可亵玩焉，相比之下，钟镇涛做的红焖熊掌，蜜汁浓黏，就比大反派裹了冰冻鱼汁的冰熊掌让人有认同感。到了后来，偏爱一遍遍看电影里火焰横飞的脆皮干炒牛河。家常菜欢腾喧闹，鲜花着锦，香得不清远却厚实。

开头处，钟镇涛、赵文卓斗艺有一段做人参饭、荷叶饭的情节，本来常跳过不看，这时安心看了，别有滋味。

小时候尚无电饭锅的年代，爸妈教做饭，水深、火候，谆谆不止。江南的饭大多是煮的，总是宁肯放多些水。因为水多了，最多饭软糯些；水若少了，不免成了夹生饭，这东西只有评书里那些随时吞十斤烙饼、肚藏不锈钢肠胃的好汉爱吃。到后来有了电饭锅，做饭成了傻瓜工艺，淘米之后一按键便是，还可拿去学校博得“会做家务的好孩子”之美名，全不知还有别物。后来看《红楼梦》,有华丽的“绿畦香稻粳米饭”,又听朋友说,北方饭是煮米半熟,上笼蒸好,饭粒散,米汁仍在,所以香美。于我而说，简直是神话了。

大概认真吃米饭，只有一遭，就是小学里听老师说“米饭里是有糖的”，中午去食堂，菜都不要，单要一碗饭，细嚼慢咽，末了也许是心理作用，隐约有些甜味，只是这甜太叵测，如此甜了几顿之后，觉得左邻右舍清蔬厚肉的味道凶猛得多，于是罢了。

大学之后，基本没有在家钟鸣鼎食似的隆重吃饭。偶尔吃到米饭，或汤泡，或盖浇，或蛋炒，即使吃出好坏，也不过是吃了份蛋炒饭后怒向老板，搬出周星驰妙论：“蛋炒饭要用隔夜的饭哪！”五音令人盲，五味令舌钝，这么一想，钟镇涛、赵文卓的荷叶饭、人参饭，哪怕曾经尝过，我这钝舌头终究是辨不出来的了。店里吃饭也屡屡如此：菜汤小点极尽细心，反倒是最后敷衍了事地问“要主食吗，要米饭吗”，然后来两碗乱七八糟的饭了事。

偶尔回家问妈妈一些做菜秘诀，她能口若悬河，但说及做饭，就有些讷讷，大概觉得其中并无奥秘，我儿何必多问。

这是一个吃好的盖浇饭容易，吃好米饭难的年代。我猜想能细细品味米饭者，大概也只有电影里那些专业美食评委，以及 2005 年底的我了。那时我除了半袋米、一把青菜、半盒盐和自来水外，别无他物。

然而这趋势终究有些不可逆。有朋友提说，唐人吃茗粥，茶里盐香俱下，就差做成麻辣烫了；可后世妙玉阿姨冲茶，唯恐不清雅。可是，茶是雅事，沾了禅道雅意，就有人肯细细泡之，而且嘲笑刘姥姥的煎茶、王婆的点茶是下里巴人。可是米饭这物儿没茶的好运气，米饭乃是民以食为天的常见之物。我很想建议哪位写部《饭经》，或者画几幅《扁舟烹饭图》之类，大概米饭的地位就高了。

片子高潮来之前，钟镇涛太太给他做饭吃。小碟小盘的菜，一小碗白米饭。仔细想想，这样简约的饭宴居然少见得很。除了偶尔看日本古装电影，一碗米饭一份味噌一些鱼汤这类清简格局，真极少见这样清白干净的米饭了。好比令狐冲见过黑木崖上波谲云诡山呼万岁之后，事了拂衣去，深藏身与名。香港导演的老套路，见惯满汉全席诸般浮华的神厨钟老师和他生意场上食遍山珍海味的太太，临了被这么一桌小家宴给感动了。《食神》中唐牛的佛跳墙输给了周星星的黯然销魂饭——虽然那碗饭的精华貌似在叉烧，却跟米饭没啥大关系。

我相信，这样厚味大菜之后回归本味确有其事——水煮菜加米饭过了那个月后，大概有两周，我对米饭的触觉和味道变得煞是敏感。但我也知道，除非是极品文艺青年或者大禅师级的高僧，能品味白饭滋味不觉甚难。比如，过了那段耳聪目明的时段后，我便又重新五谷不分起来。若让我再吃白米饭，不免如刘姥姥喝茶般“好倒是好，就是忒煞淡些”。

冬季摸黑买早餐

经历过江南冬天的人都知道，世上最凄苦莫过于冬天起早。我小时候体格沉，我妈没起重机拉拽不起来，就使利诱，那便是一顿丰美的早餐了。我妈的早餐爱变花样，跟她那新加坡老板学了点半中不洋的招式，特别爱用。油条豆浆、牛奶面包、稀饭咸菜鱼冻、白粥炒鸡蛋拌豆腐，不一而足。偶尔还来个半中不洋，比如蛋糕稀饭加咸菜，让人牙倒。

依我经验，冬季早餐的诱惑力和油腻厚润度成正比。我这里早餐整体格调是清粥小菜，阳光明朗的春夏季早晨有吸引力，但冬季，对热量的渴望才能打退寒冷和懒惰。

当然，大清早就吃煮猪肉，也只有苏轼这种不避甜腻还活吃蜜蜂的人做得出来。《我爱我家》里和平说和珅他们家“每天早上喝一大碗香油，再吐喽”，这个有点“蒋委员长一定天天吃油泼面还带臊子”，“天子一定穿着黄金打的袍子”似的乡民玩笑意味。《红楼梦》里老太太早饭吃过牛乳蒸羊羔，也超我想象之外。大概我能接受的极限是冷的荤腥，比如冷的白切羊肉配热白粥，入口浓香酥融，胜于下酒，冷火腿切片或丝下早餐粥也很好，如果换蜜汁蒸过来吃就不大对了。所以凉卤腌熏的荤菜，配早饭是好的。英式早餐里不可或缺的培根，大概是我能接受的极限了。

过了爸妈给准备早饭的年月后，冬季摸黑出门买早餐就是件别有新意的事。天还抹黑，路上车辆寥寥，有夜晚的冷清。卖夜宵的关门了，卖早餐的小贩和店铺起灯，架火，乒乒乓乓的炉灶声、大屉蒸笼的氤氲白汽，都让人全身泛暖。“刚出屉的包子”这词，只有天蒙蒙亮时买过早饭的人才能理解。我平时爱吃小笼汤包，嫌大白馒头软、厚，偶尔还噎，但大清早一双冷手接过烫得直跳的汤包，一口咬透，吃到香浓汁溢还略微发烫的馅，那般饱满的满足感无与伦比。

冬天买早餐如果赶得早，很容易遇到“饼还没好，等五分钟”的情况。高峰期远未到来，熟客人和熟店家还来得及聊天。这有些像消夜的气氛——人少，街静，灯光暖和，有一搭没一搭地闲扯，须臾吃的来了，开始吃。有些胃口好的，通常得陇望蜀。比如，先到这家给生煎包掌柜的付了钱，转身去买两个韭菜饼、熏肉饼、两根油条和一碗豆浆，回来施施然边吃边排队，等热腾腾生煎出炉。这种时候，早饭摊点就像关门后的游园会，你四处拈花惹草，都好。大概冬天的早餐诱人，就这么多因素：淳朴厚实，所以你永远吃得香；周遭的冷，让你狼吞虎咽只求让自己热乎乎起来。在这片一切还暗蒙蒙的环境里，你来不及多去挑剔口味、热量、淀粉维生素纤维蛋白质以及是否合乎卫生标准，只想求个适肚塞肠，打个带韭菜、萝卜丝、青菜、熏肉、豆浆、糍饭团、牛肉粉丝汤、油条味的嗝。

还有一种喜欢的状况。

前两年的冬天，我常熬夜，长夜孤单，中途吃夜宵来不及。最满足的瞬间是，天将四五点，完工，不着急睡，因为这会儿睡总有点凄清冷寂到可怕的氛围。于是坐着，带着松软的倦意看会儿闲书，慢悠悠等，到五点半，穿厚实了出门，摸黑买第一屉大包子，买还烫手的豆浆，买煎饼、鸡蛋饼、萝卜丝饼，买菜粥，消消停停吃完，天开始放亮，车水马龙逐渐响起来。回家，在饱而暖和，以及闲散无事的快感中躺下，等晨光慢慢起来，外面开始生机勃勃喧嚷起来的时段，像刚出屉的白馒头那么松软、温暖、活泛的睡意来了，于是舒展地进入梦乡。

烟与其他让人上瘾的东西

我爸的酒量在南方人里属于不错的那档，烟也抽，我妈常恨此事。我小时候对烟所知不多，但看爸爸抽，爱玩烟盒里的箔纸，所以大致知道烟盒分软硬。软的松垮垮皱巴巴，不喜；硬的比较方正，可以搁蜡笔。

我爸虽抽烟，但不太放肆，饭后等我们都散了餐桌，他自己来一支。我妈虽常骂他抽烟，但自己偶尔也来一支，比如胃疼时。后来偶尔想抽了，就扮胃疼。

我爸出自城郊近乡，据说最初吸的都是土烟——夫土烟者，和乡下的汽酒、土烧鸡等，都是乡间宴席必备——后来他在单位忙国际贸易，各国人都交接，吸烟的口味略有变。因为我妈在家里比较林则徐，我心理上不太爱烟，加上陪爸出去吃东西常被烟呛，一直有些怕。小学时媒体都宣传万宝路的广告男主角肺癌死了，更视吸烟为畏途。

小时候看书，总能看到各类有关烟的段落。马克·吐温自嘲说戒烟极易，他都戒百多次了；余华《朋友》结尾里说利群飞马西湖之类的牌子，有浙江朋友说确实是浙江的镇地之宝；朱自清说烟就是个玩意儿，跟嚼橄榄差不多，要个劲儿；然后就是古龙小说里天机棍孙老头儿的旱烟、福尔摩斯的烟斗、村上春树书里不断出现的“把烟碾死”（林少华的译本）。大概第一次对烟草有一点儿感觉，是《基督山伯爵》里，基督山神道道哄阿尔贝抽土耳其烟喝咖啡，听海蒂讲那过去的故事。烟雾缭绕光影离合，的确适合回味往事，仿佛逝去一切魂兮归来。村上春树在《1973年的弹子球》里有类似描述，大概意思是阳光下抽烟有种灵魂出窍飘浮而出的意思。

后来交结的抽烟朋友一多，切身感受就多一点了。有的朋友烟不离手，就跟我经常吃巧克力上瘾停不下来一样；也有的情绪到了时候来一支，带点自省意味地吐烟，各有所好。有朋友跟我仔细聊过这茬儿，大概意思：年轻人抽上烟，各有原因。有些纯是《十八岁出门远行》的感觉，觉得抽了支就算长大了；有些是为了融入周围那种“我们不是孩子了，是成年人”的氛围；有些，像《骆驼祥子》里所谓，纯粹为耍个飘。

就是说，烟在形成身体依赖之前（其实身体依赖烟的人并不多），经常就是个很符号的东西。所以还是朱自清概括得精当：没它也就那样，但有了它就多点意味，可以咂摸一下。

有些烟的牌子是通过女孩子知道的，比如某个女孩子抽绿装寿百年，支很细，她抽来很美，抽完后嘴唇有薄荷香味，很微妙的性感，整个房间都有种清澈但确实存在的感觉，像去到了远方。几年后再见，她戒掉了烟和酒，改喝普洱茶。跟她谈起这事，大概意思，烟和酒代表一个阶段吧。

我认识的抽烟女孩子不少，有瘾的不多。她们抽烟，大多数和情绪有关。人自有感情纠连一时找不到合适的表达方式的时节，怔怔坐着抽一支烟，许就吐出去了。每个女孩儿再怎么好强霸道，最后都会有某个时节怔怔坐着右手托腮，都忘了烟还在烧的那么一小会儿温柔似水不设防的时光。

对雪茄，我一度以为是香烟的加强版。雪茄在 NBA 是拿来庆功用的，在古巴是格瓦拉和卡斯特罗的代表，在电影里是巴顿及华尔街大亨耍酷的玩意儿，在丘吉尔那里是他伟大精神的象征。对于类似的标签意味过重的东西，我都稍微有些抵触，所以不爱。去年冬天有朋友送了些，教我，我表示我不抽烟。朋友劝说可以试试："反正不太进肺，对身体影响也没香烟大。试试看，不喜欢就送父母吧。"

然后就试上了。

但直到现在，我还没法抽环径大的雪茄。罗密欧与朱丽叶，科伊巴某几款手卷的大环径，基本抽完大半支会晕会反胃，大概是所谓醉雪茄。帕特加和丹纳曼的小环径就稍微好一些，有朋友推荐过丹纳曼甜干邑，小巧又甜的一支，但我总觉得不惯。

上好手卷雪茄烟叶质地佳、卷制用心、燃烧美妙。因为发酵过，其味醇厚，因此好雪茄要藏，我手头没这设备，所以通常想起来就买支，两天内抽完了事。保湿不当的雪茄抽起来费力，又干又辣。

好雪茄不能进肺，雪茄量浅的人闻到后端的烟都有点呛。

但雪茄前半段的味道总是很妙，初学者也不会难受，味道曼妙多姿，甜苦香厚。我跟朋友开玩笑，说帕特加的味道，像气体态黑巧克力 + 焦炒豆子。尤其是第一两口，总是香厚得很舒服，就当巧克力吃吧。这点和夏天喝啤酒差不多，第一口总是百感交集，妙到毫巅。但是某种程度上，好雪茄和陈普洱、陈酒甚至好火腿是类似的，你能吃得出那种醇厚柔润的发酵味儿。

春节回家，给爸妈带了几盒不同的雪茄，想试着让爸少抽香烟。当时的口号是，“抽少一点，抽好一点”。爸无所谓的样子，妈倒对丹纳曼小雪茄爱不释手，上网时抽觉得很好。而且她老人家根本无视雪茄要配酒与咖啡之类陈规戒律，认为配普洱茶最好，还缓解胃疼。

我爸劝我少抽雪茄，他显然从自身出发，怕我跟他似的上瘾。我告诉他，我在上海其实也抽得少，一周两支最多了。

说来这心态其实很好笑，大致是这样：人常会被物件的价值所左右，三十元一瓶的葡萄酒，喝了也就喝了；十万元一瓶的葡萄酒，就会酒体单宁质地的慢慢把握。忙完了，说，休息下，抽支雪茄吧，就会获得这么种心理暗示，“虽然不挺贵，还是值点儿钱的，就慢点儿吧”，于是就正经休息开了。所以有时不是雪茄的味道好，而是那时的心情好。大致如此。

说回上瘾。

我见过各种奇怪的瘾，有人爱削铅笔，有人爱剥花生，有人泡茶泡得一丝不苟让人产生仪式感，有人点烟漂亮得像拍电影或变魔术，有人像重机枪上子弹一样连绵不断吃零食，等等。

有朋友说，她最初把喝绿茶当作幕间休息，后来她觉得绿茶最香而清，但是削而且寒，于是喝红茶。久而久之，她习惯性地延长自己喝茶的时间。为了不制造“哎，我这是在拖延消极怠工呀”的紧张感，她去习学了茶艺，然后整套地施展。所以在泡茶期间，她可以避去压力，把全套程序合辙押韵饱满端正地操作完，喝罢，一整套的休息时间。

当然，她说，在习惯了这套程序之后，她会从每个程序里找乐趣。烫杯、泡茶、点水这些程序，做得圆润十足，自有其满足感。她这感觉，我大概可以领会，比如，精于厨艺的姑娘都懂得，做一道菜，洗、切丝、打蛋、勾芡、炒，一连串行云流水的程序很容易酝酿出快乐情绪。小乐趣也是从这一小点一小点零碎处出来的。所以对什么事上瘾的人，很容易迷上细节和工序，终于工欲善其事必先利其器，开始收藏各类器械——雪茄剪、咖啡壶、茶器、胡桃夹子，等等，中毒渐深。

许多人爱反复做一件事，跟记忆有关。有人爱听某首歌，也许是因为喜欢初听那首歌时自己的心情；有人爱反复抽一种烟，也许是因为以前喜欢过抽那种烟的人。看某本书时的心情、喝某种饮料时身旁有什么人、曾经和谁一起噼里啪啦地剥过花生。许多时候，与其说是对于做某种事上瘾，不如说是对某种事所处的场景、声光、气味、心情上瘾。

许美静《你抽的烟》那首歌，把爱情、记忆和味道描述得凄迷动人，辛晓琪《味道》里唱“你手指淡淡烟草味道”，就婉约得多，我少年时懵懂，现在略微懂了点。《六人行》里第三季第一集，Monica 刚和 Richard 分手，也是每天对他所抽过的雪茄闻之不已。大概是这样的：

烟本身是个让人放松的东西，而放松下来，情感就容易波动散漫。你抽一支烟，闻到那种味道，然后你拥有过的心情都会寄存在这种味道里。烟和酒和茶甚至男欢女爱都一样，并不一定是每一口每一次都完美无瑕，所以就会让人想反复尝试，于是一直这样下去。年初二下午我忙完与一拨亲戚的应酬后躲到窗口，晒冬天的太阳，抽完一支帕特加，半晕乎乎里就觉得自己要融化在阳光和被阳光照亮的烟里了，而许多事就这么浮在云上。这种感觉难以言喻，只有下次再抽一支才能完全勾回来。所以还是那句话：每个人的瘾都可以说成一串漫长的苦甜交加的故事，许多人自承无趣的瘾故事，追溯到最后总关乎梦或者爱或者一些纯粹时光的美好事物。所以每个人都有戒不掉的某一种烟或某一种事或某一个人，总是如此。

海角天涯，招之即来

我外婆说，我舅舅小时候性子很拗。跟我外公吵完架，就把眼镜布塞眼镜盒里，拿几本书塞进书包，气哼哼地出门，在门口还会吼一声：我这就去美国！再也不回来了！

外婆说，每到这时，她就叹一口气，走进厨房。打两个鸡蛋，坠在碗里的面粉上，加水，拌，加点盐，加点糖。直到面、鸡蛋、盐、糖勾兑好了感情，像鸡蛋那样能流、能坠、能在碗里滑了，就撒一把葱。倒油在锅里，转一圈，起火。看着葱都沉没到面里头了，把面粉碗绕着圈倒进锅里，铺满锅底。一会儿，有一面煎得微黄、有吱吱声、有面香了，她就把面翻个儿。两面都煎黄略黑、泛甜焦香时，她把饼起锅，再撒一点儿白糖。糖落在热饼上，会变成甜味的云。这时候，我舅舅准靠着门边儿站着，右手食指挠嘴角。我外婆说：吃吧。我舅舅就溜进来，捧着一碗面饼，拿双筷子，吃去了。

我爸说，我以前在房间里看书时，就像进了螺蛳壳，总是听不见喊我吃饭的声音。每当这时，他就叹一口气，走进厨房。往锅里倒油，叉着腰等油热起来，打下一个鸡蛋，叉着腰等，看着蛋白边儿被油煎得黑黄卷了，翻个面儿，往锅里点酱油、一小点糖和水，听着荷包蛋在酱油里的咕嘟咕嘟声。等酱油和糖的香味把我抓到厨房门口时，他关火，把荷包蛋连酱汁一起装碗，扣在我的热白米饭上，指指：吃。

我妈说，我爸以前痴迷于麻将。中午出门，说好下午回来做饭，可是到天黑了都不见人。我妈说，每到这时，她就叹一口气，走进厨房。烧一铫子水，等沸了，一半倒进大广口瓶里，再往广口瓶里插一瓶黄酒，另一半浇上她刚抓的花生，摇一摇，把水倒了。倒油进凉锅，撒花生，起火。花生们像进了温泉，嘴里发出刺刺啦啦的声音。不管，拿铲子翻着炒，花生们怕烫了，开始噼里啪啦地叫疼，我妈很有同情心，就把火关了，就着油继续炒它们。等花生发出一片欷歔声，我妈就把它们请出来，倒进一个撒了盐的碗里。顺手把黄酒瓶从广口瓶里拿出来，开盖儿。黄酒和花生的香魂半空搅着。这时候，我爸准就开始敲门了。

我爸说，我妈怀着我时，脾气大，常嫌他懒散，一生气就摔门而出，去厂里值夜班。每当这时，他就叹一口气，去菜场买三个鲢鱼头——那时鲢鱼头、鸡爪子这些还很便宜。我爸走进厨房，把每个鱼头剖两半，洗干净，尽去其腥。炒锅里下油、一点黄酒，煎。鱼头怕疼，发出呲呲求饶声，脸色发黄，我爸就关火，换个大瓷锅，把炒锅里的油、酒、鱼头一起倒进去，加水，起慢火，开始等。鱼头没警惕，在温热的汤水里睡着了。我爸像个巫师一样，看着星辰，算着时间，掀锅盖看见汤变得白浓，一勺下去都挂浆连丝了，就口念咒语，念句嘛哩嘛哩哄，撒葱叶。我妈就嗖的一声，出现在门口了。

我爸说，以前周末，我时常赖床到中午。拎不醒，叫不听。每当这时，他就叹一口气，走进厨房。把冷米饭加点水，加一块年糕，一起煮着；拿一块睡得和我一样沉的豆腐，点几滴香麻油，点几滴酱油，加一点盐，切点葱花，拿筷子一划拉，豆腐就醒了，变成一堆冷艳香浓的拌豆腐；拿两片五香豆腐干，切成薄片，扔进滚水里烫一下，没等豆腐干喊疼就捞起来，趁热倒上三合油，顺手把煮泡饭的火关掉，看泡饭米粒快和年糕融一起了。他说这时候，我准已经衣冠整齐，坐在桌前了。

我以前有那么两年，每当心情不好，好像要在太阳穴那儿凝结成块诱发头疼时，就去买香肠、鸡蛋、青豆、青椒、毛豆和胡萝卜。在锅里下一遍油，把青椒下去，炒出一点味道，捞走；把五个鸡蛋打进青椒油里，看着它们起泡；再下一遍油，把冷饭下去，拿铲子切了米饭，让鸡蛋卷裹着；再下一遍油，把切好的香肠和胡萝卜，外加青豆和青椒倒下去。我妈这时就在远方开个窗提示我：别下那么多油！鸡蛋要分块儿！我不理她，继续炒。等蛋炒得浓黄香，眼看要焦黑时，停火起锅。把炒饭盛一大盆，花一小时吃完，一边抹嘴边的油，一边烧水煮茶。喝一口热普洱，打一个饱满的油香十足的嗝后，不好的心情就飘走了。

我妈说，每当她想我回无锡了，就去菜场买一只体格壮硕油头肥厚的鸡，洗干净了，放水里煮。鸡很生气，吐了许多浮泡儿，刮了。为了让鸡服气，她下了点姜和酒，放下锅盖慢火焖，把鸡只吃不锻炼的油都熬出来，浓黄的浮成一片一片。又拿一个锅，加点儿水，把一块块的五花肉搁进去，煮得五花肉见灰白了，去了水，下酱油、糖和黄酒，放下锅盖慢火焖，让肉慢慢焖红。她自己一旁继续扫地、逗狗、收拾沙发垫去。

——她说，这时候，我在上海，或者其他天涯海角的街上，不管走着还是坐着还是站着，准会忽然一皱眉，一耸鼻子，抬头仰望许久，然后对身旁的某人说："我觉得，我妈好像在炖鸡汤和红烧肉。"

一个真实的吃货爱情故事

王先生想:“这姑娘怎么逮住我做的东西就猛吃?”

根据王先生的说法,当时来自辽宁盘锦、正要从巴黎蓝带厨艺学院毕业的他,并没存什么远大的浪漫心思,只想好好完成一次毕业前的试吃会。他和同学们各自预备的菜与甜点布满桌子,来客如杜伊勒里花园里经验丰富的鸽子,穿梭往来,间或啄一下,抬起头转着眼珠品味罢,或者走开,或者再吃一口。

但是在王先生的记忆里,当时那个姑娘打破了这一平衡。她埋首在王先生的面前胡吃海塞,台风一般席卷了王先生预备的精致小菜。王先生说,当时他甚至不知道该摆出怎样的表情——面对这样的食客,显然,你无法继续戴着法餐厨师那彬彬有礼又温和热情的标准面具了。

“她怎么逮住我做的东西就猛吃呢?”

好奇心是可怕的。

后来?

“后来我们就在一起了。”王太太说。

生于北京的王太太、现在的饺子馆老板娘，在柜台与店堂间蹦跶，很少回到柜台后。点单、端茶、上菜、送水果、聊天，在柜台旁发呆听王菲或范玮琪的歌。王先生或者在厨房忙碌，或者斯斯文文地坐在厨房外休息。菜单不长，一望即知，熟客不用菜单，进门就要：饺子、牛腩面、炸酱面、酱牛肉、虾仁馄饨、海带沙拉、葱油饼。

“您先生学的不是法餐吗？”我问，没问出来的一句是“巴黎的华人开馆子，不是创意私房菜为先，扮日本人开料理馆为次选吗？”

“他是辽宁人，我是北京人，我们爱吃面食！”老板娘王太太答。

王太太说，最初，他们俩愿意开个饺子馆，是因为爱吃饺子；然而饺子再好吃也架不住天天吃，于是王先生开发了牛腩面；王太太发现王先生很会处理酱牛肉，于是有了他家的酱牛肉；王太太有一次跟我聊起来——我是无锡人——听说虾仁馄饨好吃，于是王先生发明了虾仁汤馄饨，以及上海葱油饼。最后，因为王太太想念老北京炸酱面，于是炸酱面也应运而生了。

即是说，王太太的影踪，简直出现在菜单的每个角落。

面食是家底，厨房还有位说山东腔法语的山东师傅帮忙，所以他家的面都挺好。饺子皮韧，馄饨皮薄，牛腩面滑顺，面抻得地道。酱牛肉的火候、炸酱面用肥瘦混合肉末儿配葱姜末儿，葱油饼炸得松脆不泛油，都妥帖；自家调的辣酱也适口——虽然老板娘会吹嘘“我们这是变态辣，可要小心”，而长在重庆和贵州的人却能声色不动地直接咂着吃，但您得考虑到南北方辣量的不同。

但这个店最动人的元素是什么呢？是静若处子的老板王先生和动如脱兔的老板娘王太太。王先生总是在忙碌或思考，王太太则对一切都充满了如她食欲一般的好奇心。有客人相信王太太能记住每个客人的身份。巴黎的亚洲馆子，越南馆子与广式馆子很容易就光线幽暗；日本馆子若非温州人开的，便很容易过于刚硬；香榭丽舍各类创意菜亚洲馆子，光线和装饰会让人觉得自己进了电脑游戏里。王太太这里很敞亮。

四月间，我去巴黎昂茹街2号的le bien aime，在一片十八世纪初摄政风格装饰的馆子里，吃了三色堇装饰的菠菜蘑菇泥、芝麻油腌生牛肉切丁配芥末搭松子果子冻、海盐帝王蟹、龙虾尾炸芹菜、烤布黑斯鸡配牛肉卷搭蘑菇香肠丁蜗牛肉酱，喝了四种酒。

但在回家的路上，我还是觉得哪儿不大对。也不是没吃够，只觉得身体里仿佛有个黑洞没填满。最后，我还是在进家门前，多绕了一百米，去了王先生他们家，要了一份炸酱面。

把面拌停当了，看着黄瓜丝、炸酱、肥瘦均衡的肉末与手擀面，一起水乳交融的姿态，吸溜溜一口面下去，葱姜黄酱甜面酱肉末味儿一起黏到嘴捂住舌头了，我觉得，体内的黑洞填满了。

中国人大概都明白这种情感。

也就在那天，我边吃面，边听了开始的那个故事。这是一个北京姑娘和盘锦小伙在巴黎因为法餐相遇，最后却开了饺子店卖中国面食的故事，故事的开头和发展，都和食欲有关。

“对吃货们而言，这是个好故事。”我跟王太太说。

“带葱油饼回去，还有啊，这个变态辣是给你媳妇的，问她好！”王太太说。

这个店的地址：巴黎 13 区，31 bis, Rue Nationale。

近来这个店里还喂了一条狗和一只猫。

念兹食兹

我煮碗面给你吃，好……

说饮食，塞北江南各有看家绝技百宝囊。宁夏不会去抢苏州的虾爆鳝，山东不会去和四川斗火锅。但说面，那真是华夏大一统，比汉语拼音还要深入人心，直抵肠胃。五湖四海，天南地北，碧落黄泉，大学宿舍，火车卧铺，随便一扯，各家都有镇山之宝的一碗面。西红柿葱花蛋，白水煮滴香油，拌油加醋，炸酱打卤，过桥浇头，宽汤免青，下虾丸，和鸡蛋，油炒后煮，生冷银丝，一碗中国面的花样，可以写一百本百科全书去。

面条初称汤饼。五石散的始祖爷——美少年何晏皮肤雪白，曹丕以为他敷了粉，大热天请他吃热汤饼，指望他出汗把妆弄花了——这一招如今也可以推广，比如你想看某姑娘妆下真面目又没机会和她“百年修得共枕眠”一起床头吃早饭，那就只好夏天约游泳或者吃热汤面。

南北朝时已经有“搓”和“揪”的面了。《水浒》里山东好汉吃酒和肉，偶尔让店家打饼，或直接下面来吃了；《金瓶梅》里有猪肉做卤来下水煮面。说明格局大体已定：磨粉，和面，煮熟，是为面。面一团和气好对付，绵里藏针有筋骨，和米饭一样淡，但又比米饭好收拾，好入味，居朝堂之高则成为鳝爆面，处江湖之远则是阳春面，平淡白净，好收拾。

江淮这里，在面身上做花样的不太多，泰半取个汤清味浓，浇头华丽。朱自清写扬州面用鸡汤，但要处置得干净，不能油星闪烁。苏州人则是讲究吃头汤面的。老些的面馆，汤要大锅熬，出其雄浑的鲜味，但面下得多了，汤就浑，所以老苏州人要早起吃头汤面。江南人吃面有术语，宽汤紧汤，免青加青，过桥压底，一碗面能变的花样直接能列出一道排列组合数学题。传说苏州以前面馆皆用银丝面，取其细，二十世纪五十年代前后改了一段儿小宽面，大受欢迎，后来又变回银丝面了。我们无锡这里，乡下吃青菜肉丝面时喜欢下宽面，经常下得汤稠浓，不清澈，但有面粉本身的香味。

说及对汤头的讲究，我们这里有种奥灶面。按吴语里，奥灶者，不干不净是也。奥灶面，红汤面居多。以鸭（从南京到苏州，惯吃鸭子）和鱼熬汤，我瞎猜奥灶就是指汤头浓厚，历时极久，熬得汤浓——吴地人习惯把熬得久的东西称烂糊、奥灶——最后出锅，面倒罢了，汤和鸭、鱼肯定是味极鲜浓的了。

江南面的浇头，有些是直接焖在面里的，如苏州、杭州都有的焖肉面。懂火候的吃客能掐会算，要带点肥肉的焖肉面，被面汤和面盖得半融化，你中有我我中有你，才翻一翻面，让焖肉见了生天。那时面肉皆膏腴，鲜甜可口入味。有些浇头别放一盘上，表示划清界限，就是所谓“过桥”，比如带皮烧鸭肉，就是怕和面抢了味道。我问过老辈儿何谓“过桥”，答说浇头和面各占两岸，借一双筷子才汇到一起，要“过个桥”是也——此说颇为浪漫主义，面和浇头忽然间就牛郎织女化了。这么一想，云南过桥米线，浇头也的确是另成一盘而上，倒进米线里硬生生烫熟之后吃的——《鹿鼎记》里明言，过桥米线油至厚，所以虽烫而不冒热气。我觉得这原理稍微有点像广东生滚鱼片粥。

我们这里，有些浇头被上一辈人说起，就眼放亮光垂涎三尺。一是镇江的脆鳝，我小时候吃东西，卖脆鳝的都自称是镇江手艺。苏锡这里，爱把鳝鱼红烧成鳝筒，取其香脆。唐鲁孙写民国时吃鳝鱼面，都是堂倌把鳝鱼擦碎了直接浇面上吃。我们吃时没那么夸张，只是吃着被汤泡软、香中带甜的脆鳝，委实口感多姿，只是现在似乎少了。二是浙江奎元馆的虾爆鳝，简直是老一代人的浇头圣经，令人魂牵梦萦。据说最正宗的是鳝用油爆、虾仁使猪油炒、面上桌前要来点小麻油，鲜香得体。所以无论杭州朋友怎么劝“奎元馆不复当年矣”，每次去杭州，走完西湖，必得去奎元馆吃碗面，末了另要一份过桥浇头外带，回住处用来下黄酒。我爸以前坐绿皮火车去南京出差，带我去看长江大桥。我在小店里听说有所谓长鱼面，要吃，上桌一看，就是野鳝鱼炖的鲜白厚润汤面。

雪菜肉丝笋片面是无锡人的家常配置，雪菜和笋片一取其鲜浓一取其清脆，是很书生气的搭配。节令不对无鲜笋时，就以腌笋代替，另一番滋味深长。我从小吃惯，长大后到杭州才发现这就是传说中的片儿川——好比娶个媳妇使唤二十年，某天出门突然被人指着喊：“啊看！那就是费雯丽！”

余华浙江背景的《兄弟》和汪曾祺扬州背景的《八千岁》里，都特意提过“三鲜面”这物儿。我国地方忒大，各地都能列出些“三宝”“四大怪”，“三鲜”于是也具体而微。公路旁的过路面馆，肉丝、笋、蘑菇也敢理直气壮称“三鲜”；高尚住宅旁的养生面馆，虾仁、海参、墨鱼做“三鲜”也是有的。但奇怪的是，四鲜、五鲜、六七八九鲜面似乎较少，大概三位一体，不繁不简，比较容易化学反应酝酿出滋味吧。

黄河以北之面，不比江南小桥流水的书生气，有农业社会间黄河滔滔气息。接地气，味浓厚，气势雄浑，再没什么比一碗厚重的面更能让人感觉到北方苍莽之气的了。论历史，古已有之，《金瓶梅》里说有打卤面，是三碟儿蒜汁、一大碗猪肉卤，吃得应伯爵们大汗脱衣服，末了要喝茶去蒜味；《儿女英雄传》里吃了碗“羊肉打卤过水面”，就是缘分了；再吃了“现拉的过水面，现蒸的大包子”，就是生死之交，壮哉。北京人吃打卤面和炸酱面，都讲究细密周至。《我爱我家》里和平的老妈所谓：“打卤面不费事，弄点肉末打俩鸡蛋，搁点黄花木耳、香菇青蒜，使油这么一过，使芡这么一勾，出锅的时候放上点葱姜，再撒上点香油，齐活了！”王敦煌老先生说，北京打卤面，得是白煮猪肉的肉汤加淀粉勾芡打出的才叫打卤面，要有口蘑、海米、黄花、木耳、五花肉片，才叫好打卤面。老北京人对面码儿和卤的琢磨，有点走火入魔。已有的法子精益求精，仍不忘致力开拓。比如说，梁实秋和言菊朋，都有过类似段子：吃着某样烩菜、卤羊肉，忽然福至心灵，要份外卖，回家打卤，自豪如航海家又发现一新岛屿："又有新卤了！"炸酱面,唐鲁孙提过一个"新法",是所谓"不用肉丁肉末，而用虾米和鸡蛋"——您瞧，簪缨世家，书香门第，还是琢磨一筷子面怎么吃才妥帖安稳舒适利口呢。我在北京吃打卤面不多，但每次都会被人指导如何吃才不泻卤，能一口把面融融洽洽吃通透完满了。如果吃得面酱两分、卤泻面散，是要挨嘲笑的。

面到了山陕西北,就算是进了艺术门槛。西北的面基本"色即是空"，皮囊如何汤煮如何浇头当然也讲究，但重要的是目无全牛深入拷问面的灵魂和存在形式。山陕西北之外的面大体可以说是"面是可以这么煮的"，而山陕西北内部的焦点基本是"面也可以做成这种形态"?！兰州拉面已成海内传奇，许多饭店以拉面神技作为演出项目，兰州牛肉面最本色也最浑厚，最正牌的兰州拉面汤清味醇质朴天成，味道雍容沉厚大气磅礴。但山陕西北又远不止拉面，刀削、扯、揪、猫耳朵、拨鱼，手法就能看晕人；皮带面蘸水面棍棍面摆汤面面皮，粗细、宽窄、厚薄，孙悟空七十二变似的。

山西刀削面、扯面、揪面样样好，一半是师傅们刀功神奇手法潇洒，个个都有血刀老祖的精准、黄蓉的巧手，一半是面本身的质地独步海内。山陕居民不拘泥于小麦面粉，呼朋唤友海纳百川，荞麦、莜麦、高粱们配方勾搭，加上水、面相和的份额搭配，面于是能升能隐，大则喷云吐雾小则隐介藏形，吹口气就能飞天化龙。所以不管是削得飞薄、捺成猫耳朵、揪、扯、拨、擦、剪、捻、剔，都好吃筋道，而且质感百样。比如我初吃羊肉汤配莜面鱼鱼、莜面窝窝之类，口感神异，一时间都不敢信这是面食。

有段时间过冬，我常吃西安的麻什，也就是猫耳朵。家常做猫耳朵靠手指捺，可炒可烩，极为百搭。北京的炒疙瘩，我没吃过太正宗的，大体吃下来和麻什相仿，猜是进了京城改了名。只是吃了几次炒疙瘩，主人家都是和青菜同炒，吃来有些像吴方言区的“瘪子团炒青菜”再加韧版。山西人出了名的能吃酸，陕西亦然，所以虽然大半面里都有牛羊肉块垒健猛伏兵招摇，但有酸汤就和着，便不腻。西安面皮如果也归类于面，那就是我所见最犀利的面之一：面皮清滑，加黄瓜丝，料酸辣，味道凌厉，得配温黑米粥和腊汁肉夹馍才镇得住味。

岐山臊子面吃过几次，在同一个馆子吃，没比较过，不知是否正宗，也没问起这面是否和周文王有关。大体上面码儿连肉臊子带木耳、胡萝卜等是一份，汤一份，面一份，吃时三者合一。我叮嘱别放太辣，所以其味酸香。陕西的肉臊子连皮带肉，腴瘦相间，煞是肥美——想来陕西人民对肉臊子有研究也理所当然：早千多年鲁提辖就逼着镇关西肥瘦臊子寸金软骨地奔忙啦。

当年去乌鲁木齐和石河子，几天没见到绿叶蔬菜，满眼肉林，间杂些水果、土豆和胡萝卜。后来吃得两眼喷火，每次吃大盘鸡看见鸡肉就有些阿弥陀佛罪过罪过之感，反而是末尾看见拉条子配已成沼泽状的鸡块土豆泥时，觉得猛男肉堆里看到一片冰肌玉肤，像贾宝玉见了女子倍感清爽。回上海和新疆店的人聊，说做拉条子必得面里擦点儿油才能白韧筋道。

《三枪拍案惊奇》让油泼面大大地露了脸，然而油泼面实在是挺异类的存在：不比江南有汤，不比北京有卤和酱，就是一味油泼辣子面，好像赤膊汉子没有宝马银枪，只靠内练一口气外练筋骨皮。内气是西北传统的面和得好，煮得地道，捞得是火候；筋骨皮是油泼辣子、葱花儿、辣椒面们，再当头一勺油下去，嘶啦啦一声立地成佛，羽化登仙，味道浩浩漫漫张扬跋扈地溢出来。我私以为油泼面有一点儿像干炒河粉：不仗他物，单靠本身面香、油香这些本分的东西。但炒河粉不及油泼面筋韧火爆泼辣宽厚，缺这么股子匪气霸道的香味。大致炒河粉是武当太极柔能克刚，油泼面就是朴实无华降龙十八掌了。

民国时诸位名家都提过北京某烟馆改的河南馆名菜，是所谓黄河瓦块鱼浇焙面，大概是浇头为主面为次了。黄河鲤鱼肉厚，《书剑恩仇录》里就说过黄河鲤鱼羹极香浓。我在上海的河南馆子吃到过这菜，未必是黄河瓦块鱼，只说是鲤鱼，但还是有分量，够敦厚，不失中土帝王气。据说最正宗吃法是鲤鱼去筋，摔死（比被哪吒弄死的龙王三太子还惨），我们没见到这程序，只吃到了成品：鱼经油炸，醋熘；面焙过，成脆龙须面，然后鱼面齐上，吃来酸甜。另可以把鱼汤勾兑卤汁再浇——比大盘鸡末尾用鸡加土豆卤汁拌面，又要华丽些了。河南馆还常推荐给我们荞麦饸饹面，其面吃起来稀溜溜的滑，冷热均可，甚好调理，配重味的汤汁也能出厚味而不妖，很是端庄。我家附近的河南风味馆，冬天另卖一种羊肉烩面，不同于江浙的羊肉面，其面极宽，像皮带面和刀削面，羊肉带骨熬，汤浓。如果说江浙羊肉汤面可以用喝的，河南馆羊肉烩面大可以连汤带面提起来甩个呼呼风生，然后吞下肚去。

西南川黔，仅论调味之华丽繁复，天下无双，所以西南的面也喧宾夺主，下料比面本身繁复得多，好比刘姥姥感叹“一味茄子倒要十几只鸡来配”。四川担担面，据说是以前伺候太太们吃夜宵用的。看黑白照片历史记录，传统的担担面扁担和馄饨挑子相去不远：一头儿煤球炉子、铜锅，肉臊子、面和汤分门别类摆着，一头儿碗筷和水桶。太太姨娘们打麻将饿了倦了，又不十分大胃口，就叫碗面吃吃。于是煮汤下面，上好肉臊子如胭脂抹上递去。说担担面的汤，最正宗的是鱼、鸡等多种骨头相熬，但不能动牛骨，取其清鲜。台湾二十世纪六十年代一度流行过外带担担面肉臊子，可见上好肉臊子家制不易。我在川中、上海、北京几次吃担担面，都是小钵小碗，不是正餐，更像点心。然而唯其小盏小碗，才见其臊子、汤都做得用心。

重庆火锅全国到处被转帖挂名，但重庆真正不可复制的乃麻辣小面。麻辣小面，通常是面、汤和调料分开雕琢。汤是骨头汤，浓香醇厚不必细表；面也是用骨汤另熬；最恐怖的是调料，我所知道的是花椒粉、辣椒粉、味精、盐、碎花生末、猪油、酱油、葱花、榨菜末，以上还只是必需的，赶上艺术家细胞的小面摊儿，调味料还能多出几倍，当真是天罡地煞、魔星一百零八，无法一一算计。面煮罢，于是调料搁碗里，先下鲜汤冲调一下，面和青菜舀进，再来一勺鲜汤。剩下的就是拌，等面、汤和五光十色的调料们飞短流长、捉对厮杀毕了。

在重庆临江古镇磁器口，见识过铺盖面。阿姨们大力鹰爪功，从面团上拽下面片，一拉一扯下锅煮，泼辣凶猛，配磁器口满街叫卖的鸡杂及其鲜汤，自然厚味，只是夏天吃不免大汗淋漓。我们江苏有个锅盖面，和铺盖面一字之差，但格局不同。我们这里做法，大体是酱油、猪油为主另加作料配红汤，面和得极软极活，用吴语是“面得活”，下锅煮毕，再下绿叶子卤——苏州所谓“重青”是也。浓香软厚，不失清冽，吃急了能觉得人都融化进去。

我小时候，一直以为油炸伊面是广东特产——油炸过再煮出来，格外香韧，是为许多方便面的首选格式，后来才听说伊面其实是山东货，大惊之余，又觉以山东面之强，也是合情合理。广东大多数伊面都强调和面时加鸡蛋，以求口感——四川人做抄手、广东人做云吞，和面时都不免此程序。我吃过最好的一碗鸡蛋和面是在大连，一碗葱油海米鸡蛋拌面，面虽不粗，但有种饱满雄浑的面蛋合一之香，填嘴塞胃，气势汹汹。

在广东、海南吃云吞面，阿妈们都大声强调自家的面是“全蛋面”，不掺一丝儿水。其情汲汲，不下于卖金戒指的店员面红耳赤地强调“十足真金”。全蛋面爽脆自不待提，广东人又格外重视汤头，鱼干、虾壳、猪骨，各家自有祖传法宝，总之清鲜不带油花是各家阿妈们吹擂的标志。

全国各地都有捞面。我没吃过山西河捞，闻其名，初以为是捞面，后来听说是“饸饹”的谐音，存疑。各地捞面程序倒差得不远，都逃不过面煮后捞起沥干，然后另配汤送上，倒是捞面酱料、浇头各有讲究。苏州无锡这里夏天吃捞面或曰拌面，家常点就是酱油、麻油加点葱叶一拌也就算了；奢侈一点的，也有把虾仁鸡蛋嫩炒后加猪油去映衬的。当然论复杂，还是得回到四川重庆的凉面：花生黄豆菜油豆芽菜蒜姜葱香油花椒油辣椒酱油醋糖，光一味拌料就得练一气儿绕口令。我一位法语老师在上海的住处，周围净是朝鲜冷面馆子，她就把冷面也划为拌面。大概冷面也脱不了煮熟沥干，另加冷汤这道工序吧？

说到沥干，武汉热干面是种神妙的存在。我当年首次在户部巷吃到，一饭难忘，后来凡见武汉风味馆总要连豆皮叫一份。有店主对热干面艺术研究得形而上学，说最好的热干面得先煮过，再冷，再煮，沥干，冰火九重天，湿了又干，令其坚韧不拔——有点像广东人对付白云猪手。热干面其实也是大巧不工：香油、芝麻酱，稠浓香厚，好像一个浓妆美人，配什么小白脸菜都显得太轻佻，我习惯最多加一点儿豆角或肉丁，就直接下筷。热干面最能体现“难得糊涂”四字——香浓黏糊，一派糊涂。说到热干面，便离不开芝麻酱，现在疑似开成全国连锁店的沙县小吃，一碗飘香拌面，其香脆好吃点石成金，尽靠搂头盖脸那一下花生酱。倒是有许多人说宜宾燃面也是油重而香，我没吃过。但料来川中调味之杂，味道该不会是热干面那流的。

和人民大众休戚相关的，还得是泡面。我小时候还没有如今便利店的凉面便当，无非统一康师傅之类油炸面。那时我一度热爱泡面：懒人干嚼泡面冲汤喝，常人泡面算时间，勤快点儿的亲自动手煮还顺手加个蛋，我当年却是打鸡蛋、剥豆子、偷火腿肠、摸香菇、洗菜叶，一碗泡面也要堂堂皇皇，终于被我妈赐名“张师傅”。长大后有段时间厌倦了泡面，尤其是赶路时坐长途火车，满车厢都是康师傅和统一的红烧牛肉味让人颤抖。但偶尔冬夜里和人长谈饿久了嘴里淡出个鸟来，又懒得穿衣服杀出门去，惶然相顾的二人中忽然有一人拍大腿：“有泡面！”没等吃，温暖感已经来了。

最后跟朋友们征集他们所吃过的面，于是得到如下反馈：

越南凉面北京蒸面宜宾燃面河南烩面油泼辣子面裤带面岐山臊子面兰州拉面羊肉臊子面羊肉小揪面野生蘑菇面搓面炒疙瘩生氽面热干面葱油拌面碱水面焖面饸饹三鲜皮肚面羊肉面太和板面新疆拌面山西河捞抿曲刀削面鱼香拌面麻酱拌面东台鱼汤面朝鲜冷面海鲜面沙县拌面闽南面线糊四川凉面东北手擀面和龙面浆水面𰻞𰻞面福建果条面面片炮仗阳春面肠旺面莜面蘸水面长鱼面丁丁炒面鲜虾云吞面蚵仔面线扁豆焖面削筋面厦门沙茶面酸汤面砂锅面浆面条台州姜汁面太和羊肉拌面大连蚬子面云南卤面而且这还只是九牛一毛如果我是郭德纲能够未卜先知就早那么几年让李菁和何云伟二位慢慢背着当基本功训练而且不给他们午饭吃……

都不必提日本乌冬面意大利通心粉之类，仅以华夏之大，面产品就是个无底洞了。变着法子吃一生一世的面，估计能捋到九牛一毛。要了解华夏，最简洁的方式便是去看其面：江南虾鳝，西南调味，沙县的花生酱，武汉的花生酱，北京的黄花木耳香菇青蒜，陕西的牛肉酸汤臊子萝卜。海北天南，色彩斑斓。但其根和梢，是些白的、温和的、能方能圆、能柔能刚、能宽能窄、能细能粗、能豪迈能细密、能煮能炒能炝、宽厚大度平淡温和、承当一切的面。

刘嘉玲在《大内密探零零发》里有句美妙绝伦的台词。无论周星驰多么落拓、不得志、遭误解、找外遇，她都是一句："你肚子饿不饿？我煮碗面给你吃，好不好？"中国式的家庭生活观念和夫妻恩爱，五湖四海，千秋万载，到最后，也就是归到这么一句平淡温暖的话去：

"我煮碗面给你吃，好不好？"

发了财，我就要吃蛋炒饭！

发了财我就不吃油煎饼了，我就要吃蛋炒饭！

——《多情剑客无情剑》古龙

有些地方，蛋炒饭叫木须饭，按字来说，该是木樨饭。木樨者桂花，唐鲁孙说旧北京太监多，恨人有笑人无，最恨人说“鸡蛋”二字。所以，饭菜用到鸡蛋，都讳说是桂花。比如著名的“桂花皮炸”，其实就是猪皮浇了蛋液来炸。

唐鲁孙说自家雇厨子，先拿鸡汤试厨子的文火，再拿青椒炒肉丝试厨子的武人菜。最后一碗蛋炒饭，试人家是不是大手笔厨师。他又说，炒饭要弄散了炒，鸡蛋要另外炒好，不能金包银。因为饭粒裹了鸡蛋，胃弱的人不好消化。

但逯耀东却另有一说。按他说，蛋炒饭起自养了红拂、辅了隋朝、伯乐了李靖的杨素大人。杨老师写一手魏武风格的诗，大行且顾细谨，发明了金包银蛋炒饭。后来隋炀帝下扬州，把大好头颅和饭都留在那儿了。

炒饭历史久也有不好处：和中国所有历史悠久的诗派、画派一样，炒饭也分派别。具体炒起来，是蛋和饭粉身碎骨炒成一气最后蛋饭分明，还是你中有我我中有你地水乳交融金包银？提过锅铲的都明白：前者是挥毫泼墨乒乒乓乓大写意炒法，后者是工笔细描溜边沉底小尺幅手札。

当然，街边小店经常不在意其中区别。你一个运气不好，就会遭遇蛋少饭软，一盘略带黄色的玩意儿端上来，让人忍不住想照搬《食神》里周星驰那千古名言："没想到你连炒饭的基本常识都不知道，要用隔夜饭来炒啊，炒王……零分！"但这并不妨碍蛋炒饭街衢尽知。再萧索的大排档，再见了城管就抱头而走的夜间摊，总有一碗蛋炒饭可以做。华丽一点的诸如扬州炒饭、海鲜炒饭什么，根骨里其实都还是蛋炒饭，只是会姹紫嫣红加许多配料而已——就像《红楼梦》里茄鲞再配多少只鸡，根骨里还是茄子。

有段时候饿了便会寻思，为什么不是菜炒饭、肉炒饭，或是直截了当地以油炒饭，而偏要是蛋炒饭？大致的结论是，油炒饭太腻，而且虚假繁荣；菜炒饭太清贫，因为众所周知，菜饭并不很好吃，若加了咸肉，就化腐朽为神奇，瞬间从清贫和尚变成红男绿女。肉炒饭太油腻。蛋炒饭恰好是一个中正醇和的东西：既不大荤得难以寻觅，又不素净到让肠子清苦。而且，鸡蛋这东西的可塑性，比蔬菜和肉都要妙得多。不要切，不要洗，一打下去，想怎么炒怎么炒。加油就香，加盐就咸，加点葱花煸炒，味道就出来了。

姑且不论唐老师的“蛋饭分开论”是否合理，但他说要把蛋炒饭炒到乒乓作响、葱花爆焦、饭粒要爽松不腻，确实是这么回事。一碗蛋炒饭比一碗白饭的可爱之处，在于饭是主食，是端庄中正的正宫娘娘，蛋炒饭就花团锦簇多了，像昨忆巫山梦里魂的才人。谁不知道才人和娘娘骨子里都是一回事？妙就妙在外面那油香和口感。好蛋炒饭与黄蓉给洪七公做的肉条一样：吃的就是一个混合的口感。饭粒松软，炒蛋柔嫩，外加蛋香和油香。比单纯的一碗饭，声色犬马得多了。

当然，真把蛋炒到润而不腻、老嫩适中什么的，就太刁难人。而且真炒出这么一碗饭来，怕就不叫蛋炒饭，而得插上“金玉满堂结良缘”的标签，然后和赵丽蓉老师小品里一样，“宫廷玉液酒，一百八一杯”，吃起来恐怕也得战战兢兢。我所吃的好蛋炒饭，很少是恰好中正的。或嫩或焦，或咸或淡，经常乱七八糟。关于这点，古龙写唐玉杀完人后炒了极油的一锅蛋炒饭，我看了会心不远：极好的蛋炒饭就像冬天小县城街角烈酒，吃起来的劲道远比味道重要。我妈做起蛋炒饭来，从来不讲纯雅中正。蛋讲究极大块，而且炒焦，油放得极多，吃完碗里还能剩点。极大的一盆，配点紫菜汤，于是就一路吃了过来。

所以，蛋炒饭是这么回事：不怕油腻厚味，最怕人情冷漠。蛋少油稀的一碗，就像冷了的红烧肉，让人提不起精神；蛋多油重，看去虽然吓得到手握减肥食谱的女大学生，却是市井里的真味。古龙写李寻欢被押去少林寺，路上俩孩子哭说：“发了财我就不吃油煎饼了，我就要吃蛋炒饭！”那两个孩子心中，想必也不是华丽的干贝鱼翅各种喧宾夺主，临了加一点儿蛋星的炒饭，而是油多蛋重一大盆的东西。那是你在饿足一天后的黄昏，在街角小馆里，喝着酸辣汤，大口用筷子扒拉的、喷香满口、抹你一嘴油的东西——最真实的蛋炒饭。

细细切做臊子

老笑话说两位田间汉聊天，猜：你说蒋委员长每天都吃什么饭？答：肯定是顿顿捞一碗干面，油泼的辣子还调得红。这是许多笑话的范本：下面的人猜不了上头的生活，所以吴承恩幻想天宫神仙，也馋几颗人参果、几颗蟠桃吃；上也不能知下，所以司马炎能让三国归晋，却阻不了儿子司马衷问出经典的“何不食肉糜？”——糜应该是粥，肉能剁成粥状，功夫不小。厨房做过的都知道，到这地步，手工价值都抵过肉了。只看鲁提辖跑去找镇关西麻烦，先让他精肉肥肉外加寸金软骨，都“细细切做臊子”。郑大官人再怎么徒有虚名、为非作歹，也算地方有名的养得起二奶的屠户，能让他切得心头不悦，可见这工序是一点儿都不简单。肉糜比起肉臊，又显然精细难做得多。

但说到味道，肉臊子比肉糜似乎好得多。北方许多面食，都讲究肉臊子铺面。台湾早期的担仔面，也是靠肉臊子撑局。肉臊子好比印度菜里的咖喱浇汁，或是北京涮肉时的花生酱，是点石成金的那一下儿。想来肉臊子比肉的好处，一是细，于是容易入味；二是碎，于是口感零落；三是做到这种可浇可洒的姿态，拾掇起来便容易，可塑性强。

好肉臊子，第一得是调味精美。比如担仔面，说以前极正宗的肉臊子汤，是鱼骨虾壳汤熬的，猪肉被这么清淡的汤一洗，火气尽去，臊子也淡雅可口了；陕西臊子面的肉臊子，那是蒜苗、陈醋、鸡蛋、黄花菜们轰轰衬出来的味道，简直像大观园里许多妹妹配一个宝玉，那肉真是几世修来的艳福。

但其实除了调味，臊子本身切得好坏，多少有些讲究。鲁提辖和郑大官人撕破了脸皮，嗖一声兜脸把臊子拍人脸上。老郑不乐意去掏刀子了，咱们却得为老郑喝句彩。因为文中当时说道“下了一阵的肉雨”，说明肉是整齐细碎了的，只是还没有到虚无缥缈的沙尘状态。我小时候看老人家切肉，总嫌他们切得不碎，当时人家总说我笨，说切多了就没肉味了。后来看梁实秋先生写狮子头，“多切少斩”“不可剁成碎泥”，大致有些明白。据说最正宗的狮子头讲究更深，要粗切细斩，而且切成石榴大小最好。如果切得太细，肉的筋骨、嚼劲、神魂都没了。拿些死肉做出来，能有什么味道？

当然，说法不一的地方也有。梁实秋说，狮子头在北方叫四喜丸子，这个似乎不怎么对头。因为据我所知，四喜丸子是要炸的，而江南这里老一辈的人却说，最正宗的狮子头，是进了钵用炭基煨的。

一般肉臊子做丸子，讲究稀芡粉慢慢捏圆。这得有黄蓉的巧手，因为肉臊子如果细了，好比少女的脸，吹弹可破，非柔若无骨的细捏不能成。我故乡无锡另有一个老做法，就是把肉臊子往油面筋里塞，让油面筋帮它定型塑身去——当然过程更为繁难。我爸最爱偷懒,经常是午饭时一顿红烧肉吃完，汤汁留下，晚饭用来对付油面筋塞肉。肉汁翻滚里油面筋都吱吱乱响作眉开眼笑状，感佩天作之合。

肉臊子的另一好处，是让肥肉重新有了报效国家的机会。本来这世道除了资深红烧肉吃客和蒜泥白切肉发烧友，对肥肉有爱的人都会被当成饕餮怪，满餐桌都会皱眉，但偏偏臊子这东西让肥肉重见天日。七瘦三肥或六瘦四肥或其他比例随意搭配，总之肥肉是不可或缺，把肉臊子当一具躯壳的话，肥肉就是灵魂和神采。肥肉上了身，肉臊子才丰肌玉骨、神气活现，不然便形容枯槁、死气沉沉。肥瘦得宜的臊子，有肉的滑嫩润口，又根本不需嚼，这份乖巧伶俐圆滑懂事，就是肥肉的个性了。

把臊子更进一步肢解成粥状，差不多就是肉糜了。真把肉糜来喝的，似乎除了先古一些变态者，比如纣王让姬昌吃伯邑考,比较少有。现代来说,似乎肉糜只是加工的一个步骤。如上，肉糜本身已经不很好吃了，不把它重新做点花样，太对不起人。《食神》里就是一个好例子：莫文蔚铁棒翻飞，硬生生把块牛肉砸成肉泥，用来做撒尿牛丸。鱼丸、牛丸，各种可以用来涮锅的丸，大多都是肉泥所制。当然，鱼丸、牛丸最兴盛的地方是粤地，而那里的饮食早已超越一般思维，到了复杂即艺术的境地，因肉泥的过度稀薄化而吃不出肉的本来面目，对他们来说，只是进一步接近了《红楼梦》里茄鲞只是“略有点茄子味”的境界而已。

冬天的杂烩菜

小时候春节假期前几天，都在走亲访友间度过，吃得脑满肠肥满脸上火，回家也懒得动碗筷，偶尔吃些酒酿丸子之类讨些口彩，就过去了。真饿起来，将年夜饭没吃完的剩菜，按红白分了杂烩出来做下饭菜，香美无比。关于这道菜，本地没有固定名称，一般叫作杂烩。北方评书里常见，比如英雄好汉夜雪叩门求宿，老爷爷老奶奶厨下如此一烩来应付，叫作“折罗”。

杂烩菜好吃，一半因为它五味杂陈，各显神通，原理其实类似于腌笃鲜，只是有阳春白雪和下里巴人之别。腌笃鲜是咸肉、排骨和笋各占风流，最后还要讲究一色清纯，有士大夫气。杂烩菜则汤汁越醇浓越好，恨不能一气沆瀣、五色不分，诸食材纷纷呈半酥融状，你中有我，我中有你。

我在馆子里吃到杂烩菜，通常是家常型小店，多人聚会。

如果两人对坐君子之交的场合，似乎不宜出阵。大概因为这东西暧昧模糊，不适合玉堂金马的场合。中国古来士大夫吃菜讲究器皿雅洁，汤汤水水的要一目了然，而杂烩菜通常有罗丹雕的雨果塑像风味，几乎要半融化到泥泞中的调子。但拿法国人赞颂雨果塑像的话来说，“越接近泥泞的越高尚”。杂烩菜那股黏稠浓烈的味道，更刺激百姓食肠。

东北的杂烩菜极豪迈，锅大料多且体积庞大，每一勺一筷下去势难空手而归。搭配华丽，血肠、粉条、土豆、酸菜、冻豆腐等彪形大汉随意添加，但万变不离其宗的主旋律是大块横肉。吃东北烩菜，要精确探知自己下一筷对象很难，香气氤氲间跌撞着夹到什么，大口吞咽，气势雄浑，很难斯文起来。吃这么一顿，虚礼尽弃，非熟人也会熟起来。

南方饮食精细，广东人求原味，江南人尚精致，偶尔模糊一点，口味还是参差分明。说到杂烩菜，安徽颇为一绝。传说中朱元璋吃的珍珠翡翠白玉汤，似乎就是典型的剩菜杂烩。当然徽菜确实好吃，不靠朱洪武余荫。我猜安徽杂烩菜出色，一是徽菜重红烧，重火功。有考证说上海菜浓油赤酱，一半是徽商们带的。红烧重浓味，没白煮那么门户之见分明，生怕坏了清淡味道，很适合杂烩菜的驳杂属性。二是安徽多山珍，各种菌菇腊肉、鲜花野果，是提鲜调味的佳品。何况徽菜重火腿以调味，乃是传统。而且杂烩菜本就讲究醇厚质朴，比起其他诸般细作的细料来，山珍显然更通天地之灵气取日月之精华，更有自然的莽荡气。

以我的经验，吃杂烩菜，家常胜于吃馆子，寒冬胜于炎夏。

馆子里做杂烩菜，终究有点矜持，下料挑选，味道鲜浓，但要赶时间，又不能舍下面子完全下里巴人，于是经常有些不伦不类，像一出各演各的、搭不到一起去的话剧。家常杂烩菜就没那么多讲究，色相难看了也不会有人挑拣，大可以做成一锅红瞰瞰的东西端上桌来，然后宾主尽欢。我喜欢红烩，以为杂烩菜的妙境，应该是入口时面目难辨，咀嚼后大致猜出其身世背景，然后急不可耐将其一伙兄弟卷下肚去。理想的杂烩菜，汤汁决定其成色。如果汤汁淡雅稀薄或是靠勾芡才略有点骨气，显然不够理想，吃起来也就索然无味。汤汁鲜浓异香，半固体状，舀来浇在白饭上，立刻饭粒线条全被遮盖，而且难辨汤汁之香何来，才是上品。到这地步的杂烩菜，是配饭的利器。酱汁之美，还在菜本身之上。

当然啦，和所有汤浓汁鲜的东西一样，杂烩菜忌生冷，热时浓情满怀，冷时冰凝霜结。因此吃杂烩菜总得趁热下手，一筷进嘴，觉得像热老鼠暴跳，眼泪都快被烫出来了，只来得及嚼两口略有滋味，就一道热线直通下肚去了。这样取其滚热浓香，最适合冬天吃饭那七手八脚、喧闹欢腾的气氛。

海市蜃楼甜品记

分辨古典名著，只看主角们嘴里即可。见了花糕也似好肥肉，九成在梁山水泊；鹅油香酥卷一类，不在儒林里摆阔的某少嘴里，就在大观园哪桌上放着。《红楼梦》和《三国演义》，一红粉一疆场，本来井水不犯河水，但却有一处饮食是连着的。袁术临死，要碗蜜水喝，厨师愤愤回道："只有血水，安有蜜水！"可怜见袁术好歹也举玺称帝，一口蜜水没喝到给怄死了；那一边刘姥姥进大观园喝酒，琢磨"横竖这酒蜜水儿似的"。袁术喝不到的东西，刘姥姥倒当家常。可见三国豪杰、红楼美人，都是要喝些甜东西过口的。

后来与人饮食来往，觉得女孩子们百挑千拣吃一口米都恨不得算算卡路里，唯独对饭后甜点来者不拒。张爱玲为首的女中豪杰纷纷发表议论说女人的什么什么通向心灵，我倒觉得，对甜味最敏感的舌尖味蕾，才是女人最容易投降的部位。

甜好像总与冰凉相关。大概两者都可以解饮食之咸，所以适用于饭后。希腊人有豪奢的，敢吹以阿尔卑斯冰雪冰镇浆果，罗马人用冰雪兑蜂蜜、果汁之类。我朝冰奶酪也源远流长，不输彼邦。欧洲军事史说到蒙古人，畏如蛇蝎，说他们最可怕的就是行军不带饮食，只带大批马，吃马酪喝马血，简直像移动罐头。元朝开国，奶酪在北京扎了根，一路传下来，衍生成人见人爱的冰酪。传说马可·波罗当年西归，就把冻奶冰酪的配方带了回去，轰动一时——甲之蜜糖，乙之砒霜，杀人魔王的补给变成女士们的至爱，当然味道大概相去甚远了。《天龙八部》里，虚竹和梦姑颠鸾倒凤的地方，所谓"一个黑暗的冰窖里"。西夏国王那年夏天吃着冰镇绿豆汤时，大概没想到他家公主驸马就在这块冰上成其好事吧。

不过沧海桑田，拿冰雪镇镇奶酪、水果之类，也已经不能满足豪奢之族的脾胃了。本来甜品是高端货：欧洲人还在啃面包喝凉水有片烟熏肉煎一煎就满足的时代，贵族们就开始琢磨如何有别于凡夫俗子了。甜品从来是虚无缥缈的，不解饿，不果腹，完全是为了解馋。这就是贵族风：在富有观赏性和精神愉悦的东西上砸钱，不为求实在的充实感，只为一瞬间的感官愉悦，如是而已。中国亦然。

所以《三国演义》里，蜜水也只为奢侈的袁术所享。《水浒》里的甜家伙，不过是按下果子来下酒，或是黄泥冈所谓的枣子过酒。论起这方面，《红楼梦》《金瓶梅》就华丽得多。贾宝玉被打喝不了酸梅汤，又吃玫瑰卤子，嫌"吃絮了不香甜"，当真是败家玩意儿，只好喝玫瑰清露。我见过的配方是冰糖桂花配着玫瑰花蒸馏，大概取点儿花香。相比起来，刘姥姥的“蜜水儿”就朴素简洁得多了。

《金瓶梅》里，西门大官人能吃能喝，花样百出。家常那些打卤面、焖猪头大油大腻之后，还炫耀所谓“衣梅”，杨梅用各种药料加蜜炼制过，薄荷橘叶包裹，大概清凉甜美吧。《儒林外史》里，严贡生吃云片糕，还讹诈船夫，后来喝问起来，船夫老实报云片糕的配料，“瓜仁、核桃、洋糖、面粉”，可见那时候贩夫走卒也都吃得起这类小吃了。当然，算不算甜品得两说。

似乎现代西餐厅大多数甜点都少不了面粉、鸡蛋、奶油，以及诸般香草。逯耀东以为满、蒙人善做乳制品，所以连带着北方甜食都跟牛羊奶沾了边。唐鲁孙说北京东来顺有道菜叫作“炸假羊尾”，蛋白打起泡来，裹细豆沙和面再炸，想起来大概取炸面的酥脆、细豆沙的沙感，以及蛋白之嫩吧。这就算是甜品发展到高端的境界了：单是甜润适口不够，要口感纷繁华丽，吃的就是个变幻莫测。比较天然的是老北京马连良们吃的河鲜冰碗，据说是一大碗里有藕有莲子有鸡头加冰汇总，实属天然，可惜如今这世道没处觅去。

为符合这种口感上五彩缤纷的潮流，如今巧克力蛋糕、果仁冰淇淋大行其道，各类五湖四海的奇花香草，都敢磨成酱、碎成粉，你侬我侬鬼混在一起，就为了给大家一种魔幻感。哪怕是单一味道的冰淇淋，至不济配你个脆皮甜筒，也是为了让你口感有选择些——一口软润甜美，一口酥脆焦香。

做过甜品的大概都有经验：无论提拉米苏还是咖啡慕司，

以至于所有甜点，不可少的工序是拼命地打蛋或打奶油打到发泡，状甚惨烈，好像漫画里三毛给富太太洗衣服，硬浮起山高水深的泡沫。可怜我不得要领，每次看到美食节目里大师傅打蛋白至凝胶状，反过盆来蛋白都能对抗地心引力悬停不坠，就赞叹到绝望。不过甜品热热冷冷打发凝结最后冰冻完后，无一例外地膨胀发泡，非常泡沫经济，使我深感各种餐厅的暴利。但细想来，大多数甜品所需的奶油或蛋白发泡，无非就是这种泡沫经济的运作过程。

你看，这就是甜品的真相：大多数甜品外表千变万化，但核心就是奶油、鸡蛋们被打发后的无限膨胀、瞬间急冻，使它们保留在那种泡沫经济般的繁荣过程中，然后香草粉、可可粉等一拥而上，加以调味。因此，甜品就是一场甜蜜的海市蜃楼，而女孩子们最喜欢的就是这种轻软柔滑、浮光掠影其实虚无缥缈但瞬间甜蜜的感觉。

油条、豆浆和馓子

小时候一到入冬时节，天亮得晚，而且出被子时冷若受刑。我妈妈虽然有永动机风范，到底不是孙猴子三头六臂铜筋铁骨，偶尔犯懒，就推我爸起床为我做饮食。我爸爸偏又是个享乐主义，冰寒彻骨之时洗手做羹汤这种事，义所不为，偷个懒直接拖我上铺子吃去了。回头我妈知道，少不了一番义愤填膺。因为我妈虽不通医道，却自有一套中西合璧的格物致知，在她心目中，面包牛奶鸡蛋才是早餐标准格式，能经历各种神妙变化最终把我衬托成风度翩翩佳公子。至于我爸常带我去吃的东西，在她心里不免等而下之，偶尔吃吃尚可，每天当早餐吃，不由她不双眼发黑：大概平日里她苦心用面包牛奶鸡蛋喂的通灵宝玉，就被我爸的油条豆浆馓子灌成下流坯子啦。只是现在想想，当时我爸一偷懒，让我少喝了多少三鹿？大可以将功折罪了。

说回早餐，据说豆浆和刘安有关。淮南王好炼丹，不小心弄出了豆浆，我国古人多有类似经历，说方士炼丹炼出了火药是四大发明，其实火药能惠及的平民着实有限，杀伤的人口还多些；倒是豆浆，千年以来浩浩汤汤活人无数。当然，豆浆成不了四大发明，虽然豆浆养人而火药杀人，但活人无数的有时总不如杀人如麻的有名。罢了。又说豆浆出自八公山，也就是五百年后淝水那地方，“风声鹤唳”“草木皆兵”之所。所以说中国饮食无敌，换一个国家，随便打听点街头吃喝，敢一直追溯到爱在西元前的能有几个？

豆浆好在清淡中正，不加糖有点豆香，加糖了点石成金的好吃。我小时候舌头比大脑早熟，觉得爸爸请喝的豆浆比妈妈常调的牛奶清冽，喝完牛奶会口中余乳香略甜发黏，喝完豆浆就干脆利落得多。店铺常是小本经营，豆浆一向不那么浓，更接近于饮料，冬天早起又冷又渴，一碗下去温热润口，煞是舒服。那时节喝豆浆还用碗，大家都是双手捧着啜饮，节奏很慢，喝一口歇歇气聊聊天之类。顾客中有爱喝清浆的，有爱喝咸豆浆的。铺主有时手脚一乱，盐糖放错，小孩子们喝了一口，如遭电击，就会哇哇大哭出来。

其实豆浆之清正，本该大有作为。如今有时和人吃饭，有些娇贵姑娘听见碳酸、酒精、咖啡因等妖孽就失魂落魄，像唐僧被人劝吃荤腥，末了一杯矿泉水了事。每逢这时，我就会馋豆浆喝：再重视饮食健康的人，也对豆浆挑不出太大毛病吧？可惜豆浆上大雅之堂很容易遭高端人士嫌弃，偶尔小店能拿出来作风味补益而已。当年在武汉，蒙一位美人请了我杯绿豆浆，口味倒不出众，色调煞是惊艳。毕竟淡绿秀雅，比纯白无个性的豆浆要招眼得多。

油条和豆浆是天作之合，大约是人类史上知者最多的饮食搭配。无论人数还是历史，都足以秒杀英伦传家宝一薯条。唐鲁孙说，老北京一套煎饼果子其实就是煎饼加油条，讲究再喝点儿砂锅熬的粳米粥。卖早饭的经常就是吊炉烧饼粳米粥一起出场，油条麻烦些，要大锅，所以基本固定场地卖。

油条据说先叫油炸桧，然后讹音成了油炸鬼。无论是桧还是鬼，反正遭人民痛恨，食之而后快。周星驰在《九品芝麻官》里遭人痛恨，满街叫卖油炸包大人。中国古来捏塑像下诅咒的事就不少，但大多绑个草人刺一刺，雕个木人射一射，或者后宫争宠传说里给皇帝捏个小雕像用红纱蒙眼之类。捏面人炸吃了，实在是精神物质双丰收。油条搓来容易，全仗面和油一碰，吱吱之间发将起来。按那鼓胀激发变焦黄的一下子，就是油条最勾人食欲的时候。

好油条总是热的，两头尖处经脉纠结，有点韧的嚼劲；中段松脆，下口时有撕纸的声音。一截冷了的油条全身上下如同死蛇，让人提不起劲。周立波说油条最好吃的是两个尖头，大概取尖头还没韧化时的脆劲，吃个恰好。如此想来，北京以前煎饼果子也大有道理。按现在全国各处都有卖山东杂粮煎饼当早饭的，一般是面浆煎成固体，卷上薄脆:煎饼的油韧，薄脆之松脆，两相一合，于是口感有层次了。煎饼卷了油条，也是吃个油条的松脆适口。

我小时候吃豆浆油条，喜欢拿油条蘸豆浆喝，道理类似于拿奥利奥饼干蘸牛奶。后来闲极无聊，把油条撕成段在豆浆里泡喝。久而久之，土法子都有了心得：被豆浆乍泡的油条油腥尽洗，嚼来半软半脆，火候刚好。当然，泡得久了，就软塌塌毫无风骨。我爸则一向嫌油条味不够厚，毕竟油条其实没味，单借一点油香，炸出面香而已，因此喜欢拿油条蘸上好酱油。

近两年说起油条，都在谈油的卫生问题。可怜我小时候还总以为大概油锅之油和卤水之卤一样，越陈越香。莫言《檀香刑》里，刽子手做檀香橛子，油锅还先煮两根油条热身，所谓“取点谷气”。

油馓子比油条脆得多，但比油条少点儿软绵绵的雍容姿态。当主食吃倒罢了，做零食吃很容易噼里啪啦一下午消灭一袋。《陈奂生上城》里陈奂生去卖油绳，我看着眼熟，不敢确定是否就是馓子。但“缠”“绳”这些意象是很眼熟的，苏轼所谓“压扁佳人缠臂金”，大致类此。唐鲁孙说北京以前卖菊花锅子给太太们吃，下的都是易熟之物，一涮就得，就有馓子在内。大概馓子虽不是什么雅食，被好汤涮过后品德也高尚了，可以进淑女们的口，用来嚼着玩。

这情形我未见过，倒是去重庆吃油茶，里头真有馓子。米粉细糊的面茶里，零星着馓子、黄豆、花生米之类。面茶借点馓子的油劲，馓子连同其他清脆耐嚼的东西沉浮于面糊之中，相得益彰，比拿来配豆浆又要高出一截了。

下粥的小菜

虽然粥和泡饭有浓淡疏密之别，但我家以前的规矩，粥和泡饭的配菜待遇一样，与白米饭的配菜有俭奢之别。饭菜浓艳肥厚，是玉堂金马的状元；粥菜清寒明快，是隐居东篱的秀士。

夏丏尊老先生说他当年会弘一法师，法师吃饭只用一碟咸菜，还淡然道："咸有咸的味道。"咱们不提禅法佛意，只这一句话会心不远。吃粥配菜，本来就越咸越好，咸菜淡粥之间，才能吃出味道。所以，下粥的菜，味道都要重一些才好。新鲜蔬菜没法味重，所以总是各类泡腌酱榨的物事。

我外婆她老人家善治两样粥菜：腌萝卜干，盐水花生。她做萝卜干讲究一层盐一层萝卜，闷瓶而装，有时兴起，还往里面扔些炸黄豆。某年夏天开罐去吃，咸得过分，存心要把我的舌头腌成盐卤口条似的。外婆倒振振有词：咸了下粥，你就可以少吃萝卜多喝粥啦——这也算老年代省钱秘法。萝卜本来脆，腌了之后多了韧劲，刚中带柔，配着嘎嘣作响的炸黄豆吃，像慢郎中配霹雳火。

江南地方，爱吃萝卜干的人，见到酱菜便心醉神迷。汪曾祺先生写酱菜多出于酱园，酱园出完老抽酱油，顺便酱一酱菜们，也是近水楼台。汪先生是扬州人，我家乡无锡也流行吃扬州四美斋酱菜。整个江苏都很迷丝条状物，酱菜也最好是丝条状。黄瓜、莴苣、萝卜、生姜、宝塔菜之类的组合，酱腌得美味。吃酱菜的好处在于口感参差细密：黄瓜爽，莴苣滑，萝卜韧，生姜辛，宝塔菜嫩脆得古怪。酱菜配粥胜于泡饭，因为粥更厚润白浓，与酱菜丝缕浓味对比强烈。不过我几个非江南的朋友吃不惯，都嫌扬州酱菜太甜了。

我爸是南方人，但年少时到处乱走，导致口味偏重，嫌萝卜干太质朴敦厚，嫌酱菜太水墨清秀。他下粥爱吃蒜头，牵我一起入行。我小时候不知道蒜头的厉害，以为是妈妈吃的那种糖蒜头，于是苦心经营地剥，真有“打开一个盒子内藏一个盒子”的荒诞喜剧感。最后剥出一点儿蒜头，吃一口眉皱牙酸鼻子呛，远水不救近渴，急忙拿泡饭救命。当然，有了心理准备后，生蒜头真是佐粥妙物，萝卜还需盐这点外物助味，大蒜天然生猛，小炸弹一样煞人舌头冲人鼻子。

咸菜各地都有，而且似乎花样不同。范仲淹有断齑划粥的故事，好像彼时之齑和如今也没本质性区别。江南弄咸菜喜用雪里蕻，也就是雪菜，口感咸而清秀，像谈吐有趣的白面书生，配毛豆、肉丝都是天作之合。在北京吃咸菜，似乎是芥菜疙瘩切的丝，与南方不同，还有朋友说正宗的得配辣椒油。

于我只能想象了。

私下以为，粥菜最伟大的成就，还属泡菜——当然不是韩剧版本。近年来这词泛滥，连带着一提泡菜就把满世界思维都往朝鲜半岛的辣白菜提，埋没了四川泡菜的伟大。我去重庆、成都，都见过朋友家的泡菜坛子，泡菜有些是滚水菜，比如莴笋等，一两天即可；久泡的深水菜如姜、蒜、萝卜，内涵丰富，味道百变千幻，深度不下于酿酒。泡菜坛子年份一久就成了百宝囊，泡菜是手到擒来，拿来泡鸡爪、猪耳朵都没问题。说来川菜本甜辣香麻，百味皆陈，但近年大家一律封个麻辣，其实是小看了川菜。泡菜亦然。好泡菜有自然发酵的独特味道，比酱菜口感鲜嫩，而其味道甜香酸辣，幽深蕴藉，是时间酿造之功，勾魂夺魄。只有一个小小障碍：四川泡菜口味重时常偏辣，能过这第一关的人少。有朋友吃了我带回江南的四川泡菜，除了辣，来不及寻思别的味道了。当然西南之辣本身也是佐粥妙方，贵州乡下晒的带子辣椒，用来下粥也正好。

说到底，四川泡菜和其他地方腌酱榨各类菜都有类似情况：味道醇而重，于是本地人认为天下无双，异乡人却可能吃不惯，甚至还有难闻好吃的情况。外国泡菜也有许多类似笑话，比如英国有老段子嘲笑俄罗斯人吃着酸黄瓜久了，自己就成了酸黄瓜。游戏《最终幻想 9》里，骑士斯坦纳吃了口林德布卢姆城的泡菜，仰天便倒，边痛苦边幸福地说，真刺激，但好吃。四川泡菜也类似于此：好与不好，都在那味道刺激上。只是拿来配粥，确实像千娇百媚的妖女搭上了白净厚道的书生，风情难描难画。

下粥的荤菜

袁枚说素菜用荤油烧，荤菜用素油烧，才能相济。我据此有个小推论：热粥热泡饭当配植物，如酱菜、萝卜干、泡菜、咸菜、毛豆，以温配清；凉粥凉泡饭当配肉食，以凉搭厚。当然，凉粥配红烧肉，就像青衫落拓的李寻欢撞上重口味肥婆，也别扭得紧。所以搭粥的肉食，也得肥而不腻才成。

张恨水以前写过鸭掌下粥，是学《红楼梦》里宝玉吃薛姨妈家那段，但唐鲁孙建议他还是火腿拌荠菜好。火腿和蒸腊肉都咸而紧致，有嚼头，切了丝确实下粥，配荠菜清鲜有味。梁实秋说过野鸡咸菜极佳，我没吃过，但凉的烧鸡切丝拿来搭咸菜，倒是试过的。白粥配暗色的烧鸡和咸菜，着实让人胃口大开。梅干菜扣肉配白饭是神作，但用来下粥，总嫌纨绔子弟肥厚膏粱了些，没那点紧致感。

重庆“老四川”有灯影牛肉丝，说当年《红岩》的故事里，叛徒甫志高为了买此物孝敬太太，被国民党捉了，坑害了不少志士。然而牛肉丝本身是无罪的。灯影牛肉丝有下粥的一切好处：纤细，耐嚼，而且味香而重，回味咸辣甜麻，如山间流水和姑娘心思，九曲十八弯。川中、贵州许多地方的香腌牛肉都有类似风骨，和其泡菜一样回味醇永。广东的烧腊下酒下饭几乎无敌天下，但用来下粥，我总不太惯。单论香浓，烧腊也许天下无双，但油色太足，用来焖煲仔饭自然可以浸润得郁郁菲菲，拿来下粥却嫌有些太浓厚了。

如是，用来下粥，熏肉熏鱼熏鸭子以至于风鸡风肉风干咸鱼，比卤肉烤肉酱肉都要好些。不是味道不及，只因粥究竟是寒士，所以下热粥的荤菜也应该是个黑瘦结实文章藏于内的松形鹤骨。若是文章锦绣才华洋溢满腹，还是适合配米饭搭酒。

江南普遍认为豆子是半荤，所以豆制品尤其是豆腐干，多用荤做法。我爸爸懒起来就小葱加盐拌个豆腐下粥，勤起来就烫干丝。汪曾祺说过，烫干丝和煮干丝是早年扬州泡茶馆的客套礼数。比如甲："今天请你煮个干子。"乙客气回道："烫个就行，烫个就行。"但一位扬州姑娘又告诉我说，如今她那里对烫干丝煮干丝分得不太明白了。我私人以为，煮干丝宜饭宜酒，烫干丝宜茶宜粥。我家习惯，豆腐干切丝，水烫一遍去豆腥味，然后麻油酱油拌之，味极香美。

我外婆以前俭省，爱把汤汁留用，比如做一次红烧鳝鱼，其汤浓稠不舍得扔，就连蒜头一起拿来拌干丝。鳝汁干丝下粥，于我而言，鲜花着锦，过于华丽了。

冰箱里拿出来的肉食，如冻鱼、冻肉等，都适合下热粥。

冰凉结实的冷美人，和白花花大气磅礴的热粥，一浓一淡，一凉一热，良配也；白粥空口喝固然有点淡，而火腿丝之类咸，没有热粥还真护送不下肚去。夏天嫌米饭热，常用凉粥凉泡饭度日，吃不到荤；冬天喝热粥温老照贫，就用得着凉荤菜了。比如，每年过年年夜饭，我妈除了下厨之外，总多买大堆凉菜热菜，烧鸡、白切牛肉、白切羊肉、熏鱼满一桌。一顿吃不完，冰箱里伺候。年初一到年初三，白天走亲访友大鱼大肉，回家只觉得自己的胃都被红烧了，懒于应事，全家人倒沙发上哼哼唧唧不想起身，于是热水泡一泡冷饭来吃，冰箱里端出冰凉的牛肉们来，胃口于是大开。白切牛肉和白切羊肉都是宜粥宜酒的东西，本身味道鲜明，妙在牛肉酥烂易撕碎，丝丝缕缕絮絮的，配泡饭吃极好；白切羊肉有脂膏凝冻，一见热粥就融，好像冰山美人被哄动了心，酥了半边，令人销魂。这两样东西一细密一酥融，配了热粥热泡饭，压倒所有大鱼大肉，是整个春节最清新可人的记忆。

当然，下粥最神做的还是肉松。本来肉松就是肉去了水分的产物，回归于粥与泡饭，真是如茶得水，神魂尽显。小时候拿大勺子挖肉松，周遭蘸粥汤湿身后吃来，外柔内酥，端的销魂。在广东吃过一次鱼松，惊鸿一瞥，相见恨晚，只是在上海所见不多，反而是吃“赛百味”里的三明治时能见识到。在北京吃菜包（菜叶包炒饭及酱）大快朵颐时，听朋友轻描淡写说以前民国时富豪惯吃菜叶包鸽子松。在广州，听说香港有楼专卖鸽子松作看家法宝，用来下艇仔粥。可见只要可怜的鸽子落到人手里，美食南北皆同。

凉　菜

老舍《二马》里写老马在伦敦，请房东太太做饭，老太太递来牛肉和热茶，老马看牛肉是冷的就皱眉。此处很见中国人对凉菜的看法：凉菜固然好，但下饭还得就点热的——当然，如果跟英国人扯这个，不免鸡同鸭讲。话说江南市井人家，凉菜惯例是下酒和粥的，拿凉菜下白米饭的也有，少。凉菜范围极大，兼容并包。热菜如果是讲火候算质感的名门正宗，凉菜就是野趣横逸、巧笑倩兮的游侠了。大荤大素，甚至热带水果摆做冷盘，也能算凉菜——《水浒》《金瓶梅》里，以元明口风说宋朝，都有摆下果子按酒之类，可见此风已久。汪曾祺写某位姓季画家作画时，喝花雕吃水果，简直可以算作风雅。

凉菜虽然包罗万象，但也有避忌：凉菜忌厚腻臃肥。比如猪头肉或大蹄髈，红烧酥烂，极为下饭。但若冷了来做凉菜，恶心得死人。猪肉做凉菜的也有，例如蒜泥白肉。好蒜泥白

肉 要切得飞薄，二要肉得煮成韧而耐嚼的“白肉”，够清淡，配上刺激鲜活的蒜泥，才撩拨得人心乱。由此推导，其实可以得出凉菜的许多必需特质：凉是必需的，剩下则口感务须清脆，滋味务须清妙——所以凉菜制作，很容易简化成“好口感材质＋曼妙滋味”的组合。

比如，《红楼梦》里，贾宝玉大家贵胄，就爱吃薛姨妈家腌制的鹅掌鸭信下酒。鹅掌鸭信和广东人擅长的白云猪手其实有异曲同工之妙：皮肉不多，筋韧多胶，耐嚼好啃，最重要的是费工夫。吃鹅掌的高手自然可以像专业处理机器，一个鹅掌进嘴，须臾间吐出井然有序的骨头，但大多数人吃鹅掌不像吃鹅脯肉，狼吞虎咽，而是细嚼慢品，敲骨吸髓，咂摸那味道。李碧华说鸭脖之类最是活动多而筋肉细腻，其入味也透，耐嚼好吃，白云猪手亦然。好的白云猪手处理起来不易，冷热冲激，才能做得酸中带甜，皮肉爽脆，而且吃几份也不会吃到满嘴流油，不妨胃口。

说到腌肉，镇江人的肴肉是腌凉菜里的神品。我的镇江朋友都爱肴肉配醋与姜丝，赞说凉酥韧清，尤其是胶冻好，远胜过白切羊肉的脂膏。民国时镇江人吃肴肉，犹如云南人吃火腿，都可以拿来佐茶与酒，带骨精肴肉是所谓“天灯棒”，有头脸人士可以摆谱用。据说镇江人以前性喜用脆鳝夹碎来下面，我见得不多，无锡人倒是爱拿脆鳝当凉菜下酒，只是经常做得过甜，除了口感有些像鳝，吃不出鳝味来了。

腌凉菜当然不只是肉，还顺便给许多植物赋予了灵魂。江南以前民风淳朴，腌萝卜干和盐水花生是两大法宝。老一辈人常开玩笑说，之所以我们这代孩子认识植物不够多，是因为没有满田头挖菜来腌的“挖地雷”精神。江南的百搭凉菜魂，是为咸菜。上海近几年很流行用四川泡菜和花生做开胃凉菜，好泡菜有自然发酵的独特味道，比酱菜口感鲜嫩，而其味道甜香酸辣，幽深蕴藉是时间酿造之功，勾魂夺魄。

当然，腌制好凉菜需要日积月累，若要简单也有，比如蒜泥白肉的做法，所谓“拌”是也。北方人爽直，凉菜亦然。山东大汉大到猪皮冻、凉拌黄瓜、藕盒，小到一截葱，都可以吃得生龙活虎清脆明快。化腐朽为神奇的乃是酱，北方的酱端的神奇，食物一沾立刻点石成金，再配点葱蒜，如虎添翼。江南比较婉约，比较偷懒的摆碟法，是松花蛋切花瓣状，旁放一碟酱油蘸食。上海人爱吃的白切鸡，也是淡白无料的鸡上桌，搭配细心斟酌的调料。以前谭家菜认为，好的白切鸡要用嫩鸡肉，使开水烫熟，如此才能清润。拌蔬菜比腌蔬菜更显清鲜，但也费工夫。西方人吃沙拉酱，折腾蔬菜沙拉固然家常便饭，江南人拌个香菜、莴苣，都要自己细调配料，一如好厨艺的广东人往往自己秘制酱油，他人染指不得。四川的名菜夫妻肺片，乃是拌凉菜的巅峰之作。朋友跟我说此物本来叫“夫妻废片”，废片者，没人爱吃的牛头皮是也。此说不知真假，但诸般调料一就和，就韧脆酥烂、口感变幻多端起来，加上调味，辣中自带百味的婉妙。此菜算是把川菜善于用各种配料调味勾兑食材的能力，发挥到炉火纯青了。

另有一些凉菜，是先做熟了搁着，待要吃时再对付。《红楼梦》里著名的茄鲞疑似如此。鲞者咸鱼也，苏州人也确实有用咸鱼做凉菜下酒的。唐鲁孙说过去北京人过年无暇下厨，就事先做些菜备着。著名的有十香菜，据说是十多种蔬菜炒罢，到客人来时当粥菜吃。江南人要吃牛肉，八成也是这般对付：熟食店的牛肉多是白切牛肉，下若干味大料煮到酥烂，吃来一片片指尖拈着，也不会油了手。如果从开胃角度讲，陕西的凉菜很妙，不少都是炝罢凉透上桌，常加山陕人酷爱的酸，清爽嫩脆，开胃解腻，最是地道。

馒头、包子和汤包

我家乡吴语里，馒头与包子名字混用，包子和汤包也不加区别，因此有人去菜市场吆喝一嗓子让他“带点馒头／包子回来”，结果常牛头不对马嘴。后来大略共识如下：蓬松白软无馅的是馒头，蓬松发酵有馅的是包子，基本不发酵皮薄有汤的叫汤包。我家乡多小笼包，所以经常也混叫作小笼馒头、小笼包子、小笼汤包之类，简称汤包。直到后来见识了浙江某些地方一个就装满一盘子的汤包，才觉得世界之大，一时令我词穷。《围城》里说方鸿渐不知道副教授还分等级，一如英国约翰生博士不屑分别臭虫和跳蚤——这感觉多少体会到了。

在我看来，馒头、包子系列分为有馅无馅。无馅为馒头，有馅则分干馅和汤馅，前者为包子，后者为汤包，大致如此。当然这是私人定义，也经不起学术性推敲。《三国演义》说诸葛亮平了南蛮班师，鬼魂们拦着泸水不让走，非要拿四十九颗人头来祭，有点土匪路霸的意思。丞相上知天文下明地理，发明个木牛流马十矢连弩都是翻手之间，何况区区妖鬼？随便拿点面团中藏着牛羊猪肉，再写篇祭文，就把鬼们哄走。大概鬼们也比较现实：血淋淋一颗生人头哪有面里裹了肉馅好吃？但此物在《三国演义》中叫作“馒头”，则馒头多半是有馅的才是吧。

为表分别，下面所说的馒头只好尊个“白”字，叫它白馒头了。

白馒头是很大众的吃食，平淡无个性，士大夫一般不屑吃，陈列席上当个点心，或者贩夫走卒充饥。有人考证说武大郎炊饼就是白馒头，如此看来倒与他性情相仿。白馒头比上不足比下有余，毕竟是主食，而且因其白净，算是主食中的上品。老年代电影里常有纨绔子弟不屑吃白馒头，苦难年代过来的老人家便痛心疾首，以为此子忘本，通常质问：“白馒头还不好吃？那你要吃啥？当年我们啃窝头的时候……”可见白馒头和白米饭是主食中的极品，一般地位比饽饽、窝头高得多。

白馒头乍吃无味，闻来有面粉香气，细嚼有丝丝甜味，是淀粉转化为麦芽糖的功效，所以虽然淡了，并不难吃。好白馒头口感松软筋道，只要有碗好汤蘸吃，立刻脱胎换骨。《围城》里方鸿渐见了风肉，主张拿来夹馒头吃，是为本土三明治。其实馒头何止夹风肉好吃？夹咸菜、夹大蒜、夹各种味道生猛犀利的吃食，都能给你春风化雨地吸纳了去；蘸菜汤、蘸辣酱，也是百搭。最妙的搭配是在北京吃过白馒头夹京酱肉丝，真是以柔克刚、白厚甜软包容掉霸道浓香的绝妙搭配。

包子给人的感觉偏北方饮食，发好的面裹着非汤料的馅，吃的是包子的暄软和馅的香甜。我家乡做肉包子的大多吝啬，咬一口觉得离馅还有十里远，咬第二口发现馅已进肚，大概肉包子和白馒头的区别是心中有一颗石榴米大小的肉，所以我从小对肉包子印象不佳。正宗天津狗不理名气极大，身在江南的我也晓得。据说狗吃了热食之后听响声脑子疼，所以见热则避，狗不理做得奇烫，狗们于是无处下嘴，是谓“狗不理”。照此想来，应该味道不差：刚出屉的包子之所以有吸引力，就在于其热，热包子外皮温软，内核正郁郁菲菲散香，如果搁凉了就扫兴了。

在北京、山东各吃过几次包子，比南方确实厉害得多。面发得好有嚼劲不提，馅也用心，荤素馅搭配出无数华丽组合。在北京马甸桥吃过一次韭菜鸡蛋油条馅包子，在西直门外吃过一个香菇青菜木耳粉丝馅，都是层次分明、你方唱罢我登场的庞杂口感。又因为蒸得热，一股油香硬生生被逼出来，风味独具，当时只恨手边少碗粥，不然就是绝配。在山东时，吃了一个菜肉包，才扭转了我对肉包子的恐惧。嫩白菜帮儿、蒜、酱香、姜末、猪肉、香菜，一派响响朗朗的鲜香，加上山东好汉面皮天下一绝，配了当时席上紫菜虾米汤，让人停不下勺。

张爱玲《封锁》里，男主角绕巷尾去买菠菜包子，心里怨恨太太不体谅他，多绕弯路。其实这太太倒深明饮食之道：这样别致的风味，总得去角落里找。菠菜柔滑多汁，做包子馅，味道想必不错。在海宁时吃过一次梅菜扣肉包，觉得创意甚佳：

梅菜扣肉油重香浓，做包子馅很好。可惜此包做得不得其法，吃完之后有点男女主角刚开始接吻就一转镜头，翌日二人一起吃早餐的不过瘾感。

我对汤包的爱好，只局限于小笼汤包。摆满一大盘子上插吸管的大包子，余华《兄弟》里出现过，总有点接受不了。汤包毕竟是包，只吸汤不吃包未免不自然。我喜爱的家乡汤包皮薄汤浓，和所有无锡菜一样有甜酱香，咬开个口吸汤、吃肉、嚼面皮，一起下肚。如果有好醋来蘸，更是一绝。北方人说包子有肉不在褶上，其实汤包的褶子处很是好吃，比起其他那些薄如蝉翼吹弹即破的皮，褶子处汤包皮总是最筋道最韧，配汤汁、肉馅与好醋一起吃下，舌头上一片囫囵吞枣的华丽。

吃汤包是件考较功力的事。初吃的人很容易烫到唇舌，熟练的老先生们吃汤包像唱戏，悠然自得的潇洒。蘸醋、轻提慢移、开窗、电光火石间就得吸汤、吞馅、下肚，完全是技术活，简直像条处理汤包的机器流水线。只是我吃了二十几年汤包，还是时常把握不住味道——汁太烫，囫囵下肚，来不及细品。老掌故说北京人爱吃玉华台的淮城汤包，上来一碟就是两层皮，可见皮之薄汤之浓汤包之精巧，想来这种汤包吃来更是不及细嚼了。所以吃汤包有点像一见钟情：只来得及惊鸿一瞥伊的绝世容颜，来不及细看一眼，就吧唧吧唧地爱上了。

白面书生＋风情御姐＋活泼少女＝腌笃鲜

中国读书人善格物致知，到处派发脸谱，饮食里也要分君子淑女，有时极见迂腐。李渔写蔬菜，就说笋为最上，菌菇类次之，蒜韭之类重味等而下之。赵翼更过分点，说吃了葱蒜的人出汗臭如马牛粪，好像他老人家一辈子餐风饮露不吃臭豆腐。杜甫稍微包容点，但也强调韭菜要吃“夜雨剪春韭”。总之，在读书人的概念里蔬菜分等级。韭葱等的意见另说，但把笋奉为上上至美倒是个共识。苏轼跑去黄州，一见绕山皆竹，大喜，到处写信吹嘘，于是便有了“无肉令人瘦，无竹令人俗。若要不瘦又不俗，餐餐笋烧肉”——到处见有人说是苏轼写的，未考。劳动人民喜欢苏大胡子，喜欢拿各种事去攀附他，所以可能是假的，可苏大胡子在黄州时确实让笋和猪肉变得很有名。

这就说到笋烧肉，猪肉本来有失膏腴，读书人除了苏轼之类放逸辈，不好意思说喜欢。但配了笋，就一下子上台面了。袁枚说荤菜用素油，素菜用荤油，类似的道理。笋烧肉的极度改良，是江南的腌笃鲜，品格疑似又高了一层。

每年春天，江南人便爱做这菜。一是江南人对春天敏感——吃了一冬的红烧蹄髈之类，闷得脑满肠肥，油脂如大衣裹满身躯，亟待些清爽的，于是见了鲜笋就两眼放光；二是此物荤素连汤皆备，随便加个凉菜就够一大家人下饭了；三是这东西做起来不难，猪肉咸肉洗净，大火烧开，加点儿酒提香，慢火焖，加笋，开着锅盖等。手艺好的阿姨自有诸般火候控制，手艺没把握些的如我就可以盐都不放，按时放肉放笋焖就罢了。

无锡和上海话，腌笃鲜的读法都类似英文“e-doll-see”。“笃”略等于炖。这菜比寻常排骨炖笋多出来的主要是个“腌”，也就是咸肉。我以前和我外婆感叹，腌鱼腌肉真是加料添味的好手段，我外婆一语喝破：“有新鲜的吃谁还吃腌的？”风肉腊肉腌肉火腿等其实都是不得已而为之，靠盐来脱水去菌，但把它们用到菜里确实创意非凡。火腿一向被当作配料借味菜，取盐与猪肉在岁月中联合运作出来的醇浓的鲜。咸肉也类似。本来排骨炖笋好在清鲜，但终究淡薄，总得加味精与盐，但是加了咸肉，像新酒兑陈酒，一下子多层次多变化了。咸肉是一锅腌笃鲜的魂灵所在，汤白不白厚不厚，味道鲜不鲜醇不醇，都是它在左右。

当然，笋也紧要得很。咸肉风情万种，但也得春笋的清鲜来激发。好的春笋被白居易比作姑娘的手指，暧昧至极。我个人最爱的笋的段落，是张岱《陶庵梦忆》：

天镜园浴凫堂，高槐深竹，樾暗千层，坐对兰荡，一泓漾之，水木明瑟，鱼鸟藻荇，类若乘空。余读书其中，扑面临头，受用一绿，幽窗开卷，字俱碧鲜。每岁春老，破塘笋必道此。轻舠飞出，牙人择顶大笋一株掷水面，呼园中人曰："捞笋！"鼓枻飞去。园丁划小舟拾之，形如象牙，白如雪，嫩如花藕，甜如蔗霜。煮食之，无可名言，但有惭愧。

笋白嫩甜美自不待言，但是看着更舒服的是"捞笋"这一呼。以前我外婆在菜市场巡视，那菜市场夹河而设，中间有许多老式运输用驳船来往——无锡人所谓"船上人家"是也。总有熟悉我外婆的船家喊一嗓子，然后抛些笋、咸肉、土豆给她。我外婆后来练得空手入白刃般，大到鲤鱼小到荸荠，都接得住。

如李渔所论，笋好比君子，是个清白鲜活的书生。这样一个书生加了咸与鲜这一熟女一少女的搭配，水乳交融，各自清鲜甜醇地勾搭出来，简直像《青蛇》里许仙被妩媚成熟的白素珍和青涩活泼的小青围攻。如此复杂妖柔的风情，真是"无可名言，但有惭愧"了。

馄饨、云吞和抄手

《水浒》里宋江误上贼船，被张横问“吃板刀面还是吃馄饨”。张横服务态度好，还细加解释：板刀面就是挨刀子，馄饨就是自家跳水省了老爷一刀。虽有些黑色幽默，但确实生动如绘。

馄饨依字辨形，和“混沌”相关。宋时说冬至吃馄饨，大概是因为这馄饨劲合了什么开天辟地宇宙洪荒的意思。后世北方又所谓“冬至饺子夏至面”，想来馄饨和饺子系出一门，不小心分裂经营了。广东话“云吞”读音与江浙“馄饨”发音类似，而四川所谓“抄手”明摆着就是馄饨。

所以馄饨、云吞、抄手，大略算一物，各地叫法不同而已。但又因为分处各地，多了些许区别——好像同胞兄弟三个，分居三地，日积月累，容貌肤色身段也就有区别了。

当然，广东云吞、四川抄手与江浙馄饨可以攀亲戚，和北方饺子却是大大不同。饺子皮圆而厚，馅料鼓饱，捏边包裹，水煮完乍看白胖贼秃一个，一咬开香味郁郁菲菲。北方人所谓原汤化原食，饺子汤是带点面粉香的白水。嘴精刁些的子弟，吃饺子得找好醋就着。馄饨皮方而薄，折叠裹馅，姿容秀雅，煮时常用汤，一起锅身段婀娜，俨然出浴美人，吃时不离汤水。

馄饨比饺子皮薄，馅料花样也细气些。饺子肚里说学逗唱五花八门，馄饨就兰心蕙质书香门第得多。老年代有馄饨挑子，一头放馄饨和原汤，一头放煮水的铜锅与炉灶，流动贩卖。我长大后，这样的卖馄饨老师傅见得少了。印象里当年老师傅们的馄饨都是亲手制，所以味道又比店里的好一些。江浙一带老店铺，大多逃不出猪肉、榨菜、虾、蔬菜、葱姜这几样的排列组合。猪肉膏腴，虾肉清滑，蔬菜、榨菜丁加点丝缕颗粒的细密口感，煮熟后隔着半透明的皮，呼之欲出，要的是个口感浑成又紧致。民国时马连良府上吃夜宵，有著名的鸭肉馄饨，大概取鸭肉紧密鲜实吧。广东云吞馅有用整颗虾球的，加猪腿肉剁细作陪衬，使虾球这白净净的书生有点儿金缕衣的烂漫，咬下去弹牙清润。当然，鱼干、芹菜、干贝、韭菜，都可以酌加。近年来各种馄饨店馅料百变，干贝、香菇、腊肉、咸肉、栗子等纷纷登场，很有广式云吞的大胆。四川抄手的馅小巧精细些：我见得多的一种代表馅料是猪肉切得蓬松，做成细嫩的水打馅，自有小家碧玉的动人。话说发明过云林鹅的倪瓒也爱馄饨，他说过一种馄饨馅，是肉臊子“入笋米或茭白、韭菜、藤花皆可，以川椒杏仁酱少许和匀裹”。肉加笋，以酱调味，可见古往今来，猪肉总是最受欢迎的馄饨馅。

佛要金装，妙在人衣搭配。江浙馄饨的皮子常略厚一些，如果赶上菜肉大馄饨，皮厚可以直追饺子。江浙馄饨不像饺子捏边，需要折叠，真有婆婆看媳妇包馄饨折得不好便开口训人的。江浙馄饨好的用鸡汤、骨头汤，苏锡之类另加蛋皮丝、干丝。以汤沐皮，不脱面食本色。好汤煮得皮鲜，一口下去，馅鲜皮润汤浓交相辉映，各得其所。袁枚认为馄饨不宜大，该下鸡汤，江南淮扬大多如此，所以江浙馄饨连馅带皮和汤，五味俱全，比较像正襟危坐的主食。广东云吞和四川抄手，有一点是类似的：论汤与皮，比江浙谨细得多，而且为了口感好，都爱在馄饨皮里打鸡蛋。《金瓶梅》里西门庆叫拿肉鲊拆上几丝鸡肉，加上酸笋韭菜做碗馄饨汤，这般用心，在广东却遍地皆是。广东云吞皮极薄，和福建小馄饨类似，有美人肌肤吹弹可破的风度。所以云吞上桌，活脱脱就是一颗圆馅裹一层白裙。广东云吞的汤，我吃过最好的是大地鱼熬，香浓清美。鲜汤薄皮，薄如片纸，所以云吞的汤与皮经常呈波光粼粼流动状，馅反而像定海神铁，沉着不动。吃虾馅云吞，被虾馅在口里弹牙跳舌一番，皮与汤一起落花流水下肚去也，才明白何谓“喝馄饨”。只是广东云吞似乎不像江浙包馄饨那么折叠弯卷，速速裹好便罢，所以有时像是馅加少了的蒸饺。四川抄手的皮薄不下广东云吞，传统的龙抄手创始时就强调面粉兑鸡蛋，于是面皮嚼头十足，汤底酱料则花样更多，可以清汤可以红油，个性从容得多。龙抄手小巧得很，通常不够劲弹饱满，香软倍增。吃抄手好在流畅顺滑，馅软而鲜，而且以抄手比起广东云吞和江浙馄饨，更像是小吃。

因此，吃江浙馄饨，可以选在冬天的午饭点，在店里等到一大碗浮沉不定的馄饨上来，夹个丰满的咬开，鲜汤干丝浇着虾肉并陈的馅一起下肚，如《骆驼祥子》里所谓“一道热线直通肚腹”。吃广东云吞，好在夏天的傍晚，茶餐厅点上一碗，让口腔先被半流动的汤与皮抚过一遭，再承受几下虾的鲜与弹。吃四川抄手，好在秋天清寒午夜，街头要一碗，汤里加几点红油，然后齿关间飞速地闪过细软的皮、入口即化的馅，以及迅速将以上一切融蚀的高汤。

猪肉颂

中国人对动物，一向欺软怕硬。熊虎威武，于是比之于上将；猪羊听话，就可怜被磨刀霍霍。猪的形象，被天蓬元帅八戒一托生，就此奠定。贪吃务得，好色轻浮。其实猪既易饲养，又很听话，若没它舍身相助，千年来的饮食结构不知从何谈起。所以我们人类对猪，真是有些忘恩负义。

猪曾经风光过：古人太庙祭祀，猪总是少不了的，后来民间结拜兄弟，也要拿个猪头放着，也许因为猪头比人更通上天智慧？但是一过了贫寒期，士大夫纷纷把猪抛弃，中医咬文嚼字，以为“凡肉有补，惟猪肉无补”，认为猪肉全是反面作用，无非生痰虚气。可是有力气在那里翻医书的诸位，都是饱暖无虞的。市井小民还来不及调和五脏阴阳，先满足口腹之欲吧——所以猪肉惠及民间，人见人爱。

苏轼在黄州写猪肉，“贵人不肯吃，贫人不解煮”，这大概是猪肉的症结所在。贵人不肯吃前头言过，贫人不解煮才是关键。鸿门宴樊哙在项羽面前大吃生猪肘子，常人见之要惊倒了。传说中的仙人或显贵，偶尔吃吃孔雀舌之类清贵食品，却少见吃猪肉的，因为是平民的材料。猪本身因为脂肪厚的缘故，有腥臭味。西方人中即使是非伊斯兰教徒也不爱吃猪肉，大概就在于此。

有名的德国咸猪手，盐渗得重，味入得深，一方面选料极精，一方面尽量加盐，仿佛不如此无法遮盖猪肉的本来面目，如果贴骨的肉也咸香结实，那就算合格。除此之外，西方吃猪肉，最爱的是培根，也就是烟肉。此肉如今有名，大有喧宾夺主，压倒大贤弗朗西斯 · 培根的意思。烟肉是加盐腌制，迎风挂干，加糖与香料，中加烟熏。做法繁杂精细，胜过酿酒。所以好烟肉煎出来咸香适口，显然如此处理过的东西，叫猪妈妈来认也绝认不出了。

西班牙人做火腿有名，比起烟肉来多少手下留情，没有把猪肉们烟熏妆到面目全非，但品其手续，还是离不了盐腌风干一流。不过据说西班牙人做火腿选猪如选美，身材肥瘦、肉质都讲究，所以风干完了，可以油煎，也能生吃，很合鸿门宴的格调。

话说回来，我国对付猪肉，就厉害得多。云南、浙江的火腿天下知名，照例粗盐揉过，挂起风干，鲜红结实。传说浙江制腿，还懂得用条狗腿挂在其间，以取其鲜味。只是我国火腿大多用来做借味菜，比如火腿拌芥菜，是民国时世家公子们喝粥的陪衬，类似于《红楼梦》里野鸡拌咸菜。真当主菜，大概就是蜜蒸火方之类。

除了火腿，中国百姓对付猪肉别有绝技。苏轼说“贫者不解煮”其实小看了人民的智慧。《水浒传》中，鲁达去找镇关西的茬儿，一张嘴就是肥肉臊子、瘦肉臊子、寸金软骨，镇关西也很体贴地说，“瘦肉臊子回去包馄饨，肥肉臊子何用”，虽然《水浒传》是写元明际生活，但按《梦粱录》记，“杭城内外，肉铺不知凡几”，而且已经有臊子肉之类名目，可见宋时市民百姓很知道开发猪肉的用途。《金瓶梅》里，宋惠莲将一条硬柴来煮猪肉，煮得皮化肉烂，然后猛加葱姜作料，请太太们蘸食。这做法很靠火功，入口即化、酥烂香融。可见猪肉也听话，好比八戒见了美女妖精：要怎么处置，就怎么处置。同样是要用到蒜和水煮，有名的下酒菜蒜泥白肉就很平民。我有东北朋友、四川朋友、山东朋友纷纷声称蒜泥白肉是他们本地菜，他们的说法也不尽相同。同样是水煮后蘸上华丽配料，有的说是高火急煮，再用凉水激过，取其冷韧；有的说是慢火煮至酥烂，沥水后切片来吃，风骨大不相同。说到底同样一份片肉细薄的蒜泥白肉，可以演化出冷韧清脆，爽嫩柔滑、酥烂利口等多种特点，实在听话。

白煮之外，猪肉的其他套路有大同小异处。上海做腌笃鲜，是鲜猪肉、咸肉与笋一起白煮，取笋与咸肉之香，企图把猪肉衬托成翩翩佳公子；湖南红烧肉，煸干后加辣椒，炽焰焦红，香辣霸道夺人之魂。浙江、广东、福建、四川都有扣肉（四川曰烧白），说来无非一个字：蒸。水汽氤氲，肉融脂化，浙江再加梅干菜，与肉的油脂相得益彰，终于达成完美化学反应，入口即化，甜香酥软。苏式红烧肉就是多水纯炖慢熬，一如苏轼说东坡肉的诀窍：“待他自熟莫催他，火候足时他自美。”

最后一总结，其实中外对付猪肉，大抵两招。一是风干盐腌，一是水煮夺味。如其他炒、煎、炸法，也是重味大料，绝少平淡的。大概猪肉原味，并不好吃，但性格随和，宽厚肥硕，也就任你随意摆布了。我那位声称蒜泥白肉是川菜的四川朋友，还说过一猪多吃之法：猪皮用来炸成脆皮（类似于烤乳猪），猪肉煮完，一半用来做蒜泥白肉，一半回锅就成了回锅肉。真所谓“猪的全身都是宝”，上下都要利用到，这么“超度”一头猪也算是不浪费一星半点了，虽然猪自己未必喜欢这样。如是，猪肉未必登大雅富贵之堂，但为小民百姓所喜，为它发明了如此之多的吃法：如此随意摆布、脂厚香浓，而又能满足人类对热量那原始热情的好东西，谁不爱呢？

点石成金酱

巴尔扎克写女佣拿侬猜测贵公子："他们是只舔酱不吃面包吗？"类似的笑话，鲁迅说农妇猜皇帝过日子："不做农活，在床上睡着就有太监拿柿饼来。"显然在淳朴劳动人民心中，舔酱不吃饼，乃是奢侈罪过。其实酱之为物，本来就是完美配角。偶尔单吃酱是为炫富，以酱为主食，就是不知味了。

中国古来重酱。肉酱是为醢，单吃、配菜皆可。当然醢这东西偏贵族化，而且只是将肉半液体化，是为物理作用，没产生化学反应。中国制酱的精神博大精深，远不只是刀工切肉。辽北山东，黄豆、芝麻、面都可以拿来做酱。一晒二腌，又不知几许神机妙算、百炼成钢，才晒出一缸香浓好酱。据朋友说芝麻酱制作现场甚为隆重，香气稠浓得像半固体。东北和韩国有一点相似：都将制酱当作一年大事。媳妇过门要考较的手艺，婆婆下厨要炫耀的把式，都在那一缸醇浓幽深的酱里。

中国北方食物，大多讲究筋骨利落，结构清晰，而将这些躯干筋骨绵连一气，赋予灵魂的，通常是酱。先说北方人做面食，不像淮扬两广，用汤周到。所以北方调味要刚猛飒利，全在一个酱。武汉的热干面，香油与芝麻酱水乳交融，活色生香；北京人做炸酱面，菜码与面条口感碎密，全仗好黄豆酱或甜面酱来维持那若有若无的黏滑；正牌山东大汉，大巧不工一张烙饼，一点儿甜面酱一把葱，生龙活虎，也能吃得鲜亮明脆；至于北京入冬涮锅子，白水涮得羊肉片片柔嫩，不来点芝麻酱或蒜泥，非草原部落的汉子，恐怕都吃不下去；吃北京烤鸭，荷叶包之软滑，葱之青翠，烤鸭之油香，最后还需要甜面酱来加以说合，然后才能唇齿相依，组成华丽联盟。因此，酱是完美的衔接物：有了酱这活色生香、五彩斑斓的东西，再平淡无奇的食品，也能让你的味蕾心花怒放；再生猛犀锐的吃食，都能在口中帖服顺滑，一溜下肚。

面酱、黄豆酱、芝麻酱和豆瓣酱这些传统宝贝，天知道上古先民如何智慧，发现这几样易学易做、老少咸宜的好东西。当然好面酱、好黄豆和好芝麻也难得。清末宦官有所谓“宫酱”，是极品甜面酱，系采取清室祭天用的上品饽饽所制，颇为名贵。当然，好酱也不必总如此大巧不工、醇厚单一。唐鲁孙曾自夸新法炸酱面，虾米加鸡蛋，或黄鱼加虾油渣加猪油渣然后焖烧浇面。究其原理，都是将鲜滑好吃的器物，好比太上老君八卦炉炼齐天大圣一般，硬生生焖至绵软滑腻听话状，然后品其鲜美。

这就是酱的最美妙处：犹如风清扬教令狐冲，无招胜有招，任何招式，随手化将进去即可。法语所谓 Pâté，原理类似于我国的醢，但花样繁多，不负法兰西大餐之名：大致是肉、蔬菜、动物内脏、香草、调味料，浑为一气，最后泥合成酱。最有名的 Pâté，众所周知是法国菜镇山之宝鹅肝酱。虽然道貌岸然的营养学家痛心疾首，认为此物不合现代健康饮食，但也吓不倒前赴后继的老饕与佳人。只是鹅肝酱过于公主气了，明明是涂抹酱，却得特烤面包和极品阿尔萨斯葡萄酒来配，实在有些喧宾夺主。

荷兰、德国到奥地利中欧诸国，也爱用动物肝脏做酱。话说北京人喝炒肝，肥为肝，瘦为肠，所以说老北京风俗，喝炒肝前都得叮嘱卖家“肥着点”或“瘦着点”，好合口味。欧洲人也偏爱着这点“肥”，无论鸡肝猪肝鹅肝，入口时总有那份黯然销魂的酥滑柔软。德国人吃香肠，爱用软鹅肝酱涂抹。虽然这样吃来荤上加油，少了点面包配鹅肝酱加葡萄酒的清晰层次感，但德国人吃惯重油，也不在乎。瑞典人为首的斯堪的纳维亚爱做烤酱，猪油加猪肝一气烤成糊酱，用来下面包，若让每次献完血去喝黄酒还唯恐猪肝炒硬了的许三观见了，不知会吞几许馋涎。越往东靠，酱的套路越多，到了波兰，鱼、鹿肉、火腿、猪肉、鸡蛋、面粉，真是从心所欲，无物不可为酱了。

俄罗斯茫茫大地，新鲜食品不太易得，所以和我国北方一样，视酱尤其是肉酱如命。俄罗斯人不及法国人精雕细琢，但豪迈过之。肝脏与肉并重，而且不惜血本，经常会加些油炸洋葱、各类香料，然后封存若干季，有如我国之制火腿。

冰天雪地封存其味，出来后如美酒出窖，不觉深远了。

传奇的鹰嘴豆泥酱 hummus，大概是最神秘的酱之一。鹰嘴豆泥加中东芝麻酱，外加橄榄油、柠檬汁、盐、蒜等制成。这词直到 1955 年才被引入英文。柠檬汁、橄榄油、芝麻酱、鹰嘴豆泥，天南海北，难得相聚。最古老的传说，十二世纪萨拉丁就品过此物。可见确实稀有：非得萨拉丁这样纵横欧亚，让十字军闻之战栗的人物，才配连接起这东西。

其实酱之美妙，就在于这点糅杂混合、无所不能。美洲、印度、香料群岛，每一次地理大开拓，新的原料就加入了酱的配方，多出若干可能，只有靠矩阵计算才能辨其大概。每一种酱，无论是北京甜面酱，还是法国鹅肝酱，都是在一口之间，靠时光之远与工匠之巧，将那份原料的灵魂收束其间。因此，理论上来说，每一片面包上所覆盖的酱，都是这世上美食的精华之所聚。

百变千幻吃豆腐

钱锺书说方鸿渐本乡出名的行业是打铁、抬轿子、磨豆腐，所以当地人如“豆腐的淡而无味”。众所周知，钱先生和他笔下的方鸿渐都是无锡人，所以豆腐似的淡而无味，大概就指我本乡无锡人了。

无锡人擅做豆腐，大概不假。我小时候常听大人如此行业分类：譬如卖手表的必来自上海，卖生姜的常是山东人，卖扇子的苏州人居多。说起豆腐，就大方承认是无锡人自己。菜市场木板上一方方摆满豆腐的摊位之后，一张口都是当地话，交流既捷，手脚又麻利。

说豆腐淡而无味，我不知道是褒是贬。邪恶点说，豆腐嫩白软细，像掐得出水来的小娘子，所以“吃豆腐”这词有淫亵味道，也可以理解。往形而上学的方向琢磨，豆腐端方白净温淡，有古君子之风，又比较便宜，所以适合读书人清寒素节的调子。当然，软绵绵好欺负也是真的。反正豆腐是穷读书人和平头百姓的至爱，从品格到味道都很符合。鱼生火，肉生痰，白菜豆腐保平安。

做人如果像豆腐，平淡无害，但容易挨欺负，是叫天不应叫地不灵的可怜君子；做食材像豆腐，就妙得多，本来，要吃下肚的东西，还讲啥人权，重要的是好收拾好调理。豆腐、米饭、面，都是一张白纸，任君调弄。可是米和面远没豆腐好对付。冰火交加、甜辣俱下，也只有豆腐百变千幻的好摆弄。

豆腐偏素，凉而清寒，所以跟萝卜、白菜似的，可以借重荤而不显油腻。红烧肉有老人嫌腻，红烧豆腐就没人厌了。麻婆豆腐是重味配豆腐的神品之作，朋友考证说是同治中才有此物，最初并无豆瓣酱，但是下锅辣椒粉、出锅花椒粉，外加四川特产小叶蒜苗是有的，据说最初创此菜的陈麻婆主要目的，在于味重麻辣，好让吃饭的挑夫多下几碗饭吃。以我所见，麻婆豆腐麻辣烫香，重味云集，也只有豆腐温白亲切，可以承当这些。大概其他热菜以豆腐为主料的，都是这个路数：对着白净温柔的豆腐一通浓妆，浓墨重彩，化得她云山雾罩认不出来。一落口，重重麻辣交织，才发现：咦，这么香辣撩人的妖媚外表下，藏着这么个温柔姑娘哩。

豆腐好调弄，不只是可以挨无数飞流直下的重味不动声色，还在于被四处拉郎配。客家菜里酿豆腐，把豆腐搅完了去包丸子，这干戈不算大，但质地变化之华丽，真是上穷碧落下黄泉。老一点儿的是老豆腐，《骆驼祥子》里出现过：醋、酱油、花椒油、韭菜末，热豆腐一烫，加辣椒油，把祥子一条命直接催活。嫩一点儿是豆腐脑，江南有地方叫豆花。我小时候的吃法，豆花配榨菜、木耳、虾皮、酱、香菜末，拿来当早餐喝，其嫩如蒸鸡蛋。后来入了川，看见那里的豆花鸡，惊觉豆花还能这么固态？后来去了岭南，见了一次甜豆花，完全幻灭了，有点发现家里荆钗娇妻摇身变成交际花的感觉。老豆腐和豆花远看有类似处，但口感大不同，熟女和小姑娘的区别。

豆腐到豆腐脑这一线，嫩基本已到极限，再要柔化就只好变豆浆了。可是往固态方向，还有变招。江南人把豆腐一压一炸，就是生腐。徽菜里也见过，配蘑菇一类山珍红烧，口感佳妙，素斋桌上常见。豆腐皮再卷、压、煮、炒，就是素鸡，是南方牙不好或怕高血压的老人家拿来下酒的压箱宝贝。

说到下酒，再压不过豆腐干去。扬州有茶干，安徽有五城干，都是耐嚼味厚、佐茶下酒的妙物。无锡人把豆腐干下卤汁当菜，苏州人亦然。苏锡的卤汁豆腐干通常是豆腐煎过，加卤汁和水，慢慢熬干，只是终究不脱爱甜的偏好，外地人来吃常会感叹“太甜了”。江浙这里，豆腐干丝简直是人类文化遗产，拿来下馄饨汤、大煮、拌三合油，手段细致。

干丝是我小时候的久远体验。小时候吃馄饨，经常对干丝爱得喧宾夺主，逼得老爸每次去店里吃馄饨，都叮嘱人家：多放点干丝。吱溜溜一一挑到口中，感觉清新爽口。有时吃不完一碗云吞，便拐弯抹角，溜边沉底地把干丝吞了，云吞倒残留了一半。那时候还没形成盘中餐皆辛苦的概念，如此浪费，也不当回事。

看我爱吃，我爸有时也会亲手做一些，他做干丝的手法很朴实：豆干切丝，还用热水一过，将豆干绞丝，做成螺旋状，定型，看去颇为别致。而后，一勺麻油，两勺酱油，有时还略加一丝儿汤。吃早饭时，一碗稀饭，雪白澄澈；一碗干丝，酱油之色，浓黑稠郁。两相比较，颜色立时有鲜明对比。喝一口稀饭，用筷子夹一缕干丝，就口一尝，香油作料被那热水刚烫的干丝一激，味道散发开来，口感别致爽快。一口稀饭，一口干丝，须臾之间，早饭已吃得一干二净。真是大快朵颐了。

无锡老百姓在家吃蔬菜，喜用豆腐干佐味。寻常的西芹，不太中吃，过于清淡了，加了些干丝，立时便厚味许多，吃上去浓淡有致，清新利口。至于到了暮秋，老爸买了大蒜回来烧，加些粗粗的干丝，大蒜的怪味也有所收敛，吃起来口感浓烈，有北方味道。小时候游惠山，常在山脚下买盒卤豆干吃。卤汁泡透，用牙签扎了吃。吃下去时，味道酽浓，卤汁满口，韧而耐嚼，很是香甜。小时候不懂，还以为那是奇怪的肉，末了知道来源本是豆腐，不由感叹。豆腐有时就跟爸妈似的，温和平淡但泽被苍生，你常以为自己躲开了，一回头才发现一辈子都在吃这东西。

软体水产，浓淡相宜

小时候看水墨动画片《鹬蚌相争》，很是不解，跑去问爸爸：鹬去啄那两片壳干吗？看去也没啥味道嘛。后来一次晚饭，吃到一碗鲜美绝伦的河蚌肉蒸蛋，大快朵颐，我爸告诉我："喏，河蚌壳里就是这个肉。"我于是反复揣摩品味，最后的结论：

"有点像螺蛳变软嘛。"

我对软体水产类的观感，大致如此：虾蟹鱼肉算作一类，虽然花式多样，但虾仁蟹鳌鱼肉，都取其鲜美香甜；软体水产算另一类，举凡带壳的贝类和准贝类，都是柔韧弹牙，只宜一口吞咽，不宜分割细调的东西。

江南人接触最多的软体水产，螺蛳算作第一，苏锡常颠倒，念作蛳螺，有宁波朋友似乎也习惯如此。螺蛳小巧，不像大田螺气派非凡，味道清淡，所以常做清汤红烧的小菜。江浙夏夜大排档，如果嫌海鲜太烈、炒菜太油，拿螺蛳搭冰糖姜丝黄酒是良方。以前乡下，吸螺蛳是门功夫。小时候嘴小漏风，经常吸之不动，看老人家一口一个，招之即来，以为神技。我有段时间偷懒，常爱拿牙签勾之，屡被我外婆阻止。我外婆对饮食之道有各类鸡毛蒜皮的理论，例如：吃螺蛳就得靠吸，一汪鲜汤连肉入口才好吃，牙签挑出来吃，味道就打折哉。乡下偶尔有厨师肯下功夫的，许多螺蛳劈开取出肉，一起下锅炒。感觉确实类似于吃瓜子仁，痛快倒是痛快了，只不如嗑着来得香甜。以河蚌为首的贝壳类，拿来过口的不多，蒸蛋做汤，榨取其鲜美精魂，也算对得起它。鹬吃蚌肉，人食蚌味，人类饮食终究多点精神文明的意思。

海产的软体动物，就生猛得多，不像河蚌螺蛳似的江南闺中小姐，倒有海外烈焰红唇的辣女之状。有一类东西，江浙称为海蚌，广东朋友叫贵妃蚌的，味道比河蚌浓郁甘脆得多。据说做时不可加味精，盐都不宜，只取本身鲜味足矣，端的了得。《射雕英雄传》里洪七公、黄蓉流落明霞岛，黄蓉给武功全失的七公做了个大海蚌吃，让七公喜笑颜开精神健旺，不知是否此物。

海产软体动物的吃法，似乎有两极分化的倾向：或者不加作料，取其本味，吃个天然；或者浓墨重彩、鲜花缀锦，吃个五味杂陈。袁枚说蟹的好处是不加作料而五味俱全，其实此理可推广到所有海产：本身的大海味道浑然天成，胜过人工雕琢了。

自然的吃法，如生蚝，取其一汪浓鲜，可以尽尝“大海的味道”；如北极贝，常见于刺身，取其鲜甜澄澈。不加调理径直吃，是因为海产软体动物味道本身鲜浓，质感又柔韧鲜活，再加修饰，反而不美。我朋友还说吃生贝类可以当春药，不知道有啥科学依据。贝壳类蛋白质丰厚，外加锌、磷、钙，都能让人龙精虎猛，但古代医学料不及此，我个人猜测应该跟阿佛罗狄忒有关——欧洲各类语系，催情药的词根大多跟阿佛罗狄忒类似，而阿姐当年正是产于贝壳之上——参见波提切利那幅比例怪异而仍让人觉得美的《维纳斯的诞生》。江湖谣传意大利著名的情圣卡萨诺瓦一天要吃五十个生蚝。大概欧洲众绅士觉得吃原味海鲜生而且腥，有大自然味道，可以亢奋男性荷尔蒙吧。

重味流吃法，可见于如今街头巷尾的小食摊。南方街巷都流行吃贻贝，又曰青口、淡菜，上海近来则流行吃蚶。总之各种贝类，入夜就成了消夜良伴。但见火光掩映，诸人围观，掌勺的师傅像老君八卦炉炼丹，各种贝类上蒜蓉为首的调味料堆积如山，香味四溢。到此地步，软体也就不复自然的娇纵鲜活，被火逼出全身滋味，和各类重调味料火炽炽打成一片，讲究一口吞下,绝不能一小口一小口细嚼。冰啤酒出来镇压前，这些妖孽韧滑鲜香，火燎味冲，简直是群魔乱舞。大体来说，生蚝这样的生吃流，味道自然而尖锐，是刺人的鲜；烤贻贝这样的重味流，味道庞杂而宏伟，是爆炸式的香。川中做大田螺，也用此法：田螺吸口常堆积大片红香绿玉的调味品，让人未入口就能预先想象舌头所受的刺激。

软体水产除了现吃个新鲜，还可以流芳后世。蚝油、鲍汁这样的提炼神物，和蟹黄类似，都是做菜时点石成金、让世界色彩鲜明香浓流溢的点缀品。小一点儿烤不成器的蚝可以用来做蚝仔粥，一滚之下，满碗皆香。所以去青岛、大连，人都劝我多买些虾米、蚝豉回去，一脸“回去了你就吃不着这么鲜的东西啦”的怜悯状。每次听着，都觉得有点饮食界二等公民的意思，但又不得不服——能把“大海的味道”随身携带，回家重温，的确是个大诱惑。

从《红楼梦》里的茄鲞说起

古代书生有样习惯:爱把家常蔬菜说得劲节高雅，例如韭、菘、薇菜，都是清新淡雅高士抱膝的工具，以显得鱼肉厚味油腻没品格，“肉食者鄙”。其实饭菜本无品行，形而上学的加许多限制没必要。茄子作为植物一员，就比较可怜，没有汉赋里那些香草的华丽名字，也没什么诗人拿它当笋芝之类的灵物歌咏，恨只恨传入我国太晚，过了先秦汉时歌颂植物的高潮。《本草纲目》说茄子“一名落苏，名义未详；按《五代贻子录》作酪酥,盖以其味如酪酥也,于义似通”。其实“酪酥”倒是个音义双得、一听就让人起食欲的好翻译，可惜没沿承下来。

没了植物灵秀的品格，茄子依然是茄子，扎扎实实，不避荤素。多亏曹雪芹，茄子才在文学史上有名气。刘姥姥二进大观园吃的茄鲞，是所有红楼宴不可少的一味。说来复杂，其实极易分辨。鲞在江南指咸鱼，有歇后语所谓“老猫闻咸鱼——嗅鲞啊嗅鲞（休想啊休想）”。茄鲞的做法是茄子去皮切丁用鸡油炸，拿鸡脯子肉配香菌、新笋、蘑菇、五香腐干、各色干果子，鸡汤煨干香油一收糟油一拌收起来。这意思明白：“香油一收”和“收起来”，说明这和江南咸鱼类似，是道凉菜，耐久藏，可以拿出来吃。

刘姥姥当时乍吃之下，没吃出是茄子。细嚼了半日，才说“有点茄子香”。想来之所以选茄子而非别物做这菜，一半就为了这点茄子香吧？另一半，就是茄子本身的质地了。

茄子肉颇厚润，善吸味，能藏油，皮的口感很韧，本身又不失蔬菜之香，没有笋子的清节秀致，倒像个面相团圆脾气好的汉子。茄子没什么个性，素做也可以，但素了嫌淡，又太软些，因此，反而是配重油的好。比如茄鲞，多少鸡、油们一搭，看着都嫌油腻了，但真吃起来却未必。因为一来如前述茄子吸油，二来茄子本身味甘而平，不是煽风点火在肠胃里发飙的类型。因此，本身无才具，只一段茄子香，但重油大火，自然承受得住。

川中鱼香菜极多，但最典型的一是经典的鱼香肉丝，二就是鱼香茄子。川菜本来就是香料多，重调味，鱼香一系又是最华丽的调色盘，茄子就好比画板，任它恣肆飞舞了。妙在茄子性格和平，鱼香来了，也就坦然受之。茄子本来易变味，《红楼梦》里被鸡、菌、豆腐干、香油们一哄，就让刘姥姥认不出来了。而鱼香的酸辣被茄子一收，味道自然了得，加之本身软润好嚼，用来下饭，无往不利。给牙不好的老人家吃，鱼香茄子怕还好过鱼香肉丝，软润故也。

东南的炸茄盒，比鱼香茄子更霸道些，看茄子软润好欺负，抹开炸之。我在不同的地方吃过的炸茄盒，滋味、馅料不同，但万变不离其宗者：外是茄子、鸡蛋、面粉们勾兑好了，内夹的馅不同些，肉糜、虾米、蘑菇，不一而足。重油炸过后，茄子软糯香酥，配里面油香扑鼻的馅，口感仿佛千层酥，端的了得。

茄盒的原理，大概还是取其软润。油配面炸了外围，内里很忌讳再放荤或上火的，不然内外皆油，下不去嘴。茄子软润，能和鸡蛋、面粉合得来；本身又是植物，清凉温平，油炸也不会太燎人。所以茄子等于起了一个温淡中间人的角色：里里外外的零碎馅，都仗着它那点独特香味和温润品格，和油痛快淋漓成了一体，于是好吃了。

茄子真要清凉起来也可以。茄子煮完划开，搁凉，下蒜泥、虾米、酱油、辣椒、花椒皆可。虽然重油重味至此，但不太会腻，还是茄子本身“酪酥”的质感体贴着我们的舌头。

希腊餐厅里见过样——一说保加利亚也吃的叫作慕萨卡的，也和茄子有关。冷眼看像豆沙千层糕，吃时发现是煎茄子和奶酪加鸡蛋这经典西式搭配，夹了牛肉（有朋友说羊肉亦可），衬了土豆片，外加无数欧洲香料，虽然没有炸茄盒那么封闭精巧，但主题思想是差不多的：茄子过油夹馅，提供酥口感、香味道。

所以茄子成不了士大夫歌颂的目标了：明明是素的，却不摆谱，不作清新状，软软润润，甘心被油炸，老和肉类做伴，香气自散。不适合下酒，却适合送粥下饭，老百姓喜闻乐见，还老是被人念着当拍照的口令——这哪里有点隐士气质嘛？可是茄子就是好吃：有肉了就肉，没肉了搭着点面粉和油也能炸香了，和豆腐一样平易近人，人民好伴侣呢。

糯米家族

小学时上劳动课，老师教包馄饨和粽子。馄饨者抹馅、折、叠可也，粽子就复杂得多，左手成筒围定那叶子，右手舀米，屡屡失败，恨得咬牙切齿。那时只觉得糯米滑黏还比家常吃的米长，很费事。后来跟北方朋友聊，说用江米包粽子，不胜向往："居然能摆脱糯米的纠缠！"后来知道糯米等于江米，摇头长叹不已。

小时候吃爸妈煮的糯米饭糯米粥，不太有感觉。那时舌头未开化，还感受不到所谓糯米馥郁之香，只觉得黏而且软，很不给劲。粽子倒是爱吃的。肉粽子中肉蒸得透，丝丝缕缕的香浓，连带糯米也好吃了几分，当然冷的肉粽极难吃，常有吃掉肉馅就弃其躯壳的奢侈冲动。赤豆粽子或白粽子，惯例是蘸糖吃。只是这东西堵肠塞胃，后来看《西游记》，孙大圣给朱紫国王吃了锅灰＋马尿做的"乌金丹"，通了国王的郁结，泻下一个糯米饭团来，感同身受，被糯米堵了肠胃，确实够受。

我虽然是南方人，但大体有些武夫食肠，爱吃大肉重味。如今想来，没法领略糯米粥的妙处，多半是因为糯米粥伴小菜是《红楼梦》里小姐夫人的娇嫩肠胃吃的，其中淡远清雅之味，来不及一一品了。但是做个江南人，粢饭团总是从小吃到大的。我家乡粢饭团种类单一，一般是糯米裹油条包紧，内层加糖，如果是新捏制出来的，外糯而内脆，甜咸交加，配豆浆吃很好，帮我度过了不知多少朝寒凛冽的上学天。到上海见了些别致的粢饭团，例如有加肉松的，有加火腿肠的，后来回家乡偶尔一问："除了加油条你们还加什么不？"对面眼一瞪："我们只做这种！别的都是××××！"——最后这个词是无锡土话，读音译成普通话疑似是"半羊三吊"，大概意思是不正经、不靠谱、离经叛道。可见街食自有其原则，不能易也。

糯米饭我不太爱，但糯米用来做点心算恰到好处。因为糯米本身黏滑，而且有种无可复制的"糯"口感，夹油条则糯脆交加，境界全出，而且糯米善吸味，所以白糯米饭香得幽淡像佳人在水一方，加了肉汁之类就香得浓厚切实像田螺姑娘。肉粽不必说了，江南的糯米烧卖大概是其延伸。《儒林外史》里有所谓"猪肉心的烧卖"，我在广东吃过鲜虾、牛肉等诸般烧卖，在南京吃过蛋烧卖，在北京吃过牛羊肉烧卖，但先入为主，总觉得糯米烧卖略胜一筹。本来烧卖是小点，重口感，南京、苏州、扬州、上海各地都见过糯米三丁烧卖，其中丁又不同——笋丁、豆腐干、猪肉、牛肉——但还是糯米为主，皮薄馅糯，其间夹着各类或脆或韧的碎丁，味道极多变，用来下汤下茶都好。相比起来，其他烧卖精致有余，蕴藉不足了。

浙江有朋友听说我不爱吃糯米饭，就说她家乡有乌饭，是用某种树汁拌了糯米所制，乌亮而极香。我后来在一家店里吃过，但饭里加了些肉、贝类等，成了混合焖饭，也没机会领略所谓“极香”。

糯米制品中，武汉豆皮是让人魂牵梦萦的物事，我自当年武汉一游，洪山菜薹、热干面都还罢了，只是此后每去一家武汉馆，总是得叫份豆皮。豆皮之妙自然如其名，在煎豆皮之酥脆，其中馅如豌豆、榨菜、肉丁、虾仁等华丽多变不必说了，而承载这一切的又是糯米。糯米被豆皮一脆、内馅一熏，其味酥融，与豆皮黄白相映，端的是金玉良缘。

关于糯米吸味，最好的例子是糯米鸡。余如糯米鸭、糯米蒸排骨等，都是同样道理：裹糯米后一蒸，氤氲白汽中糯米香糯黏滑的温柔本性尽出矣。江南人无孔不入，藕孔也要利用来塞糯米，蒸透之后加糖桂花就是桂花糖藕，口感如神。

糯米成粉有极好的黏性，据说朱元璋用糯米粉做城墙黏合剂，柔能克刚。我们家这里酷爱用糯米粉年糕当过年点心，埋在稀饭里煮透，反正也不怕熬烂，用来下排骨，吸了排骨汁更显香滑，用来攒点心就是糯米糕，随意怎么揉都行。

如是，糯米就是个脾气好的姑娘。本身香气隐而悠远，用来做点心，温温柔柔用做馅做充塞都妙，用来裹什么东西蒸或者煎都乖乖吸味，零落成泥还能做年糕。但糯米也不是只吸纳不付出那种。我自己就尝试过四五次自做酒酿，糯米熟后加点酒药焖着保温不管，不多时，糯米的酒醇之香自然会吸引你来开启坛子。冰过的酒酿是很容易喝上瘾的东西，吃辣或油腻到满眼血红时，一口酒酿下去，甘甜如饮冰嚼雪。

爱吃肉，没法子

大都市的好处在于，你想买什么食材或调料，只要不太刁钻，总买得到。比如，全世界华人留学生，都能在超市买到老干妈酱；比如，纽约、东京和伦敦都能买到郫县豆瓣酱，用来慰藉四川学生。我在巴黎，也能买到豆瓣酱，做麻辣豆腐吃，法子很土，力求简单：回家焖上饭，开始切豆腐，烧水，水开了，把豆腐略烫一烫，满锅白茫茫，烫出豆腐香味。女朋友在沙发上闻见了："哟，今天吃豆腐！"我如果回一句："对对，是吃我的豆腐。"这就像相声翻包袱。

也有女朋友负责切豆腐的时候，我就预备姜蒜豆瓣酱。肉糜是先切好的，搁冰箱里，这时候拿出来，狠抓一大把。豆腐、姜、蒜都切得了，豆腐照例烫着，起油锅，下许多油，下姜蒜豆瓣酱花椒，炒料；炒香了，撒肉糜，颜色炒深了，下豆腐。翻一下，不敢炒，怕豆腐烂了，就是把料匀净都抹到了，等油暴跳如雷闹一会儿，下点儿水，烧。水快收完时，想得起来就下湿芡粉调一调，想不起来就直接撒点儿辣椒粉，让豆腐油滑的表面麻沙沙的。这时候，饭也好了。趁烫，把葱花往豆腐面上扔。一是好看，红配绿一台戏；二是好闻，生葱被麻辣的豆腐一烫，香得往鼻子里跳。

我一开始，还舍着脸，跟朋友吹这是麻婆豆腐，等人走了，女朋友说这压根不算——豆腐是超市买的北豆腐（在巴黎买豆腐很撞运气），调味也不对，除了豆瓣酱，就没一样是靠谱的。要真在四川，你敢开馆子，端这么盘上去，人家准糊你一脸。不过好在方便，配白饭吃个稀里哗啦，也凑合了。

第二天见朋友，朋友很给面子，说我做的豆腐香，“我就做不到这么好”，问我秘诀何在。我问了问他的做法，对应了一下我的，结论是：“好像是，我第一舍得比你放油，第二舍得比你放肉。”

袁枚写过，炒素菜须用荤油。这话说白了，就是有肉味，沾荤腥，总是比较好吃。有个不爱吃肉的朋友也承认，“我是不爱吃肉，但许多东西，加了肉，是好吃得多。就好像我炒青菜要加香菇——香菇不是肉，但有肉的感觉。”

没豆腐了，单是肉糜也能吃的。有一回，我炒得了麻辣料，看冰箱，发现没豆腐了，一时愣住。锅里姜蒜豆瓣酱跳，锅旁肉糜发呆，饭快焖好出锅了，临时不能换，救场如救火。我想了想，多抓了一大把肉糜——大概够捏五个丸子的量——下锅狠炒，另洗出些生菜叶来。把炒得的麻辣肉糜包在生菜里捏团，上桌。这是我以前看菜包的吃法，只是菜包包的是蛋炒饭。开始惴惴不安，一吃，还行，菜叶子沙啦啦，肉糜滋滋唧唧，也能下饭；蘸点蒜泥更好。就是没包好，拿着菜包，顺手流红油，手忙脚乱的。

法国超市的鸡，不太合亚洲人的脾胃；炖出来汤，闻着有戾气，不温润不谦和；喝的时候，有腥气，姜也压不住，好像鸡在汤里都愤愤不平，不想让我吃。好在欧洲鸡都肥大，可以用来炸。切好煮过了，搁在咖喱里，也能做成咖喱鸡。

亚洲超市里到处有咖喱酱卖，一半是日本产——日本人真爱吃咖喱！——吃着偏甜；一半是印度产，但调弄起来，总嫌不够浓稠。我买咖喱粉。要吃时，先把土豆切块，炒；炒出土豆香了，下咖喱粉，下大量的水，慢慢熬。这一锅熬上两三个小时，土豆也灰头土脸没了俊朗外形，水、淀粉和咖喱粉也融会贯通了，下煮过腌过的巴黎肥鸡肉，继续焖着。起锅了，咖喱、鸡和土豆倒在饭上，咖喱倒比饭都多。锅底还有些咖喱，都凝结了，使铲子刮下来，淀粉质，搁着。

谷崎润一郎以前说，日本人用黑漆碗盛白米饭，黑白分明，色彩凶烈，尤其催人食欲。我看咖喱才是：浓黄香稠一大片，站白米饭旁边，显得米饭格外好吃。色彩之提胃口，有时甚于味道。

咖喱酱一顿吃不完，可以搁冰箱。冷透了之后，口感微妙，半凝略冻，吃着简直有点脆；放热白米饭上，慢慢融化，入口简直听得到“嘶”一声，本来被冻封住的香味，忽然就出来了。鸡身上裹了半冻的咖喱酱，吃到嘴里半融时，居然让我有吃鱼冻的感觉。

巴黎超市都会卖当天的三文鱼，最新鲜的不便宜，便宜的新鲜不到哪里去。我买便宜的那种，还是略冻一冻，切，刀子下去，听得见“些些”的声音。一片片鱼，半个巴掌大，堆一盘，然后找酱油和山葵酱。

新鲜山葵香味之妖异，为我生平所仅见，可惜没机会常吃。山葵酱也香，只是我许多朋友，怕山葵冲，都是把山葵调酱油里。其实山葵的香味，见液体就散，须得趁它刚见天日时，就抹鱼一面上，另一面抹酱油，休叫这俩冤家见面，进了嘴混嚼，鱼味道就活了，鲜甜饱满，冲鼻子。好吃。

我试过，片好的三文鱼，蘸过了酱油，盖在剩饭上，蒸了拌一拌吃，味道很香。也可以把这三文鱼酱油吃透了，盖冷饭，搁上山葵酱，加一点滚烫的淡粗绿茶，出来的茶泡饭香得要命，配生姜吃，吃完了就打饱嗝儿打喷嚏，天灵盖到脚底都暖和通透。

苏轼说烧猪肉的秘诀：“少着水，柴头罨烟焰不起。”意思是少水，微火，慢慢来。我做红烧肉，跟格格巫调试剂对付蓝精灵似的。已经懒得炒糖色之类细工，就是猪肉煮过，过火一煎，再加老抽生抽生姜，心情好就醋和霉干菜来一些，最后很豪迈地加酒——葡萄酒，比水还多，慢慢炖。

我是真不会调味，下起料来也随心所欲，初闻味道乱七八糟，但时候一长，猪肉很耐心的，把这些味道调和了，你听着咕嘟咕嘟的小声音，就闻得见甜郁香味了。出锅时，肥肉嫩软如豆腐，瘦肉利落如丝柳，饱满香甜。肉汁用来拌饭吃，单这个我都能吃一碗。

肉分好坏；肉好时，可以直接烤，不加料都好吃。肉不那么好时，就得靠调味，外加拖时间。我买过一只地道的法国鸭子，发呆，不知该怎么做。我女朋友把鸭子要过来，略炒，扔进大瓮里，扔进她从重庆带来的酸萝卜，另外调了些料，跟我说别管了。一下午，瓮里传出醉人的鲜味，我这才知道鲜味真可以醉人，是那种喝酒之后，既享受又受刺激般"嘶溜"吸口气的感觉。鸭子吃起来醇浓得很，每块肉都发酵过似的香。

我有个日本同学，处理动物内脏和肉筋时，先用水煮过，去腥臭味，然后下酱油、米酒、水，慢慢炖；炖完了，一片酥烂。

我女朋友对付大猪蹄，也是处理完毛，煎一煎，就和黄豆搁一起，不放盐，慢慢炖，一整天下来，皮脱肉烂，筷子一划拉就四分五裂，整块精肉从肥肉里滑出来；就拌点儿重庆用来吃豆花的酱，就着肥瘦相间的蹄子吃；临了原汤化原食，喝汤，鲜得很适口，没有那种喝了一口，要喝下一口得蓄一会儿气力的侵略性，就很温淡的鲜。

先前说了，法国超市的鸡不好吃，但亚洲超市有卖三黄鸡和老母鸡的，不如法国超市的鸡肥，但至少熬得出汤。我妈炖鸡汤好，我从小吃，我妈逢人就说："张佳玮从小到大吃掉了一整只养鸡场。"我外婆家桥旁，真有个养鸡场，每次去，我妈都指："那养鸡场就是被你吃掉的。"我小时候还信以为真，觉得自己亏欠了那些鸡……我女朋友喝了我妈的鸡汤之后，也夸说，水准不下重庆的邱二馆。我每次临走，我妈都要千叮咛万嘱咐，还特意把秘诀录成微信语音，让我随时听。我就去华人超市里，买收拾好的鸡。回家，剪掉鸡屁股，冷水煮起，去血沫；去完了，加姜和葱，煮到沸腾，下酒，大煮十分钟，沫子撇掉，就慢火熬，到临出锅时放盐。我没用黄酒，改下了葡萄酒，刚下锅时闻着味很怪，我怕鸡汤出来都酸甜了，可怎么吃？！煮完了，还是香。鸡汤的鲜香，锅盖闷不住，满房间都是，郁浓重，灌鼻子。我女朋友闻到了，就说："鸡味太重了！开窗开窗！"

我因为懒，都不肯斩开鸡。周末午后把鸡炖上，不管了；黄昏时分，等鸡炖烂了才上桌，汤清澄微黄，泛着油汪汪——完全没有油的鸡汤可能比较健康，但没那么香——筷子一横，鸡肉丝缕分开，就着吃。吃到最后，鸡只剩骨头了，捞出来；鸡汤且放着；到半夜，剩饭在鸡汤里略一煮，成汤泡饭，下豆腐干切片、小青菜，煮完了，都好吃。从头到尾都没秘诀，就是花时间。

世上有了姜、葱、蒜、盐、酱油、酒、醋、麻油、味霖、奶油、鲣节、山葵、豆瓣酱、豆豉、茶叶、紫苏、干酪、辣椒、花椒等等等等让食物点石成金的东西，可以让一切食物改头换面，但到最后，所有调味料和食材都无法取代的，还是花了时间，好好做出来的，最俗气的肉。

饮食童话

蛋炒饭学派发展简史

最初，蛋炒饭并不常见，宫廷、贵族的桌上美食，平民偶尔也能享用。鸡蛋、米饭和葱花在物资贫乏的上古年代并不常见，宫廷在蛋炒饭里加虾仁，贵族在蛋炒饭里加烧腊，平民在蛋炒饭里加青豆。一碗碗蛋炒饭在世间流动，没有署名，没有争议。

后来，做蛋炒饭出色的厨师们，开始拥有各自的粉丝团。有些人认为萝卜里格斯先生的胡萝卜蛋炒饭动人，有些人认为加西瓜先生的西瓜皮蛋炒饭好吃，有些人认为沙拉酱莫夫先生的腌黄瓜蛋炒饭别具风味。蛋炒饭开始分化，不同的署名代表不同的风格。

麦壳稻尔先生提出，由于各种原因，蛋炒饭已经被世俗所玷污，所以我们需要回归最简单的鸡蛋、稻米和葱花的香味里寻求蛋炒饭的原味——“回归食物的本原！享用最纯粹、最古典的蛋炒饭！”这“纯正本原蛋炒饭运动”的旗帜获得了许多人的赞同。随后，大批厨师开始认真钻研稻米、鸡蛋和葱花的本性。

就在“纯正本原蛋炒饭运动”发展到巅峰后，鸡纳蛋·米尔饭先生提出，由于“亦步亦趋地遵循古典炒饭的技巧”，蛋炒饭正在日益枯死和模式化。为了抵制这一点，他提出骇人听闻的“蛋炒饭已死”口号。他强调，随着市民阶层对蛋炒饭的大量需求，蛋炒饭的身份已经改变，应该给予蛋炒饭以活力。他的口号得到了南方蛋炒饭派的响应，南方蛋炒饭派从此开始高呼：“我们要用最新鲜、最多样的食材来做口感最微妙的蛋炒饭！”而北方的蛋炒饭派对此不置可否，他们认为，钻研炒功、火候等才能最大限度发扬蛋炒饭的美味：“且记我们做的毕竟是蛋炒饭！”

后来，南方蛋炒饭派获得了强力支援。来自海外的南瓜泥奥泥先生提出：“我们要更多地吸取异域的饮食素材，来获取新口味的蛋炒饭！——为什么不试试南瓜泥蛋炒饭呢？”但北方蛋炒饭派认为，南方蛋炒饭派在扩大了蛋炒饭外延的同时，也已经模糊了他们的蛋炒饭品位，于是他们发动了强力的“古典主义蛋炒饭”运动。“蛋炒饭不只是一种食品，它代表着一种文化传承，一种生活方式。如今的蛋炒饭是通过无数年实验而获得的，技巧、食材、火候都是最美好的享受！”

为了回击古典主义蛋炒饭运动，南方蛋炒饭派启动了浪漫主义蛋炒饭攻势。香苏亚·披萨先生认为，可以在蛋炒饭里制造“最夸张的口感对比、最鲜明的戏剧性，最让人意想不到的风味”！甚至，“我们要追求更大胆的配色，因为蛋炒饭不只是口味的艺术”！而有一些在南方和北方都做过蛋炒饭的厨师决定中庸一点，他们创制了新古典主义蛋炒饭，用较为新潮的调味料，烹制较保守的炒饭，此举获得了大多数蛋炒饭迷的赞同。当然，激进的蛋炒饭迷也认为：“这是一种中庸的态度！你必须在新旧两种蛋炒饭之间做选择！”

时光流逝，有一些新思潮开始酝酿。有一群厨师认为：“其实传统的蛋炒饭都是鸡蛋和饭粒分开……但我们知道在遥远的东方，他们经常做蛋包饭以及碎金饭——用蛋液包裹米饭。如果用极细的炒法，是可以让每粒米饭都被蛋液裹住的……为什么不呢？”于是他们创制了每颗米都被蛋液包着的“超级蓬松印象蛋炒饭”，但此举遭遇了冷嘲，用霍尔忒先生的话说：“他们就是企图给大众一种蛋炒饭的印象……那玩意也叫蛋炒饭？”但此举还是鼓舞了许多厨师。他们陆续开发出了碎炒鸡蛋末炒饭的“点蛋派”蛋炒饭，用大块蛋液包裹大块米饭的“粗线条蛋炒饭”，等等。

后来，有一些蛋炒饭厨师提出了石破天惊的话语：“蛋炒饭的存在是因为我们曾经只有鸡蛋、米饭和葱花……但是，现在我们已经有了那么庞杂的饮食艺术，为啥还要拘泥于蛋炒饭呢？”擅长蛋炒饭的厨师们开始投身于鸭肉炒饭、腊肠炒饭。他们也开始用煎蛋炒饭、铜锅蛋炒饭、咸鸭蛋炒饭、鸵鸟蛋炒饭、恐龙蛋炒饭……蛋炒饭派本身开始分化。出现了提倡“将饭和蛋完全粉碎，重新组合”的立体主义蛋炒饭派，出现了“把一切传统的手法都毁灭吧，没有任何技法是必需的”

蛋蛋主义蛋炒饭派，以及“厨师们已经赶不上时代了，时代的口味只有我们厨房外的人知道”的技术派蛋炒饭，又如“用超级大量的蛋和极少量的饭来制造夸张对比”的表现主义蛋炒饭派，等等。

……

后来，我叫了一份蛋炒饭外卖。等了一会儿，有人敲门，我开门，来人递给我一个饭盒，里面是一颗是什么的蛋和一粒米。

“这，这是？”我战战兢兢地问。

“这是一颗蛇蛋。”他说，“实际上，蛇在各种神话里都代表着诱惑、毒和攻击性。这是希望制造一种异域风情，以及风格派隐喻。”

“那这是……一粒米？”

“嗯，我们希望制造一种极简主义的印象。”

“为什么不炒一下呢？”

“炒本身会损害米和蛋的营养，而且炒这种行为的目的性会使创作功利化。我们还是希望能更直接地表现我们的内心。”

“……可是这样很吓人诶，太特别了吧？”

“嗯，我们希望广泛运用大众传播媒介来制造印象，这也是一种对传统蛋炒饭审美的突破。现实生活永远更富有表现力。”

“……可是我也只是想吃顿饭而已嘛。”

“事实上，艺术和生活是没有界限的。我们也是希望通过这种行动本身，制造一种魔幻和荒诞主义的印象，这也是行为艺术的一种嘛。”

“罢了罢了……”我摇头叹息，准备关门，他却提醒我：

“您得给钱。”

“……为了一颗蛇蛋和一粒米？”

“嗯。因为蛋炒饭艺术的钻研，需要世界的关心才能继续下去。”

资助完蛋炒饭艺术后，我把饭盒放一边，决定自己炒饭。炒时不免有些紧张——打蛋时，我在思考是否破坏了蛋的完整性；放油时，我在思考是否会过于墨守成规；下盐时，我在想是否破坏了蛋和油本身的香味；炒饭时，我在琢磨是不是金包银会让胃受不了；最后我随手用香菇和紫菜做个汤时，一直在考虑这是否适合配蛋炒饭……然后我想到：唔，我是我自己蛋炒饭唯一的食用者。这种紧张感才开始消除，当然，完全消除要到饭完全下胃、汤喝完，满嘴油腻的时候。

番茄王子的改革

番茄王子手持总督委任状圣旨，驾临了大排档城。辣椒大人、味精大人、生姜大人、酱油大人、面条大人们设宴接风款待，送上许多阿谀奉承。番茄王子吃不惯重口味，打了几个喷嚏。辣、味、生、酱、面几位大人们害了怕："王子要小心身体！"

王子归寓，对夫人说："这里口味真他妈重。这些土包子的劣根性更重，我要教育一下他们。"

夫人根本不信："他们生活得那么自得其乐，每天在炒锅里蹦跶。你怎么动手？"

王子笑了笑，说："你就放心吧。"

王子先开了几次私人宴会，分别宴请了辣、味、生、酱、面等几位大人。辣椒大人看见了一盘冰镇糖拌番茄，味精大人看见了一盘生切番茄，生姜大人看见了一盘番茄清汤，酱油大人看见了一盘番茄炒蛋，面条大人看见了一碟番茄酱。

番茄王子笑容可掬:“吃吃，这是贱内的手艺！”

大人们:“嘿嘿，王子的口味真是清淡高雅，嘿嘿。”

番茄王子用意味深长的口吻说:“是啊是啊。做食材最忌讳口味太重，就是要中庸平正，做得酱，煮得汤，生也做得，拌也做得，才是好啊。”

大人们额头见汗，连声道:“是是是……”

番茄王子一边安抚了诸位大人，一边派出他的近卫军——柿子部队，开始明察暗访。于是，番茄王子又把诸位大人召来了。

“我发现大排档城有许多隐藏的不良食材，搅乱我们这整个大排档的味道。这很不好。”

“是是是。”

“我们要把这些有杂味的食材揪出来扔掉，这样我们这儿才能变得清浓香甜。”

“对对对。”

番茄王子发布了训令，要求人民把自己不喜欢的食材给检举出来。人民争先恐后地向番茄王子靠拢，把烂香蕉、臭鸡蛋、过期火腿肠、注水肉、硫酸荔枝、福尔马林鸡翅统统揪了出来。番茄王子把它们一一踢了出去。人民欢喜极了，奔走相告:“真是个番茄青天！”于是，人民纷纷向番茄王子靠拢，自己也变成了番茄。

接下来，柿子部队发动了。他们挤在番茄人民中间，向番茄喊冤:

“王子啊，这过期火腿肠是辣椒大人的同党！”

番茄王子威严且疑惑地喝问："什么？！"

辣椒大人被捕了。番茄王子问："快快招认，是不是你用自己的辣味掩盖了过期火腿肠？"

辣椒大人磕头如捣蒜，把自己捣成了辣椒酱："我实在不知道啊。"

番茄王子冷笑："果然顽固，关押起来，焖成干辣椒！"

番茄王子发布了第二号训令："辣椒大人已承认自己和过期火腿肠是一党。他还承认，自己和酱油大人合伙，在制作红烧肉的过程中包庇了注水肉！"

于是酱油大人也被关押了起来。

番茄王子发布了第三号训令："酱油大人说，他和生姜大人、味精大人关系不清不楚。他们联手中饱私囊，卖出了不知多少的椒盐排条！"

当面条大人凛凛自危时，番茄王子把他召来，和颜悦色地说：

"你紧张吗？"

"紧张！"

"别紧张。我不会把你和他们关押在一起。只要你跳出来宣称，他们都是有罪的，你以后拥戴支持我，只用番茄酱来配面条吃，我就可以封你做我的副手。"

"本面条万死不辞！"

"我就喜欢你这样能屈能伸，什么味道都可以放，又软又韧的样子。"

面条大人出面揭露了辣、味、酱、生四位大人的罪状后，大排档人民一面对几位堕落的大人们义愤填膺，一面对番茄王子感激无比。番茄王子趁此良机，开始推广《番茄之歌》：

啦啦啦，我们是光荣的番茄！

我们代表着生机、灿烂与活力！

剔除杂质，还原本味！

我们随时愿意变成番茄酱！

“好了！”番茄王子在寓所得意扬扬地对夫人说，“这里已经是我们的了。大排档城已经变成了一个番茄城。我能够垄断所有的番茄。我要开始和肯德基、和麦当劳谈生意了，我还要把大量的番茄酱拿去蘸薯条吃，给港产枪战片当西红柿酱。嘿嘿，从此，我就是番茄之王！”

他的番茄一般烂漫的梦想正在飞腾，一只手把他从大排档里拣了出来。

“哪来的烂番茄就搁这儿了？”那只手的主人摇了摇头，把番茄王子扔到了窗外。

流落民间的天子御膳

“福寿包”这菜，他最初只耳闻是御厨里的上方玉食，天子所爱。所以他叔叔教他做这菜时，他不由诚惶诚恐战战兢兢。叔叔对他说，这菜并不特异，就是一味白菜包炒鸽松而已，但是御膳房嫌这名字不雅驯，有个风雅人起了个名字叫“同林鸟”，可是又怕公公们不高兴——公公最忌听“鸟”字，何况是“同林鸟”这么暧昧的词。叔叔说，最后起“福寿包”这名字，端庄安稳，无功无过。在朝做事，求的就是个无功无过。

他学这菜时，他叔叔——当年的御厨，已经出宫来自办酒楼。酒楼有几位老王爷和老宫监入股，平日承办着几家大人的家宴，威名赫赫。酒楼里有钱，有玉盘珍馐，半夜给诸位王妃打麻将送夜宵时，都是极齐楚的器皿，一传十十传百地给面子。叔叔叮嘱他别省钱，贵人们吃的是个价钱，是个范儿。叔叔说：“咱不是看不起穷人，咱也是穷人，但咱得靠富人养着，知道吗？”

后来叔叔老了，“福寿包”这菜关键的炒鸽松步骤，难以为继，就由他出马。逐渐的，天梯鸭掌、烩三丁、五蛇羹这些菜，也由他主掌了。到三十五岁，叔叔去南方温泉地长居，顺便看分店，他就成了酒楼主厨。下一代小王爷们也长大了，和他常来常往，继续点“福寿包”。

后来，世道变了。义军起自西陲，鼙鼓征旗，大军如黑龙般直入京城。天子东奔，御厨都来不及带，何况民间小厨子？几位王爷没来得及撤股就逃了。他在酒楼上凭栏下望：布衫满街，把锦衣的公子哥儿们追打捆绑游街，“这厮以前专门欺压我们良民！！”

无论锦衣还是布衫，人民都要吃饭。人民拥进酒楼，要吃肉丝炒年糕、黄花木耳打卤面和蛋炒饭，他一一供给。菜价低，酒楼收入少了点，但还维持得下去。只是鲍翅腿参之类，无用武之地。仓库师傅过来叹了几次苦，说：“咱都成平民酒楼啦。”他就安慰，说：“咱个开酒楼的，能不平民吗？”

有一天，起义军首领来到了他的酒楼。首领虽未称天子，但比天子还受人拥戴。首领身材高大魁伟，声如洪钟，谈笑间风云吞吐。他说：“我出身草莽，和你们一样，也是普通百姓嘛，不要紧张。”又说，“厨艺也是门民间艺术，需要保护！”首领最后坐下，“有什么好吃的，端上来吧……我听说你们这儿有个‘福寿包’？”

首领对鲍翅燕参也没感觉，但对“福寿包”赞不绝口。吃完后，他认为：“这鸽松炒得停当，这白菜包也好，既解油腻又清气，化腐朽为神奇。你们都说天子爱吃‘福寿包’，可是这明明是劳动人民的食品嘛，可见，天子和庶民本无区别。”

他微笑着附和说：“领袖已经是天子了……”

首领哈哈大笑说：“我不是天子。再说，哪能吃了道天子吃过的菜，就真成了天子呢？……”

后来，首领和首领的老战友们专爱来他家吃。整个都城都在贯彻领袖的平民制饮食，都在卖窝窝头、油饽饽、白馒头、小咸菜、炸酱面，只有他家酒楼还能做出鸡包翅、蜜蒸火方、刺参烩三丁。首领在酒过三巡菜过五味时，也会拍拍他的肩说：

“你得感谢我。要不是我，这些菜，尤其是‘福寿包’，全得失传。你们家会是什么下场，你明白？”

他连忙点头。

再后来，首领劝他去做自己的私人厨子。“我是为了你好。眼下风势不大对。”他说他舍不得叔叔的基业。领袖摇了摇头，不勉强他。末了，首领说了句莫测高深的话：

“基业这事情，到头来是谁的，谁知道呢……”

风势果然不太对。首领变法，废币制，饮食不用花钱。各家饭馆发觉不对，纷纷关门歇业，年轻人饿红了眼，怒从心头起恶向胆边生，砸门破户，揪出老板来：“你是想囤货居奇！”于是众人蝗虫般席卷了饭馆库房。可惜他们不太会做，只好大锅下汤来煮，老板看鲍翅丢了满街，心疼得直摇头。如此砸一家，吃一家，终于要轮到他家了。他在酒楼上，见众人黑云压城般拥来，正在紧张，忽然一骑飞来，传敕令：“旨意！别动这家！”

他逃过去了。

风云变幻，朝廷反击，起义军被打出京城，首领匆匆而去，来不及带上他。朝廷复归原位，诸位王爷来店，拱手，落座，话家常，要“福寿包”吃，吃得热泪盈眶：“在南方，日思夜想啊！”

囚笼车载着起义军首领回京，百姓朝他抛砸鸡蛋、烂菜叶，骂他是毒施人鬼的乱臣贼子、窃国巨奸。路过他家楼下时，首领抬头看了一眼，正看见他凭栏下望。首领笑了一笑。

他听说首领被判了剐刑，一千刀。他于是买通关节，要去送一次饭。诸位王爷的面子，押狱官不能不听。首领吃着他递来的“福寿包”，感慨万千。

“好味道。”首领说，“鸽松炒得停当，白菜包也好，既解油腻又清气，化腐朽为神奇。这酱尤其好，鲜浓香甜……”

他说：“还要多谢你。若不是你，这菜也就此绝了。”

首领笑笑：“所以说，贵族阶层有时也不能少的。一旦他们真没了，有些事儿也就没了。”

他又说：“别人都说你是暴君，是乱臣，是巨奸。可对于我来说，你是救命恩人。天下都恨你，可我得报恩。”

首领看看他，说：“你学会从两方面看问题了。本来就是。人哪，永远只能被一个小圈子里的人爱，被另一个更大圈子里的人无视或恨。只有立场，哪有好坏？”

他点头说：“我记住了。你睡吧。”

首领真的睡过去了。

朝廷因为首领中毒而死，逃脱了当场受凌迟的痛苦，深感不满。朝廷认为他有包庇巨奸钦犯之嫌，对他进行了审判。他侃侃而谈：

“此贼窃踞京城期间，对我店大肆搜掠，我恨他入骨，怎能假手他人？必须亲手杀他,方解我恨！”诸位王爷出面斡旋，朝廷也只好睁一眼闭一眼。

只是他从此再不做“福寿包”。其他店仿制来号称“御膳一宝、上方玉食”时，他也只是看看招牌，然后就走开了。

附记：

本文当然纯属虚构。

关于生菜鸽松:最初，满人用祝鸠做成肉糜混在油炒饭内，包在菜叶里,加蒜泥面酱吃。后来义和团事起,天子西奔长安，这菜开始流传。广东有人改用生菜叶代替大白菜叶。又因为生菜叶不如大白菜叶体积大，于是取消蛋炒饭，只用生菜叶包炒鸽松吃。

大清早的谈话和咕嘟咕嘟声

大清早就听到了敲门声。我跑去开门，发现是煎饼先生。

“好久不见。”他说，可是神情倒像是在说“终于找到你了”。煎饼一向有这种先礼后兵的倾向。

“嗯，嗯。”我说，“那么请进吧。”

“打扰了。”他说。

“近来倒一直没见你。”煎饼说话时两手摊在桌上，“我本来以为是记性变差了，但豆浆和油条也这么说。”

“有很久了吗？”我开始装糊涂。

“这样可要不得。”煎饼瞄了我一眼，“你不去找油条我倒可以理解，毕竟天热了，而且油条的确是个刚认识时很有趣，久了很乏味的家伙，但你不去理豆浆却很奇怪。”

“是油条和豆浆要你来找我的吗？”我问。

“也不是，你不要有压力。”煎饼说，“当然，我也是出于好奇。你不来找我是可以理解的，但是大家很久没见到你，觉得奇怪⋯⋯豆浆很不高兴。你莫非和牛奶搭上了？”

“没有的事！”我断然否认。

“我猜也没有。”煎饼点点头，轻轻拍了下桌子，“本来嘛，牛奶、火腿蛋和蛋糕也不是不好。许多人说我们和他们是对立的，但那只是谣传而已。不过，作为老朋友，如果你这样轻易就舍弃了本国文化，我也会觉得蛮怪异的。”

“本国文化？”我问。

“嗯，这么说当然有点小题大做。”煎饼说，“但文化差异显著体现在任何细枝末节里，这我倒是相信的。人与人不也有差异吗？”

“嗯嗯。”

“这么说也许有点自吹自擂，但我、油条和豆浆算是传统手工作坊式文化的体现。当然，我们自己还有差距。像我最近的流行，是因为有异乡因素和多地域文化氛围的综合作用，豆浆亦然，他的流行是因为有了更新更好的保温效果，所以严格来说，我们都是消费时代的产品。而油条就不那么一样了。他还是偏古典的。淳朴，有旧时代的感召力，但多少有些缺乏变化，是吧？”

“似乎也言之有理⋯⋯”我有些头晕，开始敷衍。但煎饼谈兴正浓。

“当然，就此抛弃油条的话，有些不厚道。但是就像牛奶因为奶粉质量问题被连累一样，油条也因为地沟油的传言而名声不佳。我们可能要被迫放弃他们，以便谋得更好的发展。”

煎饼继续侃侃而谈，“在这个时代，更准确的同盟站位才能够获得利益。你应该选择最适合本身文化氛围的产品，是吧？”

“对对。”我说。

“所以，如果你抛弃油条，虽然我不会赞成，但技术上来说不是错误选择。”煎饼压低声音，“但是，如果因为抛弃油条，而把我和豆浆都一并扔掉了，却可能是错误的。我们比油条更有文化延展性和可能性。”

“有道理。”我说。

煎饼出了一会儿神，好像正处演讲稿已经读完、思考新一段话的起点阶段。通常这类时光会比本人所想象的漫长。他将目光转回我身上，忽然说：

“不过，听说你最近和三明治很熟？”

“偶尔有些联系。”我战战兢兢地说。

“三明治是不坏的。许多人会因为国籍原因把他们和垃圾食品列到一起。”

我早听说煎饼族习惯把西式快餐叫作垃圾食品，但第一次觉察煎饼如此赤裸裸的蔑视，还是有些不习惯。

“我很客观，不会犯这种错误，但你也要小心。过多摄取非本土的材料，在精神和身体方面都会有排斥。毕竟，我们才是最熟悉你的、最关心你的。”

“我知道。”我说。

又坐了一会儿后，煎饼便宣布告辞。临走前他又扫视了一遍我的房间，大概想找出点三明治的蛛丝马迹。“不必送了，希望能够再见。”他很客气地说。去时比来时温和得多。大概他本人性格不坏。

我回到厨房，听到一声吁气。

“他走了吗？”萝卜干问。

“嗯。”我回答。

“他们好像都很敏感。”萝卜干说，“如果发现你近来相处的是我和白粥，不知道他们作何感想。”

“大概会很不一样。”我说。

“我恐怕会和他们吵起来。但是以白粥的性格，大概会好一点儿。”萝卜干说，“大概被说几句也无所谓吧。”

他说得对。白粥还在发出轻微的咕嘟咕嘟咕嘟咕嘟咕嘟的呼噜声。大概他正在做白粥式的万里无云的梦。到他醒来，大概还要好一会儿。

后记

我从小是个馋人，见着好吃的东西挪不了步，推而广之，看到描述吃的字句或影像就目不转睛。看书看电影，总是对吃喝的情景记得最熟。小时候常为此惭愧，自觉贪图吃喝，境界不高。长大读书，见余华《许三观卖血记》里，困难时期，许三观为了满足儿子和妻子，就绘声绘色描述了红烧肉、鱼、炒猪肝的做法，让他们过过瘾。这才明白听字思食、望梅止渴，大家都喜欢呢。

再长大些，看欧洲某位尊姓阿尔伯特的社会学家言论，说发现新大陆外加与东方的通航对欧洲最大的影响，并非那些被殖民者坚甲巨炮俘虏的异洲人种或是被抢劫的黄金象牙——这类东西只和帝王将相有关——而是引入了番茄、香蕉、咖啡、玉米、米饭、茶、甘蔗，烟草和东南亚五彩斑斓的香料，这才觉得自己贪吃有理。这不，天下之事，莫大于食。世界版图再云谲波诡，权贵天骄再怎么呼风唤雨，真正对世界影响深远的，还是小民百姓们的一日三餐。

世上食物之博，不待多说；仅就中国饮食之宏伟渊深，实在已是河汉无极，终凡人一生，也未必能尝其万一。中国写食名家甚多，袁枚、唐鲁孙、逯耀东、王敦煌、汪曾祺、梁实秋等诸位先生，无一而非走南闯北、遍览天下、胸中有丘壑之人。以我这样的年纪（本书所选文，大半是26岁到28岁所写），经历之浅，所见之少，要写饮食，很是不自量力。最初会胆大包天，试着写些饮食方面的字，是因为远离家乡，不时想起老妈做的鸡汤、老爹做的豆腐干丝这些家常，思而不得，于是随笔记下，好比许三观描绘红烧肉做法，边写边给自己解馋。所以本书说到底，就是一个馋人自娱，家常饮食、父母旧邦，外加吃到读到听说过就记下，以便过过干瘾。所谈论的东西，说是饮食，更多是记忆。普鲁斯特写《追忆似水年华》，就是从他吃到一口玛德莱娜小点心开始。可见关于饮食的记忆，勾魂夺魄，最让人无法排遣。本书如果还能论到什么有意义的主旨，其实就是如此：家常饮食、怀想父母，道听途说看看字，过过馋瘾罢了。

中华饮食，博大精深，蕴藉深远，又永远温情宽厚。犹如我们脚下的大地、碗中的面汤、父母的慰藉。苏轼说江上清风山间明月，是造物者之无尽藏也。我借这一句话，大概中国食物之博，实在是造物者之无尽藏也，实在当以感恩庆幸之心对待之。而饮食记忆又最凿深难忘，所以人走到天涯海角，胃与口舌总还是认祖归宗。每个成长起来的饮食男女心底，都有一道带着父母温暖的家常菜。以书籍传说里龙肝凤髓孔雀舌的豪华，也并不比家乡冬季的焖肉面、蛋炒饭、汤泡饭来得伟大。

说到底，人生在世冰霜苦旅、得失流离，到头来，真正能令人慰藉的，也无非就是朴朴素素求碗热汤喝。

并：谨以此书献给爸爸、妈妈、若、故去的外婆，与所有爱吃、想念故乡的人。

图书在版编目（CIP）数据

无非求碗热汤喝：升级修订版 / 张佳玮著．—南京：译林出版社，2016.4

ISBN 978-7-5447-6223-6

Ⅰ.①无… Ⅱ.①张… Ⅲ.①随笔－作品集－中国－当代 Ⅳ.①I267.1

中国版本图书馆CIP数据核字（2016）第044317号

书　　名	**无非求碗热汤喝**
作　　者	张佳玮
责任编辑	陆元昶
特约编辑	周正朗
出版发行	凤凰出版传媒股份有限公司 译林出版社
出版社地址	南京市湖南路1号A楼，邮编：210009
电子信箱	yilin@yilin.com
出版社网址	http://www.yilin.com
印　　刷	北京鑫海达印刷有限公司
开　　本	889×1194毫米　1/32
印　　张	10.5
字　　数	204千字
版　　次	2016年4月第1版 2016年11月第2次印刷
书　　号	ISBN 978-7-5447-6223-6
定　　价	39.80元

译林版图书若有印装错误可向承印厂调换